JENNIFER TAYLOR

Une famille à construire

Traduction française de

MICHELLE LECOEUR

BLANCHE

HARLEQUIN

Collection : Blanche

Titre original :
THE MOTHERHOOD MIX-UP

Ce roman a déjà été publié en 2013

HARPERCOLLINS FRANCE
83-85, boulevard Vincent-Auriol, 75646 PARIS CEDEX 13
Service Lectrices — Tél. : 01 45 82 47 47 - www.harlequin.fr
ISBN 978-2-2804-5772-9 — ISSN 0223-5056

Composé et édité par HarperCollins France. Achevé d'imprimer en février 2021.
par CPI Black Print - Barcelone - Espagne
Dépôt légal : mars 2021.

MIXTE
Papier issu de sources responsables
FSC® C159065

Pour limiter l'empreinte environnementale de ses livres, HarperCollins France s'engage à n'utiliser que du papier fabriqué à partir de bois provenant de forêts gérées durablement et de manière responsable.

1.

— Le Dr Khapur va vous recevoir, madame Adams.

— Merci.

Mia Adams suivit la secrétaire dans le couloir. Il y avait près de six ans qu'elle n'était pas venue au centre de traitement de la fertilité. Elle avait bien eu l'intention de passer après la naissance d'Harry pour remercier tout le monde, mais n'en avait jamais trouvé le temps. Par ailleurs, le trajet depuis le Kent jusqu'au cœur de Londres lui avait paru trop risqué avec un bébé. Sans oublier Chris et son handicap.

Même si ce dernier avait toujours fait remarquablement face aux problèmes liés à sa condition de paraplégique, il y avait eu des moments où il avait eu besoin d'attention et de soins particuliers. Ainsi, les mois s'étaient écoulés sans qu'elle s'en aperçoive, et elle ne serait sans doute jamais revenue s'il n'y avait pas eu cette lettre qu'elle avait reçue.

Elle fronça les sourcils, se demandant pour la énième fois pourquoi le Dr Khapur l'avait contactée, alors qu'Harry avait maintenant cinq ans. Elle ne désirait pas avoir un autre enfant puisque la mort de Chris, deux ans auparavant, avait exclu cette possibilité. Dans ce cas, que voulait le médecin ? S'était-il passé quelque chose en rapport avec son fils ?

Sa gorge se serra à cette pensée, et elle dut faire un effort pour se ressaisir lorsque la secrétaire la fit entrer dans un beau bureau. Le Dr Khapur, âgé d'une cinquantaine d'années, se leva pour l'accueillir avec un sourire chaleureux.

— Madame Adams ! Merci d'être venue. Prenez place, je vous prie.

Il lui indiqua quelques chaises confortables près de la fenêtre et son impression de malaise augmenta. Dans le passé, à chacune de ses visites, le Dr Khapur et elle s'étaient toujours assis d'un côté et de l'autre de l'immense bureau en acajou, et cette nouvelle façon de faire l'emplit d'appréhension.

— Avez-vous fait bon voyage ? s'enquit-il avec sollicitude en s'asseyant à son tour.

Certes, son visage était souriant, mais elle détecta chez lui une certaine tension qui ne fit que l'alarmer davantage.

— Bien, merci, docteur. Comme Chris et moi nous étions installés à Londres il y a quelques années, je n'ai pas eu à faire un long trajet pour venir.

— Ah, très bien, très bien.

Il frotta ses mains l'une contre l'autre, et elle sentit distinctement qu'il éprouvait des difficultés à continuer.

Elle se pencha en avant, déterminée à savoir ce qu'il se passait. Si quelque chose n'allait pas, et que cela ait à voir avec Harry, il fallait qu'elle sache de quoi il s'agissait.

— Docteur Khapur, je…

La porte s'ouvrit brusquement et elle se retourna, surprise, pour toiser l'homme de haute taille, aux cheveux noirs, qui venait de faire irruption dans la pièce. Le respect de la confidentialité était d'une grande importance dans ce genre de consultation, et elle ne comprenait pas comment cet homme avait pu passer le barrage de la secrétaire.

Le Dr Khapur se leva, visiblement mécontent d'être ainsi interrompu.

— Monsieur Forester, s'il vous plaît ! Je ne peux pas vous laisser entrer ainsi.

L'homme ignora sa remarque.

— Est-ce que c'est elle ? demanda-t-il.

Il se tourna vers Mia qui réprima un frisson sous le regard glacé de ses yeux gris qui la parcoururent de la tête aux pieds. Elle se sentit rougir en songeant à ce qu'il voyait : une femme de taille moyenne, de corpulence moyenne, aux cheveux châtain moyen, et aux traits, certes réguliers, mais qui selon elle n'avaient rien de transcendant. En fait, son meilleur atout, c'étaient ses yeux d'un pur vert émeraude.

C'était sans doute loin d'être le cas pour l'instant, ce qui ne devait pas améliorer l'impression qu'il avait d'elle.

Elle se leva à son tour. Que pouvait bien lui faire l'opinion d'un inconnu — qui lui, en revanche, semblait savoir qui elle était ?

Détournant les yeux, elle se concentra sur le médecin.

— Il me semble que j'ai droit à une explication, docteur. Pouvez-vous me dire ce qu'il se passe exactement ?

— Je… Euh…

Manifestement, le Dr Khapur n'était pas à l'aise.

— Si cela n'avait tenu qu'à moi, vous auriez eu cette explication il y a des mois.

La voix de l'homme laissait percer une colère qu'elle ne comprenait pas.

— Si c'est une plaisanterie…, commença-t-elle.

— Absolument pas, coupa-t-il. Croyez-moi, madame Adams, je ne plaisanterais pas avec un tel sujet.

— Dans ce cas, pouvez-vous commencer par me dire qui vous êtes et pourquoi vous êtes ici ?

Sans doute avait-il noté le tremblement de sa voix, mais c'était le cadet de ses soucis. Tout ce qui lui importait, c'était ce que cet homme allait lui raconter, et si sa présence avait quelque chose à voir avec Harry.

— Je m'appelle Leo Forester.

Le ton était toujours sec, mais la colère avait disparu et était remplacée par quelque chose qui ressemblait à de la compassion.

Mia frissonna. Leo Forester n'avait pas l'air d'être le genre d'homme à éprouver souvent ce genre de sentiment. Elle se raidit, s'attendant au pire, mais elle n'aurait jamais pu se préparer au choc qui allait suivre.

— La raison de ma présence ici est très simple, madame Adams. Je suis le père de votre fils.

D'un seul coup, Leo sentit s'évanouir la tension qui l'habitait depuis le matin. L'espace d'une seconde, sa vision se brouilla, mais il recouvra rapidement son contrôle.

Ce n'était pas le moment de flancher. Il fallait régler cette question une bonne fois pour toutes, car ce n'était pas seulement sa propre vie qui serait affectée par l'issue de cette rencontre, mais aussi celle de Noah.

La pensée de son fils fut le stimulant dont il avait besoin. Il voulut ignorer la pâleur soudaine de Mia Adams. Peut-être aurait-il dû prendre des gants pour lui annoncer la nouvelle, mais, à la fin de la journée, cela n'aurait rien changé : il était le père du fils de Mme Adams, même si c'était sûrement très difficile à accepter pour elle.

— Vous devez plais…, commença-t-elle.

— Je n'ai pas du tout envie de rire madame Adams, coupa-t-il.

Il fut lui-même surpris de la dureté de sa voix et regretta sa brusquerie en voyant le visage de la jeune femme devenir blanc comme de la craie. Pour un homme comme lui, qui mettait un point d'honneur à ne jamais regretter ses actes, ce fut un sentiment plutôt désagréable.

D'autre part, il ne pouvait pas se permettre d'avoir des états d'âme envers Mia Adams, ou bien Noah pourrait en souffrir.

Il se tourna vers le Dr Khapur.

— Mme Adams et moi avons besoin de parler. Y a-t-il une pièce que nous pourrions utiliser ?

— Je regrette, l'interrompit-elle, mais je n'ai pas l'intention d'aller où que ce soit avec vous tant que je ne saurai pas exactement ce qui se trame et pourquoi vous avez fait cette déclaration ridicule.

Leo distingua, certes, un léger tremblement dans la voix de Mia Adams, mais il ne suffisait pas à masquer une détermination implacable. Il comprit que, même si elle venait de subir un grand choc, cette femme n'était pas prête à accepter sans réagir ce qu'il avait à dire.

Quelque chose qui ressemblait à de l'admiration naquit en lui et il hocha la tête, surpris de sa propre réaction. S'il regrettait rarement ses actes, il était encore moins enclin à se forger une opinion positive sur quelqu'un aussi vite.

— Bien sûr, répondit-il. Le Dr Khapur va certainement se charger de vous fournir tous les éclaircissements nécessaires.

Il s'assit, bientôt imité par la jeune femme et le médecin. Mia Adams ne lui jeta pas un regard tout en lissant sa jupe au-dessus des genoux. Elle semblait tout à fait maîtresse d'elle-même, attendant calmement que le médecin prenne la parole, et l'admiration de Leo s'accrut.

Après avoir dû supporter les constants caprices d'Amanda, c'était un agréable changement de rencontrer une femme qui n'estimait pas nécessaire de faire une scène pour parvenir à ses fins.

— C'est une situation très délicate, chère madame, commença le Dr Khapur. Rien de tel ne s'était jamais produit auparavant, et il est difficile de savoir comment traiter le problème. Je peux seulement vous promettre que nous ferons tout notre possible pour le régler.

Leo se demanda comment le Dr Khapur comptait s'y prendre, mais il ne dit rien, attendant la suite. Plus tôt Mia Adams connaîtrait les faits, ct plus vite ils pourraient décider de ce qu'il conviendrait de faire.

— Ce serait peut-être plus simple si vous m'expliquiez pourquoi ce monsieur prétend être le père d'Harry, dit Mia Adams d'une voix ferme.

Elle se pencha vers le Dr Khapur, le regardant droit dans les yeux.

— J'exige de connaître la vérité.

Visiblement, le médecin était de plus en plus mal à l'aise, et Leo comprit qu'ils n'arriveraient à rien s'il ne l'aidait pas un peu.

— Apparemment, les embryons ont été intervertis, résuma-t-il.

Quand elle se tourna vers lui, Leo fit en sorte que son visage ait revêtu son expression la plus neutre, celle qu'il réservait aux patients à qui il devait annoncer une nouvelle particulièrement mauvaise. D'après lui, l'absence d'émotions de sa part les aidait à y faire face avec moins de difficulté.

A n'en pas douter, la nouvelle qu'elle venait d'apprendre était la pire chose qui pouvait lui arriver, et il eut un brusque élan de compassion pour elle qu'il réprima aussitôt. Il n'avait pas à s'intéresser à ce qu'elle éprouvait. C'était Noah qui comptait. Noah, et l'enfant de Mia, Harry. Son fils.

Une vague d'émotion l'envahit alors. Il en fut le premier surpris, lui qui avait passé sa vie d'adulte à se débarrasser de la moindre trace d'émotion. Pour le coup, il se sentit déstabilisé, même s'il n'en laissa rien paraître, et attendit une seconde avant de poursuivre.

— Au moment de l'implantation, les embryons auraient été intervertis, poursuivit-il. Mon ex-femme a reçu l'embryon créé à partir de votre ovule et du sperme de votre mari, et nous avons reçu le vôtre. Pour résumer la situation, madame Adams, Amanda a donné naissance à votre fils et vous avez donné naissance au nôtre.

— Non !

Mia Adams se leva d'un bond, le fusillant du regard.

— J'ignore pourquoi vous racontez ces mensonges absurdes, mais je refuse de vous écouter une seconde de plus.

Pivotant sur ses talons, le dos raide d'indignation, elle se dirigea vers la porte, mais il la rattrapa et, la saisissant par le poignet, l'obligea à s'arrêter. Il sentit soudain sous ses doigts la délicatesse de ses os ; ils semblaient si fragiles qu'inconsciemment il relâcha son étreinte.

— Je ne mens pas, répliqua-t-il. Tout ce que je vous ai dit est vrai.

Alors qu'il la regardait droit dans les yeux, il fut parcouru d'un frisson en se perdant dans son regard vert émeraude. Il n'avait encore jamais vu cette couleur, songea-t-il avant de revenir au sujet qui les préoccupait.

— L'enfant que vous avez mis au monde, madame Adams, est en réalité mon fils, déclara-t-il d'une voix ferme. A présent, nous devons décider de ce que nous allons faire à ce sujet.

2.

Mia se laissa tomber sur une chaise, priant pour ne pas perdre connaissance. Elle sentait son sang battre dans ses tempes sous l'effet du choc et de la peur.

Cela ne pouvait pas être vrai. Harry était *son* fils, elle le savait bien ! Peut-être une erreur avait-elle été commise, mais quelle preuve y avait-il qu'elle y était impliquée ?

Certes, elle pouvait comprendre le désespoir de Leo Forester. Découvrir que son fils n'était pas son enfant biologique devait être terrible. Mais de là à se prétendre le père d'Harry !

Elle tourna la tête lorsque la porte s'ouvrit et son cœur se serra d'appréhension quand elle vit Leo Forester entrer. Le Dr Khapur avait finalement accédé à sa demande de discussion en privé et, cette fois, elle n'avait pas émis d'objection.

— Mme Rowlands est en train de nous faire du café.

Leo Forester s'assit en face d'elle, étendant ses longues jambes sous la table basse. Elle le fixa en silence, se demandant ce que l'on pouvait éprouver quand on découvrait que tout ce à quoi on avait cru ne reposait sur aucune certitude. Elle-même se sentait déjà suffisamment confuse. Mais aucune émotion ne transparaissait sur le visage de son interlocuteur.

Quel âge pouvait-il avoir ? Etait-il à la fin de la trentaine, ou au début de la quarantaine ? Ses cheveux noirs très bien coupés étaient parsemés de quelques fils d'argent. Il avait une mâchoire énergique et des pommettes marquées, ce qui lui donnait un air aristocratique. Leo Forester semblait être un homme habitué à prendre des décisions et tenant rarement compte de l'opinion des autres. Etant donné les circonstances, voilà qui n'était pas fait pour la rassurer.

On frappa à la porte, et Leo Forester alla prendre le plateau des mains de la secrétaire, puis servit le café. Elle but lentement le sien. Cela lui donnait quelques minutes de répit avant d'annoncer à Leo Forester qu'elle était vraiment désolée pour lui, mais qu'il lui faudrait chercher ailleurs l'enfant qui lui manquait.

Harry était son fils et celui de Chris. Personne ne pourrait le lui enlever.

— Avant d'aller plus loin, madame Adams, je voudrais vous montrer quelque chose.

Posant sa tasse, Leo Forester sortit un portefeuille de sa poche de veste. Il l'ouvrit et le lui tendit par-dessus la table.

— Voici Noah.

A contrecœur, elle prit le portefeuille et jeta un coup d'œil sur la photo. Tout cela était inutile : Harry était son enfant.

Lorsqu'elle vit le visage du petit garçon, elle en eut le souffle coupé. Il était très blond, et ses yeux d'un bleu profond bordés de cils noirs contrastaient avec cette blondeur. Comme ceux de Chris.

Son regard s'attarda sur le petit nez droit et le menton marqué d'une légère fossette. Pure coïncidence, bien sûr. Même si l'enfant ressemblait beaucoup à son mari décédé, cela ne prouvait pas qu'il soit le leur.

— A en croire votre expression, il existe bien une ressemblance entre Noah et votre mari, n'est-ce pas ?

Elle haussa légèrement les épaules, se raccrochant à ce qu'elle *savait* être la vérité : Harry était son fils, et non pas ce petit garçon.

— Chris était blond, lui aussi, dit-elle simplement en lui rendant son portefeuille.

Leo Forester le rangea dans sa poche, et quand il reprit sa tasse pour la porter à ses lèvres sa main ne trahissait pas le moindre tremblement.

Pour le coup, elle lui en voulut d'être capable d'un tel

contrôle. A sa place, n'importe quelle personne normale aurait été bouleversée par cette situation.

— Que votre fils soit blond comme mon mari ne prouve rien, monsieur Forester, répondit-elle avec dédain.

Si elle avait espéré susciter une réaction de sa part, elle en fut pour ses frais. Impassible, il l'observa par-dessus sa tasse.

— Bien sûr que non. Il faudrait faire effectuer des tests ADN le plus vite possible.

En elle, la peur céda la place à la colère.

— Je n'ai nullement l'intention de faire passer un test ADN à Harry ! s'exclama-t-elle. Je suis désolée pour vous, monsieur Forester. A votre place, je ferais sûrement tout pour tirer cette affaire au clair, mais Harry n'est pas votre fils. C'est le mien et celui de Chris.

— Si c'est exact, les tests ADN le prouveront sans contestation possible, répondit-il, écartant les pans de sa veste parfaitement coupée pour mieux s'asseoir au fond de son fauteuil.

A l'évidence, c'était un homme aisé, et un frisson d'appréhension la parcourut. Leo Forester avait les moyens de porter cette affaire en justice s'il le voulait et de prendre les meilleurs avocats pour défendre sa cause. Même si elle travaillait, elle n'aurait pas les moyens de faire face si la bataille juridique se prolongeait. Peut-être était-il plus sage de céder sur ce point.

Elle tremblait intérieurement, mais avait appris à masquer ses émotions. Aussi soutint-elle son regard sans broncher, tout en se maudissant de n'avoir pas écouté son instinct : elle n'aurait jamais dû accepter de revenir ici et ignorer simplement la lettre qu'elle avait reçue de l'hôpital.

— Bon, dit-elle. J'accepte qu'Harry fasse le test à une condition.

— Laquelle ?

Il paraissait toujours impassible, cependant elle remarqua que sa mâchoire se contractait nerveusement et comprit qu'il était loin d'être aussi calme qu'il voulait le faire croire. Cette constatation la rassura, et son ton se radoucit.

— Qu'Harry ne sache rien de cette histoire. Il n'a que cinq ans, et je ne voudrais pas qu'il soit perturbé si quelqu'un venait lui raconter que Chris n'est peut-être pas son père.

— Je n'ai pas l'intention de lui en parler, pas plus qu'à Noah, tant que les tests ADN n'auront pas été confirmés.

Leo Forester reposa d'un geste sec sa tasse sur la table, et elle s'aperçut alors que sa main tremblait légèrement. Ainsi, sous son apparence glaciale, la passion couvait. Elle se demanda ce qui se passerait s'il lui donnait libre cours, mais s'empressa de repousser cette pensée. Ce que cet homme faisait lui importait peu — excepté si cela concernait Harry, bien évidemment.

Elle devait lui faire clairement comprendre qu'il était vain de sa part de nourrir l'espoir qu'Harry était son fils.

— Je vais faire effectuer les tests sur Harry, annonça-t-elle. Lorsque j'aurai reçu les résultats, je vous contacterai. Pour cela, il me faudrait une adresse ou un numéro de téléphone.

Il reprit son portefeuille dans sa poche de veste, mais ne lui tendit pas tout de suite la carte couleur ivoire qu'il avait à la main.

— Et si vous me laissiez m'en occuper ?

— Merci, mais je préfère le faire moi-même, répondit-elle sèchement.

— Parce que vous n'avez pas confiance et craignez que je n'arrange les résultats en ma faveur ?

Elle perçut l'irritation dans sa voix grave, mais n'en avait cure. L'enjeu était trop important pour qu'elle s'inquiète de ses sentiments — à supposer qu'il en ait, bien sûr.

— Oui, répondit-elle sans détour en prenant la carte.

Cet homme avait fait irruption dans sa vie sans y être invité et était tout sauf le bienvenu. Plus vite elle se débarrasserait de lui, mieux cela vaudrait.

— Je n'ai nullement l'intention de me laisser berner par vous, monsieur Forester. Bien que je sois désolée de ce qui vous arrive, cela ne me concerne nullement. La seule personne qui m'intéresse est mon fils.

Se levant brusquement, elle accrocha son sac à son épaule et crut un instant qu'il allait l'empêcher de partir. Mais il s'écarta simplement pour la laisser passer.

— Merci, murmura-t-elle poliment.

Elle se dirigea vers la porte, refrénant une irrésistible envie de courir. Non, il ne saurait pas à quel point elle avait peur pour la suite des événements, elle ne lui donnerait pas cette satisfaction. Harry était son fils, répéta-t-elle mentalement.

— N'oubliez-vous pas quelque chose, madame Adams ?

Elle s'immobilisa sur le seuil, la poignée dans la main. Qu'y avait-il d'autre à dire, tant qu'ils n'auraient pas obtenu les résultats des tests ?

— Moi aussi, j'ai besoin d'avoir vos coordonnées pour pouvoir vous contacter, ajouta-t-il.

— Pourquoi voudriez-vous me contacter ? rétorqua-t-elle. Nous n'avons plus rien à discuter, et je suis certaine que les tests ADN me donneront raison.

Elle sortit dans le couloir et secoua la tête lorsque la secrétaire du Dr Khapur émergea de son bureau pour lui dire que le médecin désirait lui parler. Elle ne voulait pas le voir pour l'instant. Plus tard, il faudrait qu'il lui explique comment elle s'était trouvée mêlée à cette histoire absurde, mais pas tout de suite.

Pour l'instant, tout ce qu'elle voulait, c'était rentrer chez elle et retrouver Harry. Son fils, pas celui de Leo Forester.

Il ne pouvait s'en prendre qu'à lui-même, se dit Leo en marchant dans le couloir. Il avait tout fichu par terre en rendant la situation pire qu'elle ne l'était déjà. Tous les arguments qu'il avait soigneusement préparés, les phrases apaisantes qu'il avait répétées, s'étaient évanouis en un instant. Après un seul coup d'œil au visage terrifié de Mia Adams.

Un taxi venant de déposer un client au coin de la rue, il lui fit signe et indiqua au chauffeur l'adresse de l'hôpital. Il devait se trouver au bloc opératoire à 2 heures : il était grand temps d'y aller. Quand le taxi le déposa devant l'entrée principale, il se précipita à l'intérieur après un bref salut au portier.

Bien que partageant son temps entre son cabinet privé de Harley Street et l'hôpital, il était bien connu dans son département, à défaut d'être apprécié. Certes, il était dur à la tâche et savait que les membres de son équipe l'admiraient plus qu'ils ne l'aimaient. Jusqu'à présent, il ne s'en était jamais soucié, mais, en se dirigeant vers l'ascenseur, il se surprit à souhaiter avoir de meilleurs rapports avec les gens qui travaillaient avec lui.

S'il avait pris la peine de développer l'aspect relationnel, il aurait peut-être mieux convaincu Mia Adams de lui faire confiance.

Il serra les lèvres en montant dans l'ascenseur. D'ordinaire, il ne se laissait pas aller à des pensées aussi stupides. Plus vite il se reprendrait, mieux cela vaudrait. Mia Adams espérait peut-être qu'il serait rapidement mis un terme à cette situation, mais il savait que ce n'était pas aussi simple.

En fait, ce n'était que le début. Il y aurait sans doute d'autres bouleversements avant que cette affaire ne soit résolue. Ce n'étaient pas seulement Mme Adams et lui qui auraient à en souffrir. Il y avait deux petits garçons dont la vie allait changer.

Le lendemain matin, Mia travaillait. Elle emmena Harry à l'école et le quitta pour rejoindre le métro au moment où il attaquait allègrement son petit déjeuner, un bol de céréales.

Cela faisait presque trois ans qu'ils étaient venus habiter à Londres. On avait proposé à Chris un emploi dans une grosse compagnie d'assurances, et ils avaient décidé que c'était une opportunité à ne pas manquer. Depuis son accident d'escalade qui l'avait laissé en fauteuil roulant, Chris avait eu peu d'offres d'emploi. Mais cette société n'avait pas vu son handicap comme un problème.

Il avait adoré son travail et ils n'avaient jamais regretté d'avoir déménagé, mais elle se demandait à présent s'il n'était pas souhaitable qu'elle retourne dans le Kent. Harry y profiterait d'un air plus sain et de plus d'espace pour jouer, et il passerait plus de temps avec ses grands-parents. En revanche, elle devrait quitter son travail et doutait qu'elle puisse en trouver un autre qui lui permettrait de passer autant de temps avec son fils.

En raison de son ancienneté au Princess Rose Hospital, elle pouvait choisir ses horaires. Quand Harry avait fréquenté la crèche, elle avait travaillé le matin, rentrant chez elle à temps pour déjeuner avec lui. Maintenant qu'il avait commencé l'école, elle avait augmenté ses heures et envisageait de prendre bientôt un plein temps — elle avait bien besoin d'argent. Mais cela signifiait qu'Harry devrait rester à la garderie après l'école jusqu'à son retour, et elle prendrait sa décision après Noël. D'ici là, son fils se serait habitué à l'école, et elle aurait moins de scrupules à le laisser là-bas plus longtemps.

Comme d'habitude, le train avait du retard et elle dut courir pour arriver à l'heure à l'hôpital. Penny Morrison, qui s'occupait du planning des infirmières, lui sourit quand elle arriva au bureau, tout essoufflée.

— Ou bien tu t'entraînes pour le prochain marathon de Londres, ou bien ton train était en retard. Je pencherais pour la seconde solution.

— Gagné !

Mia rangea sa veste dans son vestiaire puis sortit un peigne de son sac pour discipliner ses cheveux.

— Il faudrait investir dans de nouveaux trains…, soupira-t-elle. Ceux-là sont tellement anciens qu'ils tombent en panne pour un oui ou pour un non.

— Mais cela coûterait beaucoup d'argent, or il paraît que les caisses sont vides.

Penny prit le tableur résumant les attributions de chacune des quinze infirmières qui effectuaient des remplacements dans tous les services où l'on avait besoin d'elles. C'était un système qui fonctionnait bien et avait considérablement diminué les frais d'agence intérim.

— Cette semaine, tu es dans l'unité de cardiologie pour remplacer une infirmière qui s'est fait une entorse. Mais il se peut que tu y restes plus longtemps.

— Parfait. Je n'ai encore jamais travaillé en cardiologie, ce sera intéressant de changer. Y a-t-il quelque chose de particulier à savoir ?

— Pas vraiment, si ce n'est que l'un des consultants est réputé pour être un tyran, alors sois prudente.

Penny prit un ton confidentiel pour ajouter :

— Jackie était là-bas il y a quinze jours et elle a refusé d'y retourner s'il était de service.

— Mon Dieu ! Un véritable amour, semble-t-il.

Mia fit la grimace tout en accrochant son badge à la poche de son uniforme bleu marine.

Tout paraissait très paisible à son arrivée dans le service de cardiologie, au troisième étage, et elle sourit à l'infirmière qu'elle devait remplacer.

— Ou bien tous vos patients sont naturellement sages, ou bien vous leur avez donné à tous des calmants.

— Ni l'un ni l'autre, répondit l'infirmière. Ils ont simplement trop peur pour oser bouger un cil.

Mia se mit à rire.

— Vous ne m'avez pas l'air si redoutable que ça…

— Oh ! ce n'est pas moi qui suis responsable de cette sagesse.

L'infirmière regarda par-dessus l'épaule de Mia, et son expression changea.

— Le coupable se dirige vers nous, et il est temps pour moi d'effectuer un repli stratégique. Bonne chance, vous allez en avoir besoin !

Tournant la tête, Mia vit s'avancer vers elle un homme grand aux cheveux noirs parsemés de fils d'argent et aux traits énergiques. Son sourire s'évanouit aussitôt. Que diable Leo Forester venait-il faire ici ?

3.

— Ces notes sont incomplètes, déclara Leo devant le lit de Mme Davies. Assurez-vous que le dossier soit à jour avant mon retour cet après-midi. Je ne devrais pas avoir à vous rappeler que c'est votre job de veiller à ce que toutes les informations soient disponibles.

Leo tendit le dossier à Mia Adams avant de se tourner vers les deux étudiants de première année qui avaient rejoint l'équipe la semaine précédente, ignorant le regard inquiet qu'ils venaient d'échanger. Peut-être avait-il été un peu dur avec l'infirmière, mais il ne pouvait tolérer l'incompétence.

— Mme Davies doit subir un pontage demain. Que faut-il faire en amont pour s'assurer du bon déroulement de l'opération ? leur demanda-t-il, refusant d'écouter la petite voix intérieure qui lui conseillait de se montrer raisonnable.

Et si Mia Adams avait pris ce poste seulement ce matin ? songea-t-il. Mais, de toute façon, en tant que responsable de salle, elle devait s'assurer que tout était en ordre. Trop d'erreurs se produisaient parce que le personnel avait oublié une information importante.

Cela lui rappela l'erreur qui avait été commise au centre de traitement de la fertilité. Découvrir que l'enfant qu'il avait cru être son fils n'avait aucun lien biologique avec lui et Amanda avait été pour lui un terrible choc, dont il ne s'était pas encore remis.

Il aimait Noah de tout son cœur, et il n'était pas question qu'il renonce à lui. Mais il avait besoin de connaître la vérité, d'avoir la preuve que l'enfant de Mia — Harry — était bien son fils. Ensuite… Il n'avait aucune idée de ce qui se passerait. Tout dépendrait de Mia Adams.

La pensée que tant de choses étaient liées à sa décision était difficile à accepter. Il avait l'habitude de mener sa vie à sa manière en tenant rarement compte des autres. Il aurait volontiers ignoré Mia Adams, mais il n'avait sans doute pas d'autre choix.

— Je ne vois pas pourquoi il vous est si difficile de me répondre, dit-il en leur jetant un coup d'œil glacial. C'est un sujet que vous avez dû étudier au cours de votre première année. Si vous ne pouvez pas répondre à une question aussi simple, vous ne m'êtes d'aucune utilité.

— Puis-je vous suggérer de continuer cette discussion dans le bureau ? intervint Mia Adams.

Il se retourna, surpris : il n'avait pas l'habitude d'être interrompu ni que l'on se permette de lui faire des suggestions. Avant qu'il ait eu le temps de répliquer vertement, l'infirmière était déjà partie en direction du bureau — suivie de son équipe, qui n'avait même pas attendu sa permission ! Constater qu'ils préféraient la suivre plutôt que de rester avec lui l'agaça.

— Je reviendrai vous voir plus tard, madame Davies, dit-il poliment à sa patiente.

Pour la première fois, il remarqua que cette dernière tremblait tout en esquissant un sourire contraint et, tandis qu'il s'éloignait, il se demanda ce qui n'allait pas chez elle. Quand il était arrivé, elle lui avait paru parfaitement calme, mais, à l'évidence, quelque chose l'avait perturbée.

Serrant les dents, il se dirigea vers le bureau. C'était la faute de Mia Adams. La patiente avait senti la tension qui régnait et réagi en conséquence. Eh bien, il allait se charger de recadrer l'infirmière et de lui faire comprendre qui était le patron avant qu'elle ne perturbe d'autres patients.

— Je voudrais vous dire un mot, madame Adams, dit-il en entrant dans le bureau.

— Un instant, monsieur Forester.

Lui accordant à peine un regard, elle continua à donner ses instructions à l'une des infirmières, et il sentit sa colère monter d'un cran. C'était lui le consultant, et il entendait être traité avec le respect qui s'imposait.

— Une fois que vous aurez terminé, Sally, pourrez-vous apporter une tasse de thé à Mme Davies ? Elle est un peu bouleversée, alors asseyez-vous un moment auprès d'elle pour lui tenir compagnie. Cela la calmera d'avoir quelqu'un à qui parler.

Mia souriait à la jeune infirmière, ne semblant pas du tout gênée de le faire attendre. Il dut se retenir de commettre un geste irréparable, comme de la secouer énergiquement. Pourtant, il n'était pas un homme violent et il fut le premier surpris de sa réaction.

— Vous souhaitiez me parler, monsieur Forester ?

Le ton de Mia Adams était glacial, et il vit plusieurs membres de l'équipe échanger des regards surpris. On ne lui parlait jamais ainsi. Nul ne contestait ses décisions ni ne l'interrompait. Personne n'avait jamais osé le faire — jusqu'à ce jour.

L'irritation de Leo était à son comble.

— En effet. Que les choses soient claires, madame Adams. Lorsque je suis avec un patient, je ne dois jamais être interrompu. C'est bien compris ?

— Parfaitement. Cependant, il me semble normal de vous faire également comprendre ma position. Les patients sont sous ma responsabilité pendant qu'ils sont dans ce service. Cela signifie que, si je remarque que quelqu'un est souffrant ou stressé, je dois réagir.

Les yeux vert émeraude le fixèrent par-dessus le bureau.

— Mme Davies était de plus en plus perturbée par la façon dont vous parliez à vos étudiants, poursuivit-elle. J'ai naturellement fait ce qu'il fallait pour résoudre le problème.

Mia soutint le regard de Leo Forester tout en se demandant à quel moment le ciel allait lui tomber sur la tête. A l'évidence, il n'était pas très content du petit laïus qu'elle venait de faire, mais cela lui était égal. Nul ne devait avoir le droit de parler comme il l'avait fait à ces pauvres étudiants. Certains étaient peut-être prêts à supporter son mauvais caractère sans broncher, mais pas elle. Surtout pas après la pagaille qu'il venait de semer dans sa vie.

Durant ces dernières vingt-quatre heures, elle n'avait cessé de penser à ce qu'il avait dit à propos d'Harry qui était censé être son fils. Elle avait beau être persuadée qu'il s'agissait d'une erreur, elle ne pouvait s'empêcher de se demander : Et si c'était vrai ? Et si Harry était le fils biologique de Leo Forester et que Noah soit le sien ?

Que se passerait-il si les tests ADN le confirmaient ? Elle avait beau retourner la question dans sa tête, elle ne trouvait pas de réponse. Jamais encore dans sa vie, elle n'avait eu à résoudre un tel problème. Tout ce qui lui était arrivé auparavant lui paraissait à présent insignifiant.

Si Harry n'était pas son fils, elle ne savait pas du tout ce qu'elle ferait.

Elle se concentra de nouveau sur Leo Forester qui, visiblement furieux, se tenait en face d'elle. Mais la seule façon d'agir avec un tel homme était de répondre au feu par le feu. En aucune façon, elle ne courberait l'échine devant lui. Harry était son fils, et elle était responsable des patients de cette unité. Ces deux facteurs n'étaient pas négociables.

— Si vous n'êtes pas satisfait de la façon dont je m'occupe de cette salle, je vous suggère d'en parler à la directrice de l'infirmerie. Je suis sûre qu'elle sera heureuse de discuter de tous les problèmes que vous voudrez soulever.

Prenant son dossier sous le bras, elle fit le tour du bureau et s'arrêta en face de lui. Même à une certaine distance, elle pouvait sentir la force de sa colère et réprima un frisson d'appréhension. Leo Forester pouvait être un redoutable ennemi et, au vu des événements récents, cela n'était pas fait pour la rassurer.

— N'hésitez pas à emprunter mon bureau, monsieur Forester. Je veillerai à ce que vous ne soyez pas interrompu.

Elle quitta la pièce, s'attendant presque à ce qu'il la rappelle. Mais, curieusement, il n'en fit rien.

Une fois dans la salle des infirmières, elle parcourut les fichiers des patients et dut se rendre à l'évidence : Leo Forester avait raison, il y avait bien un élément manquant dans le dossier d'Anthea Davies : cette dernière avait eu une angiographie la semaine précédente, mais les résultats n'y figuraient pas. Elle les imprima sur une nouvelle feuille qu'elle rangea dans le dossier.

Contrairement à ce que semblait croire Leo Forester, elle était toujours minutieuse et veillait à éviter que des erreurs ne se produisent.

Elle soupira. Si le personnel de la clinique de traitement de la fertilité avait suivi son exemple en se montrant vigilant, Leo Forester et elle n'auraient pas à affronter une situation dont le dénouement risquait de bouleverser leur vie.

Leo fut pris au bloc opératoire pendant le reste de la matinée. Dès qu'il eut terminé, il se changea avant de se rendre au service de cardiologie. Même s'il n'avait pas l'intention d'exagérer les choses en faisant une scène, il n'était pas prêt à laisser Mia Adams le traiter de cette façon.

Certes, ils avaient des problèmes personnels que tout le monde ignorait, mais il ne serait pas la risée de ses collègues.

A son arrivée, elle se trouvait dans la section des hommes et parlait à l'un des patients, un jeune homme du nom de David Rimmer qui avait déjà un lourd passé lié à des problèmes cardiaques. Il était né avec plusieurs trous dans le cœur et, depuis vingt-deux ans, faisait des allers et retours entre l'hôpital et chez lui.

Récemment, il avait commencé à souffrir d'arythmie et

devait subir une cardioversion au cours de l'après-midi pour tenter de rétablir un rythme cardiaque normal. Après avoir été arrêté, son cœur serait parcouru d'un courant électrique qui devrait lui permettre de retrouver son propre rythme.

Leo savait que David devait se sentir très mal, pourtant le patient sourit en le voyant approcher.

— On dirait que vous avez enfin trouvé à qui parler, docteur. Toute la salle raconte que Mia vous a donné du fil à retordre, ce matin. J'aurais aimé être là pour voir ça !

Il esquissa un sourire contraint, ne voulant surtout pas montrer sa contrariété.

— Il ne faut pas croire tout ce qu'on raconte.

David se mit à rire.

— Je me doutais que vous diriez ça ! En tout cas, cela fait plaisir de constater que vous êtes humain, après tout. Vous venez d'un seul coup d'améliorer considérablement votre image.

Fronçant les sourcils, Leo se demanda comment l'incident avec Mia avait pu changer quelque chose à son image. Il jeta un coup d'œil autour de lui et fut encore plus surpris en voyant plusieurs patients lui sourire. En temps normal, tout le monde était plutôt réservé avec lui, mais pas aujourd'hui. En voyant ces regards amicaux tournés vers lui, il sentit une chaleur soudaine l'envelopper. C'était plutôt agréable d'être pour une fois le bénéficiaire des sourires des autres.

Il toussota, refusant de se laisser aller à ce genre d'émotion. Mieux valait que ses patients l'apprécient pour ses compétences de chirurgien que comme ami potentiel.

— Pourrais-je vous dire un mot, madame Adams ? demanda-t-il.

— Bien sûr, répondit-elle d'un ton glacial, avant de se tourner vers le jeune homme et de lui souhaiter chaleureusement bonne chance.

A l'évidence, elle n'avait pas la même sollicitude envers lui, songea-t-il avec irritation, tout en ayant conscience qu'il réagissait de manière tout à fait irrationnelle. D'habitude, il se moquait bien de la façon dont les gens lui parlaient — du moment qu'ils restaient polis, bien sûr. Mais l'attitude distante de Mia envers lui le piquait au vif. Il ne put s'empêcher de se demander ce qu'il éprouverait si elle s'adressait à lui avec une réelle tendresse dans la voix, avant de chasser rapidement cette idée. Cela n'arriverait jamais, étant donné les bouleversements qu'il était en train de créer dans sa vie.

Il la devança dans le bureau et ferma la porte derrière eux pour éviter qu'ils ne soient interrompus. Certes, ils connaissaient une situation difficile, mais quelques règles de base devaient être précisées.

Mia n'eut pas un regard pour lui quand elle fit le tour du bureau pour s'asseoir. Elle paraissait parfaitement maîtresse d'elle-même, mais il devina le tourment intérieur qui l'agitait et, soudain, il ne put prononcer les mots durs qu'il avait préparés. C'était aussi difficile pour elle que pour lui, et il pouvait peut-être tenter d'alléger l'atmosphère.

— Avant que vous ne disiez quoi que ce soit, je voudrais m'excuser, docteur, déclara-t-elle. Je n'aurais jamais dû vous parler comme je l'ai fait.

Ces excuses inattendues le prirent de court, et il resta un instant sans savoir que répondre.

— Non, vous n'auriez pas dû, dit-il plus sèchement qu'il ne l'aurait voulu.

Elle haussa légèrement ses épaules minces et, sans raison apparente, il sentit une vague de chaleur le submerger.

Pour la première fois depuis qu'ils s'étaient rencontrés, il la regarda vraiment.

Elle avait des traits réguliers : un petit menton bien dessiné, un nez court et droit, des joues doucement arrondies. Son teint très pâle était presque translucide sous l'éclairage fluorescent, et une simple barrette retenait ses cheveux châtains. Mais son plus bel atout, c'étaient ses yeux, d'un pur vert émeraude, qui semblaient briller d'un feu intérieur tout à fait fascinant.

Certains auraient pu trouver Mia Adams plutôt banale, mais pas lui. Pas quand il plongeait dans son incroyable regard.

Il prit une profonde inspiration, tentant de se ressaisir. Depuis quelque temps, il avait l'impression que son monde s'écroulait peu à peu autour de lui. Il avait d'abord découvert que Noah n'était pas son fils biologique, et maintenant il y avait Mia Adams. Il ne pouvait pas être attiré par elle ; il ne se le permettrait pas !

Pourtant, devant ces yeux extraordinaires qui le fixaient, il comprit qu'il n'y pouvait rien. Il n'avait pas vraiment le choix : il y avait quelque chose chez cette femme qui l'intriguait, et cela n'avait rien à voir avec le fait qu'elle ait donné naissance à son fils.

Mia se mordit la lèvre inférieure, espérant que Leo Forester allait dire quelque chose. Il la regardait avec une expression si étrange…

Mais, soudain, il tourna les talons et quitta la pièce, la laissant dans un état de confusion totale. Comment pouvait-il la laisser ainsi en plan ? Elle lui avait fait des excuses sincères, mais elle avait été persuadée qu'il lui aurait passé un bon savon. Il aurait été parfaitement dans son droit de le faire, car elle avait dépassé les bornes ce matin.

Même en rêve, elle n'aurait jamais cru pouvoir parler ainsi à un consultant. Elle aurait beaucoup de chance s'il ne déposait pas une plainte officielle contre elle, et Dieu sait ce qu'il pourrait se passer alors. Certains employés avaient été licenciés pour moins que cela. Et si elle perdait son travail à son tour ? se demanda-t-elle avec inquiétude. Dans l'éventualité d'une bataille juridique autour d'Harry, le moindre sou allait lui être précieux.

Le reste de la matinée se passa sans incident. Il était plus de 2 heures de l'après-midi quand elle alla chercher sa veste dans la salle du personnel. Penny était à son bureau et lui sourit quand elle entra.

— Alors, il paraît que tu as envoyé le redoutable Leo Forester au tapis ?

Elle fit la grimace.

— Ne me dis pas que ça a déjà fait le tour de l'hôpital…

— Bien sûr que si. Tout le monde te considère comme une véritable héroïne. Il est vrai que Leo Forester n'est pas très populaire.

— Je n'aurais pas dû lui parler de cette façon, dit Mia. C'était stupide de ma part.

— Après tout, tu n'es qu'un être humain, alors que l'on pourrait se poser la question pour le beau Leo. Dieu seul sait comment il a pu devenir père ! D'accord, il est plutôt séduisant, mais il est si *froid*… Franchement, le crois-tu capable de se laisser aller au point de faire l'amour à une femme ?

En fait, Mia ne l'imaginait que trop bien. Se sentant rougir, elle se pencha pour refermer son casier, peu désireuse que Penny remarque son trouble.

Par chance, le téléphone sonna, lui évitant de répondre. Elle marmonna un rapide « au revoir » avant de prendre la fuite. Si les trains étaient à l'heure, elle serait de retour juste à temps pour passer prendre Harry à l'école.

Une fois dehors, elle s'aperçut qu'il pleuvait. Les visites de l'après-midi battaient leur plein, et il y avait des voitures allant et venant dans toutes les directions.

Alors qu'elle s'arrêtait pour laisser passer une luxueuse voiture de sport, la vitre du chauffeur s'abaissa.

— Montez, dit une voix impérieuse.

Son cœur fit un bond quand elle vit Leo Forester au volant. Il était toujours aussi impénétrable, mais elle décela dans son regard une lueur qui signifiait qu'elle aurait tort de vouloir discuter.

Ouvrant la portière côté passager, elle se glissa à l'intérieur et attacha sa ceinture tandis que le véhicule passait le portail de l'hôpital.

Ils roulèrent en silence pendant plusieurs minutes avant que Leo Forester ne prenne la parole.

— Je pense qu'il serait préférable que nous oubliions tous les deux l'incident d'aujourd'hui. Ni vous ni moi ne nous attendions à nous retrouver sur le même lieu de travail, mais, puisqu'on ne peut rien y faire, il va falloir s'en accommoder.

Mia se détendit, soulagée.

— Vous n'allez donc pas porter plainte contre moi ?

— Bien sûr que non, répondit-il, l'air surpris. Sauf si vous recommencez, évidemment. Je ne crois pas que mon ego pourrait supporter encore une fois d'être maltraité.

Le léger rire qui suivit était si inattendu qu'elle le fixa, incrédule.

— J'étais certaine que vous en profiteriez pour me donner une leçon…

— Je l'aurais probablement fait dans d'autres circonstances.

Ses yeux gris s'arrêtèrent une seconde sur elle avant qu'il ne se concentre de nouveau sur la route, mais cela avait suffi pour que ses battements de cœur s'accélèrent.

Elle prit une inspiration, se traitant d'idiote. Leo n'était pas intéressé par elle — par la personne qu'elle était. Seul Harry comptait pour lui, et elle ne devait pas l'oublier. Il ne s'intéressait pas plus à ses sentiments qu'elle ne s'intéressait aux siens.

— Je suppose que vous allez chercher votre fils à l'école ? dit-il.

Comme il s'arrêtait au feu rouge, il se tourna vers elle. Il avait l'air si solennel qu'elle se raidit : quelque chose lui disait qu'elle n'allait pas aimer ce qui allait suivre.

— Oui. Pourquoi ?

— Parce que je voudrais vous demander une faveur.

Ses yeux cherchèrent les siens, et elle ne put plus s'en détacher.

— Me permettez-vous de vous accompagner, Mia ? Et de faire la connaissance d'Harry ?

4.

Une fois, juste avant d'entrer à l'université, Leo avait fait un saut en parachute. Tous ses amis ayant voulu essayer, il avait suivi le mouvement, mais au bout du compte la plupart s'étaient dégonflés. Ils n'avaient plus été que deux dans l'avion, et c'était lui qui avait sauté en premier.

Lorsqu'il s'était retrouvé accroché à la porte au-dessus du vide, regardant le paysage défiler sous lui, il avait ressenti un mélange d'excitation et de peur. Même s'il n'avait plus jamais sauté, il se rappelait clairement cette sensation.

C'était exactement ce qu'il éprouvait en attendant le fils de Mia : il s'apprêtait à faire un grand saut dans l'inconnu.

— Le voilà.

Mia lui toucha le bras, le faisant tressaillir.

Au début, il ne vit qu'une marée de petits visages excités et ne put distinguer un enfant de l'autre. Puis il retint sa respiration : son regard fut attiré par un petit garçon costaud aux cheveux noirs dressés en épis sur la tête, et il sut que c'était Harry. Cela ne pouvait être que lui !

L'enfant avait non seulement ses cheveux, mais aussi son nez, son menton et même ses pommettes. En fait, la ressemblance était si frappante qu'il ne comprenait pas comment Mia ne l'avait pas remarquée.

Même en le présentant à Harry, elle ne parut pas s'en rendre compte.

— Harry, voici Leo. Il est médecin à l'hôpital, et il a eu la gentillesse de m'accompagner en voiture afin que je ne sois pas en retard.

Il dut reconnaître que, même si c'était sûrement très difficile pour elle, Mia ne laissait rien paraître de ce qu'elle ressentait, et sa voix ne tremblait pas alors qu'elle faisait les présentations : sa seule préoccupation était son fils. Son admiration pour elle augmenta. A sa place, Amanda ne se serait certainement pas comportée aussi bien.

En pensant à la scène que son ex-femme n'aurait pas manqué de faire, il eut une moue amère. Son expression n'échappa pas à Harry qui, après un simple coup d'œil, se réfugia derrière les jambes de sa mère.

Leo réprima un soupir. Amanda avait créé suffisamment de problèmes, il n'allait pas la laisser gâcher cet instant.

— Bonjour, Harry. Je suis content de te connaître, dit-il en souriant.

L'enfant ne parut pas convaincu de sa sincérité et se contracta davantage.

— Il va s'habituer, intervint Mia. Laissez-lui juste un peu de temps.

Prenant Harry par la main, elle se dirigea vers la sortie de l'école et il les suivit. Mais il y avait de nombreux parents autour d'eux et, rapidement, il les perdit de vue.

Il ressentit un moment de panique. Il ignorait totalement où elle habitait, et il avait besoin de passer encore quelques minutes avec son fils, de se familiariser un peu avec lui.

Car, cette fois, il en était sûr : Harry était bien son fils. Mais il aimait Noah avec une force dont il ne se serait jamais cru capable. A la minute où on lui avait tendu le petit corps chiffonné et ensanglanté en salle d'accouchement, il avait su qu'il donnerait sa vie pour le protéger.

En revanche, au même instant, Amanda avait été guérie de son envie d'avoir un enfant et n'avait même pas voulu accorder un regard à ce petit miracle qu'ils avaient créé. Quand elle avait décidé, six mois plus tard, que la maternité n'était pas pour elle, il n'avait pas cherché à la convaincre du contraire et n'avait rien fait pour l'empêcher de partir. En fait, il ne l'avait jamais réellement aimée et avait juste été attiré par son côté sophistiqué et mondain qui correspondait à ce qu'il recherchait à l'époque.

Leur séparation s'était faite à l'amiable, et il avait été soulagé par son départ. A partir de là, il s'était retrouvé seul pour s'occuper du bébé, et il avait pu ainsi décider librement de son éducation. Il avait tout fait pour que Noah ait une enfance beaucoup plus heureuse que la sienne.

A ce moment-là, il repéra Mia et Harry près du portail d'entrée et se hâta de les rejoindre, navré de constater que l'enfant reculait à mesure qu'il approchait. Dès leur première rencontre, il avait réussi à lui faire mauvaise impression, aussi se promit-il de tout faire pour rectifier le tir. S'il devait bientôt faire partie de la vie d'Harry, il tenait à ce que son fils se sente à l'aise en sa compagnie.

— Je vous ramène chez vous, dit-il d'autorité en les menant jusqu'à son véhicule.

Il rabaissa le siège côté passager pour qu'Harry s'installe à l'arrière et s'aperçut pour la première fois que l'espace intérieur, très étroit, ne convenait pas pour une famille de deux enfants. Il lui faudrait probablement changer de voiture.

Après avoir attaché la ceinture de son fils, Mia se glissa sur le siège passager. Au moment de démarrer, il remarqua les deux rides sur son front juste au-dessus du nez, signe de préoccupation, et dut s'agripper au volant des deux mains pour résister à l'envie de les lisser du bout des doigts.

— Où allons-nous ? demanda-t-il d'un ton un peu trop brusque, alors qu'il aurait voulu paraître plus chaleureux à Harry.

— Tout droit, et à gauche au croisement, répondit Mia.

Par-dessus son épaule, elle adressa un sourire à Harry. Dans le rétroviseur, Leo vit le visage de l'enfant s'illuminer aussitôt. Il existait visiblement un lien et un amour profonds entre ces deux-là. Il aurait tellement aimé que Noah connaisse cette sorte de relation avec Amanda…

Le problème, c'était que cette dernière faisait toujours passer ses propres besoins et envies avant tout le reste. Noah venait à la fin de sa liste de priorités, après l'achat du dernier sac à main à la mode ou la semaine de vacances exotiques.

Pinçant de nouveau les lèvres, Leo dut faire un effort pour se ressaisir. S'il voulait être bien vu d'Harry, non seulement il avait besoin de la coopération de Mia, mais il devait reconsidérer sérieusement son propre comportement.

Il poussa un soupir. A partir du moment où il avait découvert que Noah n'était pas son fils biologique, il avait compris que sa vie allait connaître un grand bouleversement. Mais c'était seulement maintenant qu'il se rendait compte à quel point lui-même allait devoir changer.

— C'est la maison avec la porte rouge, dit Mia. Juste là, sur la gauche.

Elle remit son sac en bandoulière, refrénant l'envie de bondir hors de la voiture. Pourquoi donc avait-elle accepté que Leo rencontre Harry ? C'était une erreur, se dit-elle devant le visage soucieux de son fils.

Harry était un enfant heureux et affectueux, mais, comme beaucoup d'enfants de son âge, il détestait que des changements inattendus viennent perturber sa routine. Etre ramené chez lui par un étranger — même dans une voiture aussi luxueuse que celle-ci — suffisait à le contrarier.

— Merci encore de nous avoir raccompagnés, dit-elle poliment.

Elle alla même jusqu'à sourire lorsque Leo la regarda.

— J'espère que nous ne vous avons pas trop détourné de votre route.

— Pas du tout, répondit-il. J'habite à Primrose Hill, qui n'est qu'à une courte distance d'ici.

Peut-être, mais il y avait une énorme différence dans le prix des propriétés, songea-t-elle, désabusée, en regardant sa jolie petite maison à un étage devant laquelle ils étaient garés, et qui était à l'origine un logement d'ouvrier. Mais il était vain de continuer à s'inquiéter des revenus importants de Leo et de l'usage qu'il pourrait en faire pour réclamer Harry.

Sortant de la voiture, elle se tourna vers son fils pour le délivrer, mais ne réussit pas à pousser le siège.

— Laissez-moi faire.

Doucement, Leo débloqua le mécanisme et tendit la main à Harry. L'ignorant, l'enfant sauta à côté de lui avant de courir dans la petite allée qui menait à la maison et d'attendre à la porte, leur tournant le dos.

Mia soupira.

— Harry déteste que l'on change ses habitudes. Lorsque c'est le cas, il préfère savoir à l'avance ce qui va se passer.

— Cela aurait peut-être aidé si j'avais réussi à faire une meilleure impression, répondit Leo.

Surprise, elle nota une nuance de regret dans la voix de cet homme en apparence toujours si sûr de lui. S'était-elle trompée sur son compte ?

— Les enfants sont très perméables à l'humeur des gens, dit-elle. Et Harry est devenu encore plus sensible depuis la mort de Chris. Comme il avait seulement trois ans quand celui-ci nous a quittés, il n'a pas réellement compris ce qui arrivait, mais il a vu à quel point j'étais affectée et cela l'a beaucoup marqué.

Leo fronça les sourcils.

— Je vois. J'ignorais que vous aviez perdu votre mari et j'en suis vraiment désolé.

— Merci, répondit Mia, la gorge nouée.

Même si elle avait fait son deuil depuis, les condoléances de Leo la touchaient, d'autant plus qu'il paraissait sincère.

— Etait-ce un accident ? demanda-t-il. Il ne devait pas être très vieux, je suppose.

— Indirectement, oui.

Elle poussa un profond soupir.

— Chris s'était blessé en faisant de l'escalade alors qu'il était à l'université. Atteint à la colonne vertébrale, il ne pouvait plus marcher. Comme vous le savez, le fait de rester confiné dans un fauteuil roulant rend certaines personnes plus vulnérables à certaines maladies, et c'est ce qui est arrivé à Chris.

— J'en suis navré. Cela a dû être une période très difficile pour vous.

Elle hocha la tête sans rien dire. Parler de la mort de Chris la bouleversait toujours, et elle ne voulait pas se laisser gagner par l'émotion.

Mieux valait changer de sujet.

— J'ai l'adresse d'un laboratoire qui effectue les tests d'ADN. Je prélèverai les échantillons ce soir et les posterai demain matin à la première heure. Les résultats devraient me parvenir d'ici la fin de la semaine.

— Sera-t-il possible d'obtenir un échantillon de l'ADN de votre mari ? demanda Leo.

— Tout à fait, répondit-elle, sans plus de précisions.

Elle n'avait pas envie d'expliquer pourquoi elle avait conservé la brosse à cheveux de Chris. C'était le dernier lien qu'elle avait avec lui, la dernière chose qu'il lui restait de l'homme qui lui avait tant donné. Mais elle n'avait nullement l'intention de raconter cela à Leo.

Irritée contre elle-même d'être aussi émotive, elle avait conscience que ce n'était pas seulement à cause de la mort de Chris, mais aussi de l'inquiétude liée à Harry et Noah et de l'incertitude d'un avenir tout proche. Et s'il y avait vraiment eu une erreur ?

Elle se força à sourire.

— Je ne voudrais pas vous retenir davantage, vous devez être pressé de rentrer chez vous, dit-elle en l'accompagnant jusqu'à sa voiture.

Les tests ADN ne manqueraient pas de prouver qu'Harry était bien son fils, et cela mettrait fin à cette histoire pour ce qui la concernait.

— Merci encore, dit-elle, lui tendant la main afin de donner une note plutôt formelle à leur rencontre.

— Ce fut un plaisir.

Les doigts fermes de Leo enveloppèrent les siens, et elle

sentit aussitôt une vague de chaleur la submerger. D'un geste vif, elle retira sa main et remonta l'allée sans se retourner tandis que la voiture démarrait.

Elle ne voulait plus penser à Leo Forester pendant le reste de la journée. Tout ce qu'elle désirait, c'était rentrer chez elle et passer la soirée comme d'habitude. Harry et elle avaient leur routine et elle comptait bien s'y tenir : repas, jeux, bain, histoire, lit. Si elle la respectait, sa vie continuerait à se dérouler normalement, mais si elle en déviait d'une quelconque façon, Dieu sait ce qu'il pourrait advenir.

Soudain, elle sentit sa gorge se nouer. Ce soir, il y avait bien un changement dans leur routine : elle avait promis de prélever les échantillons d'ADN. Qu'arriverait-il si les résultats prouvaient qu'Harry n'était pas son fils ? se demanda-t-elle, le cœur au bord des lèvres. Serait-elle capable de supporter l'écroulement de son monde ?

Avoir son propre enfant avait toujours été son rêve. Elle-même avait été retirée à la garde de sa mère, jugée incapable de s'occuper d'elle. Dès lors, son père avait carrément disparu de la circulation. Elle ne l'avait jamais vu, ne connaissait même pas son nom et avait passé son enfance ballottée d'une famille d'accueil à l'autre.

Elle avait toujours espéré trouver quelqu'un qui l'aime et s'occupe d'elle, mais en vain. Sa mère avait refusé qu'elle soit confiée à l'adoption et Mia avait dû se contenter de placements temporaires. Certains avaient été corrects, d'autres moins, mais le pire, c'était qu'aucun n'avait duré.

Aussi avait-elle grandi en rêvant d'un foyer et d'une famille à elle et, une fois adulte, avait été très exigeante dans le choix des garçons avec qui elle sortait. Elle n'avait surtout pas voulu refaire les mêmes erreurs que sa mère et avait refusé plus de rendez-vous qu'elle n'en avait accepté. Elle avait ainsi acquis la réputation d'une personne distante et froide, ce qui avait mené à l'incident qui la hantait toujours.

Quand le nouvel interne du service où elle travaillait alors l'avait invitée à sortir avec lui, elle avait tout d'abord refusé.

Pourtant, Steve Parker lui avait semblé plutôt sympathique, mais il avait la réputation d'être un peu dragueur et elle n'avait nullement l'intention d'être pour lui une conquête de plus. Il avait insisté, et elle avait fini par céder.

Ils étaient sortis ensemble plusieurs fois, et elle avait beaucoup apprécié sa compagnie : Steve s'était montré drôle et attentionné, elle avait aimé les compliments qu'il lui faisait et s'était sentie spéciale avec lui. Elle n'avait encore jamais connu d'homme et, quand il lui avait proposé de passer la nuit ensemble, elle avait accepté.

Le désastre avait été total. Steve s'était montré brutal et insensible, ne tenant pas compte du fait que c'était pour elle la première fois. Elle s'était enfuie dès qu'elle l'avait pu et avait voulu effacer ce souvenir de sa mémoire, mais Steve avait répandu des ragots sur elle, prétendant qu'elle était frigide et que tout homme assez fou pour vouloir coucher avec elle le regretterait.

Mais la pire humiliation pour elle avait été d'apprendre qu'il se vantait de l'avoir séduite pour gagner un pari, et qu'il aurait préféré perdre !

Mortifiée au plus profond d'elle-même, elle s'était juré qu'une telle chose ne lui arriverait plus jamais. A partir de là, elle n'avait plus jamais accepté de rendez-vous et n'aurait sans doute pas pu réaliser ses rêves si Chris n'avait pas été admis dans la section des grands blessés. Elle l'avait soigné, soutenu dans sa lutte pour récupérer de son accident, et avait appris à l'aimer pour son humour et son courage.

Quand il lui avait demandé de l'épouser, elle avait accepté immédiatement, certaine d'avoir pris la bonne décision. Puis quand elle avait eu Harry, elle avait estimé avoir enfin tout ce qu'elle avait toujours désiré.

Mais, à présent, plus rien n'était sûr. Elle savait seulement que, si elle perdait Harry, sa vie n'aurait plus aucun sens.

Lorsque le vendredi arriva, Leo avait l'impression de marcher sur une corde raide et il se rendit au bloc opératoire l'estomac noué. Mia avait promis qu'elle aurait les résultats à la fin de la semaine. Si Harry était bien son fils, qu'allait-il faire ?

Après s'être soigneusement lavé les mains avant d'opérer, il remercia d'un signe de tête l'infirmière instrumentiste qui l'aida à enfiler sa tenue. Son équipe l'attendait debout, silencieuse, comme il souhaitait toujours qu'elle soit. Certains chirurgiens aimaient écouter de la musique en opérant, mais lui préférait le silence. Rien ne devait le distraire, ni distraire les autres. Peu importait le style de musique : pour lui, tout n'était que du bruit.

— Comment va le patient ? demanda-t-il à Gerry Carter, son anesthésiste.

Il savait que le personnel du bloc tirait au sort pour savoir qui irait travailler avec lui, son équipe se composant de ceux qui avaient perdu. Jusqu'à présent, cela ne l'avait pas dérangé d'être aussi impopulaire, mais, aujourd'hui, il ne pouvait plus le supporter.

Pendant que Gerry lui rapportait l'état du patient, il se rappela la réaction d'Harry à leur rencontre. Il devait absolument modifier son attitude s'il voulait se rapprocher de lui, décida-t-il pour la énième fois.

Gerry s'était arrêté de parler et le fixait, attendant manifestement une réponse.

— Désolé, qu'avez-vous dit ? J'ai du mal à me concentrer ces jours-ci, ce doit être l'âge, ajouta-t-il avec un petit rire.

Il y eut un silence étonné, puis quelqu'un s'esclaffa avant de faire semblant de tousser.

Un peu embarrassé, il n'en laissa rien paraître et se concentra sur ce que disait Gerry, hochant la tête quand il eut terminé.

— Très bien, merci. A présent, mettons-nous au travail.

Habituellement, il se serait mis au travail sans prononcer un mot. Alors pourquoi avait-il éprouvé le besoin de dire ça ? Pour améliorer son image auprès de ses collègues ? C'était Harry qu'il devait impressionner, personne d'autre… excepté Mia.

En découvrant que son mari était mort dans des circonstances aussi tragiques, il avait été beaucoup plus affecté qu'il ne l'aurait cru. Il y avait pensé toute la semaine, imaginant les difficultés que Mia avait dû rencontrer ces dernières années. Le fait d'apprendre que son mari avait été en fauteuil roulant l'avait également perturbé, et il s'était posé des questions sur leur relation. Avait-elle entrepris un traitement contre la stérilité parce qu'elle et son mari n'avaient pas pu faire l'amour ?

Il chassa rapidement cette pensée et se concentra sur son opération qui consistait à remplacer la valve aortique.

Lorsque tout sembla fonctionner normalement, il hocha la tête avant de se retourner vers l'interne.

— Docteur Halshaw, vous voudriez peut-être refermer ? Ce sera un excellent exercice pour vous.

Il s'écarta pour laisser la place à l'interne, conscient des regards stupéfaits échangés autour de lui. Il invitait rarement ses collègues plus jeunes à participer, mais il était peut-être temps d'effectuer aussi quelques changements dans son travail. Sinon, les jeunes médecins ne progresseraient jamais s'ils n'avaient pas d'occasions pour s'exercer.

— Bien. Vous avez fait du beau travail, dit-il au jeune homme quand il eut terminé.

Autour de lui, l'étonnement était visible sur tous les visages : il n'avait pas non plus pour habitude de distribuer les louanges facilement.

— Merci à tous, en fait. Tout le monde a fait du bon travail, aujourd'hui, ajouta-t-il.

Il quitta le bloc en souriant intérieurement.

Après avoir pris une douche et s'être changé, il se rendit dans la salle des consultants pour écrire ses notes. Il avait presque terminé quand on frappa à la porte.

— Entrez, dit-il sans quitter l'écran des yeux.

Il enregistra son dossier avant de lever la tête, et son

cœur fit un bond quand il vit Mia sur le seuil. Elle tenait une enveloppe à la main.

Non, il n'était pas encore prêt ! Il ne voulait pas entendre ce qu'elle allait dire, ne voulait pas encore savoir si Harry était son vrai fils. Il aimait Noah et ne voulait pas qu'un autre enfant vienne le supplanter.

— J'ai les résultats des tests ADN, annonça-t-elle.

Sa voix était si posée qu'il se calma intérieurement.

— Alors ?

— Je n'ai pas encore ouvert l'enveloppe, préférant que nous les lisions ensemble.

Etant sous-entendu qu'il ne pourrait pas l'accuser d'avoir trafiqué les résultats, songea-t-il avec amertume. Il ne pouvait pas la blâmer de se montrer aussi prudente.

— Voulez-vous que je l'ouvre ? proposa-t-il.

— Je vais le faire.

Il n'y avait qu'une feuille à l'intérieur, qu'elle lut avant de la lui tendre. Il lui jeta un bref coup d'œil, mais son visage était sans expression.

Les lettres dansèrent devant ses yeux. Lui, un homme habitué à déchiffrer des rapports beaucoup plus compliqués, avait du mal à venir à bout de ces quelques lignes !

— Apparemment, vous aviez raison, dit Mia.

Sa voix était très calme, mais elle ne parvenait pas à masquer la souffrance qu'elle contenait et, brusquement, il fut envahi par le remords devant ses beaux yeux pleins d'angoisse. Il aurait voulu n'avoir jamais entrepris ces démarches ; il aurait dû accepter que Noah soit son fils et continuer à vivre de la même façon. Mais il était trop tard pour reculer, trop tard pour lui ôter la souffrance qu'elle ressentait.

— Les résultats sont sans appel, ajouta-t-elle. Harry n'est pas mon fils ni celui de Chris. Nous ne sommes pas ses parents biologiques.

5.

— Buvez ça.

Leo posa une tasse de thé devant elle, mais Mia ne fit pas un geste pour la saisir. Comment aurait-elle pu se servir de ses mains alors qu'elle tremblait de tout son corps ?

Il prit la tasse qu'il porta à sa bouche.

— Juste une gorgée, dit-il avec douceur. Cela vous fera du bien.

Elle s'exécuta machinalement, mais son estomac se révolta quand elle sentit le liquide chaud et sucré sur sa langue. Elle se leva d'un bond, priant pour ne pas vomir sur place.

— Par ici.

Il l'entraîna dans la salle de bains des consultants, et elle se précipita au-dessus de l'évier juste à temps. Elle aurait voulu que le sol s'entrouvre pour la faire disparaître. Non seulement elle avait eu un choc terrible en apprenant qu'Harry n'était pas son fils, mais elle devait subir l'humiliation de vomir devant Leo.

Les larmes roulèrent sur ses joues, et elle l'entendit pousser un soupir avant de se retirer. Elle ne pouvait pas lui en vouloir : le spectacle qu'elle offrait, en plus du choc de cette confirmation officielle, c'était trop pour lui, même s'il s'était préparé à cette situation depuis le début. Il avait seulement eu besoin du résultat des tests pour lui prouver qu'Harry n'était pas son fils.

A présent, ils allaient devoir décider de l'avenir des deux garçons.

Leo réapparut avec une serviette et ferma la porte à clé.

D'autorité, il la fit asseoir sur le siège des toilettes et rinça le lavabo. Quand il fut propre, il passa l'extrémité de la serviette sous l'eau froide et lui essuya les mains et le visage.

Elle frissonna en sentant la fraîcheur du linge sur sa peau. Les tests avaient peut-être prouvé qu'Harry n'était pas son enfant biologique, mais il était toujours son fils et cela, rien ne pourrait le changer ! Une chose, au moins, dont elle était sûre, même si elle n'avait encore aucune idée de ce qu'elle allait faire avec Noah.

Elle repoussa la main de Leo.

— Ces résultats ne font aucune différence, dit-elle. Harry est mon fils, et je ne vous laisserai pas me l'enlever.

— Et je ne vous laisserai pas m'enlever Noah.

Il avait parlé d'un ton égal, mais elle sentit l'émotion poindre à la surface. Leo semblait aussi déterminé qu'elle.

— Alors, qu'allons-nous faire ?

Comme il restait silencieux, elle soupira.

— Vous avez dû y réfléchir depuis longtemps, Leo. Qu'avez-vous décidé ?

— Rien du tout.

Il passa nerveusement une main dans ses cheveux. Même s'il paraissait gérer la situation beaucoup mieux qu'elle, cela ne l'empêchait pas d'en être affecté. Quelque part, elle se sentait soulagée de ne plus être seule à faire face à cette situation.

Il esquissa un léger sourire.

— J'ai plutôt réagi d'instinct. Lorsque j'ai découvert que Noah n'était pas mon enfant biologique, j'ai voulu savoir qui était l'autre. J'avais l'impression de faire un grand saut dans l'inconnu.

— Et comment l'avez-vous découvert ?

— Noah a été blessé dans un accident de voiture il y a plusieurs mois et il a eu besoin d'une transfusion de sang. Comme il avait un groupe sanguin plutôt rare, j'ai été testé pour savoir si je pouvais être donneur compatible. C'était Amanda qui conduisait et elle avait aussi été blessée, si bien que les médecins savaient déjà que son sang ne convenait pas.

Leo laissa échapper un rire bref.

— Quand ils sont venus me dire que je n'étais pas compatible, ils ne savaient pas comment m'annoncer la nouvelle. Au vu des examens sanguins, il était évident que ni Amanda ni moi n'étions apparentés à Noah.

— Cela a dû être un choc terrible, murmura-t-elle.

— En effet. Au début, je ne pouvais tout simplement pas l'accepter. J'avais assisté à la naissance de Noah, et je *savais* qu'il était l'enfant qu'Amanda avait mis au monde. Comment pouvait-il ne pas être notre fils ? Je me suis persuadé que l'hôpital avait dû se tromper quelque part.

Il soupira.

— C'est seulement une fois que Noah s'est rétabli que j'ai réfléchi. Je me suis dit que, si une erreur avait été commise, le responsable devait être la clinique. J'ai contacté le Dr Khapur et il a consenti, à contrecœur, à vérifier leurs dossiers.

— Et comment avez-vous découvert que j'étais impliquée dans cette interversion ?

— J'ai eu de la chance. Dès le début, le Dr Khapur a tout fait pour m'éviter. Chaque fois que j'appelais pour lui parler, il n'était pas disponible. J'ai fini par me rendre à la clinique sans prévenir et il n'a pas pu faire autrement que de me recevoir. Votre dossier était sur son bureau avec celui d'Amanda, et je lui ai carrément demandé si vous étiez concernée par cette histoire.

— Et il vous l'a confirmé ? Bonjour le secret médical !

— Non. Il a tenté de nier, mais je pouvais voir qu'il mentait et j'ai insisté pour qu'il me dise la vérité, sinon je menaçais de porter plainte officiellement contre lui.

Leo soupira de nouveau.

— Je ne suis pas fier d'avoir eu recours à des menaces, mais j'avais absolument besoin d'une réponse. Toujours est-il que ça a marché. Il a admis qu'il était possible que vous soyez l'autre partie et vous a demandé de venir le voir. Je ne suis pas certain qu'il vous aurait tout dit si je n'étais pas passé. Mais je tenais vraiment à vous parler et je me suis en quelque sorte invité.

Elle fronça les sourcils.

— Je vois. Mais cela n'explique pas comment l'interversion a eu lieu. Etes-vous au courant ?

— Pas vraiment. Tout ce que je sais, c'est qu'Amanda et vous avez eu vos embryons implantés le même jour. Quelque chose a dû se passer durant ce processus.

— C'est incroyable..., murmura-t-elle. Il y a pourtant des règles très strictes. Chris et moi avions justement choisi cette clinique pour son excellente réputation.

— Nous finirons bien par savoir ce qu'il s'est réellement passé, mais pour le moment, nous avons d'autres sujets de préoccupation...

— Les deux enfants, dit-elle, l'air sombre.

— Exactement.

Leo tourna la tête en entendant des voix dans la pièce voisine. C'était l'heure du déjeuner, et ses collègues prenaient leur pause. Il tenait par-dessus tout à éviter les commérages. Noah allait à l'école avec plusieurs enfants des autres consultants, et Leo ne voulait surtout pas qu'il lui revienne à l'oreille des choses qu'il n'aurait pas dû entendre, même si, plus tard, il devait être informé de la situation jusqu'à un certain point.

En pensant à la confusion que Noah allait ressentir quand il saurait qu'il n'était pas son vrai père, son cœur se serra douloureusement. L'enfant avait subi suffisamment d'épreuves ces six derniers mois, et il était déterminé à le protéger d'autres malheurs.

Sa décision fut rapide.

— Je ne sais pas pour vous, Mia, mais je n'ai vraiment pas envie que tout le monde soit au courant de ce qui nous arrive. Pour moi, il s'agit d'une affaire privée que nous devons régler nous-mêmes.

— D'accord avec vous, si ce n'est que je vais devoir en

parler aux parents de Chris, bien sûr. Dieu sait comment ils vont réagir, ajouta-t-elle. Ils adorent Harry, qui est pour eux leur dernier lien avec leur fils. Ils vont être anéantis d'apprendre qu'il n'est pas l'enfant de Chris.

— Cependant, vous ne pouvez pas leur cacher un tel secret, dit-il.

Il n'avait pourtant pas les mêmes scrupules envers sa propre famille. Sir Iain et lady Davina Forester n'étaient pas précisément des grands-parents très affectueux pour Noah, mais ils n'avaient pas non plus été de très bons parents pour lui.

Il chassa cette pensée avec une facilité presque inquiétante. En fait, il lui avait fallu des années pour se remettre du manque d'intérêt de ses parents pour lui. Du moment qu'il avait eu de bons résultats à l'école et s'était comporté impeccablement au-dehors, ils avaient été très satisfaits de lui. Mais ils ne l'avaient jamais aimé comme lui aimait Noah.

Personne ne l'avait jamais aimé ainsi, songea-t-il soudain. Et certainement pas Amanda. Ce n'était d'ailleurs pas ce qu'il voulait. Cette sorte d'amour entraînait beaucoup trop d'attaches, et il préférait que sa vie soit exempte de telles complications.

C'était d'ailleurs ce qui l'avait d'abord attiré chez Amanda : il avait apprécié qu'elle mène sa vie de son côté, pendant qu'il faisait ce qui lui plaisait du sien. Cela ne l'avait jamais inquiété qu'elle ne soit pas amoureuse de lui, mais il s'était récemment surpris à se demander ce que l'on ressentait quand quelqu'un vous aimait passionnément.

— Noah va à l'école avec les enfants des autres consultants, et je ne voudrais pas qu'il devienne l'objet de commérages. Cela ne ferait que le perturber.

— C'est la même chose pour Harry, répondit Mia. A son école, beaucoup d'enfants ont leurs parents qui travaillent à l'hôpital. Moins ils en sauront, mieux cela vaudra.

— Dans ce cas, il convient d'être prudents.

Quelqu'un appuya sur la poignée de la porte, et Leo se rendit compte qu'il pourrait paraître étrange que Mia et lui soient vus sortant ensemble de la salle de bains. A la pensée de ce que les gens pourraient en conclure, il sentit une vague de chaleur le parcourir.

Dans le cadre de l'hôpital, il veillait toujours à ne pas rester seul avec une femme du personnel. Sa vie privée ne regardait que lui et il ne voulait pas être la cible de ragots.

Après son divorce, il savait qu'il avait fait l'objet de nombreuses spéculations, mais il y avait rapidement mis fin. Les quelques brèves relations qu'il avait eues depuis avaient été vécues loin de l'hôpital et basées uniquement sur le sexe. Par bonheur, il y avait des femmes qui, comme lui, ne croyaient pas à l'amour et cherchaient à satisfaire leurs besoins dans une relation sans attaches.

Il n'imaginait pas Mia ainsi : elle devait attendre plus. Beaucoup plus que ce qu'il pouvait donner.

Pour l'instant, ils devaient se sortir d'une situation embarrassante, et elle fut plus rapide que lui.

— Où cela mène-t-il ? demanda-t-elle en désignant une seconde porte.

— Dans la pièce de repos des consultants, répondit-il, recouvrant ses esprits.

Mia et lui n'auraient jamais une relation basée sur autre chose que leurs enfants.

— A cette heure-ci, il ne devrait y avoir personne, mais je vais vérifier.

La salle de bains étant un peu trop petite pour deux personnes, elle dut s'écarter pour le laisser passer. Pourtant, il lui frôla le bras, et il tressaillit en sentant sa peau douce sous ses doigts. Il n'avait plus touché une femme depuis l'accident de Noah, et l'intensité de sa réaction le choqua : tous les poils de son corps semblaient s'être redressés d'un seul coup.

Il n'était pas attiré par Mia, se dit-il en ouvrant la porte. Tout simplement parce qu'il refusait de l'être. C'était Noah qui comptait. Noah et Harry. Mia avait peut-être donné naissance à son fils biologique, mais il n'y avait pas pour autant de lien qui s'était créé entre eux.

Le couloir était également vide. En regardant Mia se diriger vers l'ascenseur, il s'aperçut qu'il avait tort : elle n'avait pas seulement mis au monde son fils, elle l'avait aimé, nourri et éduqué pendant cinq ans, occupant une place essentielle dans la vie d'Harry. Rien ne pourrait changer cela. Qu'elle ait un rôle à jouer dans sa propre vie était une autre question.

Il poussa un profond soupir en faisant demi-tour. Il ne pourrait pas ignorer Mia, même s'il le voulait.

Lorsqu'elle se réveilla le samedi matin, il pleuvait. L'été avait été particulièrement humide et l'automne semblait parti pour faire de même. Il n'y avait plus qu'à souhaiter que la pluie s'arrête bientôt : elle avait promis à Harry une balade dans le parc, et il serait déçu si elle était annulée.

Une fois qu'il eut pris son petit déjeuner, elle l'envoya jouer dans le séjour pendant qu'elle rangeait la cuisine. Elle venait juste de finir la vaisselle quand le téléphone sonna, et elle alla répondre en espérant que ce n'étaient pas ses beaux-parents. Harry et elle devaient aller déjeuner chez eux le lendemain et, si elle voulait leur éviter un terrible choc, elle avait besoin de temps pour réfléchir à la manière dont elle allait leur annoncer qu'Harry n'était pas leur petit-fils.

— Mia ? C'est Léo Forester.

Son cœur fit un bond quand elle reconnut la voix grave.

— Comment avez-vous eu mon numéro ? demanda-t-elle sèchement.

— J'ai fait mon enquête, répondit-il, laconique.

Elle prit une profonde inspiration pour se calmer : il fallait qu'elle se montre aussi froide et rationnelle que Leo.

— Il s'est passé quelque chose ?

— C'est toujours le silence radio du côté de la clinique, en tout cas. Ils doivent suivre les conseils de leurs avocats.

— Leurs avocats ! s'exclama-t-elle. Vous pensez qu'ils ont eu recours à eux ?

— Bien sûr. Nous serions tout à fait en droit de les attaquer en justice et de réclamer des dommages et intérêts. Ils ont commis une erreur très grave qui pourrait leur coûter leur licence.

— Mais nous n'allons pas les poursuivre ? s'inquiéta-t-elle, songeant à la publicité que risquait de leur faire cette histoire.

— Je n'en ai pas l'intention, et je suppose que vous non plus. Mais l'erreur sera rapportée dans les hautes instances médicales.

Elle se laissa tomber sur une marche de l'escalier.

— Ce serait terrible si cette histoire se répandait. Nous étions tous les deux d'accord pour chercher à épargner nos enfants, mais on n'aura peut-être pas les moyens de l'arrêter.

— Rassurez-vous, cela n'ira pas jusque-là, dit-il. Il s'agit d'une affaire privée, et je veillerai à ce que toutes les personnes impliquées le comprennent. Sinon, il n'y aurait pas que la clinique qui risquerait de se retrouver devant les tribunaux, si quoi que ce soit apparaissait dans les journaux.

— Merci, dit-elle en poussant un soupir de soulagement. Je ne pourrais pas supporter que la vie d'Harry soit jetée en pâture aux médias. Naturellement, je paierai ma part des frais si nous devons aller en justice, ajouta-t-elle après une brève hésitation. Mais il me faudra sans doute un peu de temps pour rassembler la somme.

— Ne vous inquiétez pas pour ça. Je prendrai tout à ma charge.

— Oh ! mais il n'en est pas question ! Ce ne serait pas juste.

— Nous réglerons cela en temps voulu, dit-il, cherchant visiblement à clore le sujet. Faites-vous quelque chose de spécial aujourd'hui ?

Apparemment, quand Leo avait décidé quelque chose, il était difficile de le faire changer d'avis. Mais il n'était pas question qu'elle lui soit redevable de quoi que ce soit.

— Pas vraiment, répondit-elle.

— J'ai promis à Noah de l'emmener dans le parc ce matin. Seriez-vous d'accord pour y aller avec Harry ? Plus tôt les garçons feront connaissance, mieux ce sera, et j'imagine que vous avez hâte de voir Noah.

Elle se mordit la lèvre inférieure, ne sachant que répondre, ni même ce qu'elle devait penser. Certes, la rencontre avec Noah était la suite logique, mais elle l'appréhendait. Harry était son fils, elle ne voulait pas que leurs rapports changent d'une quelconque façon. Cependant, une fois qu'elle aurait vu Noah, la situation ne pourrait plus rester en attente et ils seraient forcés d'aller de l'avant.

— Je sais à quel point c'est effrayant, Mia. J'ai ressenti exactement la même chose le jour où j'ai vu Harry pour la première fois. Mais vous devez rencontrer Noah, non seulement pour vous, mais pour lui.

Leo savait se montrer persuasif, et il y avait dans sa voix une sollicitude qu'elle n'avait encore jamais entendue et qui la fit frissonner. Difficile de lui refuser quelque chose quand il s'exprimait ainsi.

— Vous avez raison, j'ai très peur, dit-elle. Je ne voudrais surtout rien faire qui mette en péril ma relation avec Harry.

Il soupira.

— Je comprends. De mon côté, je suis terrifié à l'idée que l'arrivée d'Harry puisse changer ce que je ressens pour Noah. C'est fou, non ? Il n'y a pourtant aucune raison de craindre de telles choses.

Son ton dépité la fit sourire.

— Nous ne devons pas être trop durs envers nous-mêmes, Leo. Combien de personnes ont-elles dû traverser ce genre d'épreuve ? C'est exceptionnel. Il n'existe donc aucune règle, et nous devons nous fier à notre instinct. Je crois que c'est cela qui nous effraie.

— Ne me dites pas que vous êtes une obsédée du contrôle, vous aussi ?

Elle éclata de rire.

— Je le crains. J'aime que les choses suivent leur cours normal et qu'elles se déroulent comme je le souhaite.

— Que le ciel ait pitié de ces deux garçons…, dit Leo avec un soupir.

— Je suis sûre qu'ils survivront, répliqua-t-elle, riant toujours. Et votre femme ? Elle n'est pas comme ça, j'espère ?

— A côté de mon *ex*-femme, nous ne sommes que des débutants quand il s'agit d'exiger quelque chose. Amanda veut toujours avoir la préséance.

Son ton était devenu si froid que Mia frissonna. L'idée qu'une autre femme puisse se rapprocher de *son* Harry était très difficile à accepter.

— Inutile de vous inquiéter. Harry ne l'intéresse pas du tout, reprit Leo comme s'il avait lu dans ses pensées.

— Elle est tout de même au courant de l'interversion ?

Comment imaginer qu'une mère ne tienne pas à rencontrer son propre enfant ? D'un autre côté, pourquoi Leo lui mentirait-il ?

— Oh ! oui ! répondit-il. Je lui ai raconté toute l'histoire. Mais ce qui l'intéressait, c'étaient les répercussions que cela pouvait avoir sur elle, plutôt que Noah ou Harry.

Mia éprouva un sentiment de malaise. Si égoïste que soit une femme, elle avait du mal à comprendre une telle réaction. Elle devait en savoir davantage, et il n'y avait qu'un seul moyen : interroger Leo.

Harry ne lui en laissa pas le temps.

— On peut aller au parc maintenant, maman ? demanda-t-il d'une voix plaintive.

— Bientôt, mon chéri.

Il retourna dans le séjour, la tête basse.

— Apparemment, vous aviez également prévu une balade au parc, dit Leo au téléphone. Excellent… Cela paraîtra beaucoup plus naturel si nous nous rencontrons là-bas. Mieux vaut éviter que les garçons soupçonnent quelque chose et commencent à s'inquiéter.

— Je me demande comment ils vont s'entendre…

— Une étape à la fois, Mia, si vous le voulez bien.

Ils décidèrent de se retrouver sur le terrain de jeux, et Mia raccrocha avant de dire à Harry d'aller enfiler ses baskets. Sautant de joie, il se précipita dans l'escalier.

Le cœur de Mia fit un petit bond d'allégresse quand elle prit conscience qu'elle allait faire la connaissance de son fils biologique. Elle n'avait vu qu'une photo de Noah et ignorait tout de lui — quels étaient ses goûts, s'il était plutôt sportif, musicien, ou autre chose… Ainsi que Leo l'avait dit, c'était comme faire un saut dans l'inconnu et il y avait de quoi être effrayée.

« Au moins, Leo sera là », se rassura-t-elle.

Curieusement, son cœur bondit de nouveau à cette pensée.

6.

La pluie avait cessé lorsqu'ils arrivèrent au terrain de jeux. Leo regarda autour de lui, mais aucun signe de Mia. Noah courut jusqu'au toboggan et, ignorant les autres enfants, monta jusqu'en haut de l'échelle.

Leo le regarda faire en soupirant. Noah avait toujours été un enfant calme et il était devenu encore plus réservé depuis son accident. Il ne savait pas si c'était son séjour à l'hôpital qui l'avait le plus affecté, ou bien la disparition d'Amanda. Ces six derniers mois, elle n'avait pas cherché à voir Noah, et n'avait pas téléphoné ni envoyé d'e-mail pour prendre de ses nouvelles. La découverte qu'il n'était pas son enfant biologique lui avait donné une excuse pour le rayer de sa vie.

Elle n'avait jamais été très présente, mais Noah devait sûrement regretter le peu de contacts qu'il avait eus avec celle qu'il croyait être sa mère.

Leo se rendit compte qu'il devait être très prudent en lui présentant Mia. Le petit garçon pouvait ressentir son arrivée comme une intrusion dans sa vie.

Une nouvelle fois, Leo regretta d'avoir remué toute cette histoire. Qu'avait-il donc espéré ? Certes, Mia et lui allaient connaître leur véritable enfant, mais était-ce suffisant pour justifier un tel bouleversement dans la vie d'Harry et de Noah ? Les enfants avaient besoin de stabilité, et leurs deux garçons allaient voir les fondations de leur existence s'ébranler.

— Bonjour, en voilà une surprise ! Je ne m'attendais pas à vous trouver ici.

Il se retourna du côté d'où lui parvenait la voix de Mia

et accrocha un sourire à ses lèvres en allant à sa rencontre. La main dans celle de sa mère, Harry se recroquevilla en le voyant approcher. A l'évidence, il l'avait reconnu et son opinion sur lui ne s'était pas améliorée.

— J'ai amené mon fils Noah, dit-il, refusant de se sentir blessé.

Son sourire s'élargit.

— C'est lui, là-bas, sur le toboggan, ajouta-t-il en le montrant du doigt.

Noah était entouré de plusieurs enfants, dont certains avaient aussi les cheveux blonds.

Il sentit Mia se raidir et, instinctivement, lui prit la main.

— Il porte un blouson rouge et se trouve tout en haut…

— Oui, je le vois.

La voix de Mia tremblait, et Leo comprit qu'elle était profondément affectée par cette première rencontre. Ses doigts se resserrèrent autour des siens et une vague de tendresse le submergea. Il avait éprouvé la même chose en voyant Harry pour la première fois. Quand ce dernier courut vers les balançoires, il emmena Mia s'asseoir sur un banc.

— Cela fait un choc, non ? dit-il. On a beau essayer de s'y préparer…

— C'est vrai, murmura-t-elle.

Elle pouvait à peine parler et dut reprendre sa respiration.

— Il ressemble tellement à Chris… Il a ses cheveux, sa morphologie, et même sa façon de pencher la tête — tout !

— J'ai été aussi stupéfait en voyant Harry, dit-il. Il a mon nez, mon menton, et les mêmes cheveux, qui se redressent comme les miens si je ne les fais pas couper tous les quinze jours, ajouta-t-il en riant.

Mia se tourna vers lui et le fixa.

— Vous trouvez qu'Harry vous ressemble ?

— Bien sûr. Vous l'avez certainement remarqué ?

Sans répondre, elle observa un instant le petit garçon et, soudain, il vit son expression changer. Elle devint très pâle, si pâle qu'il craignit qu'elle ne s'évanouisse, et il lui attrapa le bras d'une main ferme. Il ne voulait surtout pas la bouleverser.

— A présent, je vois la ressemblance, murmura-t-elle. Je me demande comment je ne m'en suis pas aperçue avant.

— Probablement parce que vous le voyez tous les jours. Et puis, toute cette histoire vous a bouleversée.

D'ordinaire, il n'était pas réputé pour être très compatissant, songea-t-il. Pour être honnête avec lui-même, il prenait même rarement en compte les sentiments des gens, parce qu'il ne s'attendait pas à ce qu'ils tiennent compte des siens. Mais, curieusement, il éprouvait le besoin de réconforter Mia, de tout faire pour lui faciliter ce premier contact avec Noah.

Le regard vert s'accrocha au sien, et il y vit comme un appel.

— Vous croyez ? dit-elle. Peut-être que je refusais inconsciemment de voir cette ressemblance, parce que cela aurait signifié que vous aviez raison…

— Ce sont les tests qui ont raison. Vous avez lu la lettre, Mia. Ils démontrent sans aucun doute possible qu'Harry n'est pas votre fils.

— Mais cela ne prouve pas qu'il soit le vôtre ! s'exclama-t-elle en se levant d'un bond. Il n'y a rien dans le rapport qui prouve que vous soyez son père, Leo. Absolument rien !

— Je le sais bien.

Se rendant compte qu'ils commençaient à attirer l'attention, il se leva à son tour et décida de baisser le ton pour éviter que d'autres puissent entendre leur conversation.

— C'est pourquoi nous devons envoyer d'autres échantillons d'ADN, et cette fois de nous deux aussi bien que des garçons. Je vais m'en occuper et, ensuite, il n'y aura plus de doute possible.

— Comme c'est simple, n'est-ce pas ? dit-elle avec amertume. Il suffit d'envoyer des échantillons de cheveux et de salive, et on vous expédie un autre rapport qui vous dit que l'enfant A appartient à tel ou tel parent.

— Non, ce n'est pas simple, répliqua-t-il. Dans le cas présent, rien n'est simple, Mia. C'est même une belle pagaille qui va causer de grands bouleversements. Mais la seule façon d'en sortir, c'est d'agir ensemble. Si nous commençons à nous disputer, nous ne ferons que détruire la vie de deux enfants innocents. C'est vraiment ce que vous voulez ?

— Bien sûr que non.

Mia soupira longuement, s'efforçant de se ressaisir. Elle regarda Harry en haut du toboggan, et son cœur se serra. Il dut sentir qu'elle l'observait, car il se retourna pour lui faire signe et lui sourit avant de s'élancer à toute vitesse.

Une fois en bas, il la rejoignit, tout excité.

— Tu as vu comme j'allais vite, maman ?

— Oui, mon chéri, répondit-elle en le serrant contre elle. Tu es le champion du toboggan !

Harry éclata d'un rire heureux avant de repartir pour un tour.

Elle se tourna vers Leo, gênée.

— Je suis désolée. J'ai perdu mon sang-froid, mais cela ne se reproduira pas.

— Cela a été un choc pour tous les deux, répondit-il calmement.

— Nous devrions faire les tests le plus tôt possible.

— Je suis d'accord avec vous. Le sort de nos deux enfants est en jeu. Il se peut que Noah ressemble à votre mari décédé et je pense qu'Harry me ressemble, mais cela ne constitue pas une preuve. Mieux vaut avoir entre les mains un document qui l'atteste avant d'élaborer quelque projet que ce soit.

— De quel projet parlez-vous ? demanda-t-elle vivement.

Leo fronça les sourcils.

— Je n'en suis pas sûr… Les garçons sont beaucoup trop jeunes pour qu'on puisse leur expliquer les détails de cette interversion, cela ne ferait qu'ajouter à leur confusion. Mais il me paraît évident que nous devons avoir un contact avec notre véritable enfant si nous voulons éviter des problèmes dans le futur. Je ne veux pas qu'Harry grandisse en croyant que je ne me suis pas intéressé à lui et je suis sûr que vous pensez la même chose pour Noah.

— Absolument. Alors, que suggérez-vous ? Que nous nous rencontrions de façon régulière afin que nous apprenions à nous connaître ?

Il jeta un coup d'œil vers le terrain de jeux. Elle suivit son regard, et son cœur se serra quand elle vit qu'Harry et Noah étaient sur des balançoires voisines. Tous les deux ne se doutaient de rien, et il appartenait à Leo et elle de leur rendre les choses le plus faciles possible.

— Ne vont-ils pas trouver cela étrange ? objecta-t-elle. On ne peut tout de même pas tomber par hasard l'un sur l'autre chaque fois ?

— Non. Ce sont des enfants intelligents et ils se rendront vite compte que quelque chose se trame. Nous devons trouver un autre moyen. La seule solution à laquelle je pense pour l'instant, ce serait de leur faire croire que nous sortons ensemble.

Elle étouffa une exclamation, mais il haussa les épaules.

— Dans l'école de Noah, beaucoup de parents se sont séparés et ont quelqu'un d'autre dans leur vie. Je suppose que c'est la même chose dans l'école d'Harry. Si nous leur disons que nous nous voyons, ils trouveront cela tout à fait normal. Qu'en pensez-vous ?

Ce qu'elle en pensait ? Elle ne trouvait plus les mots, tout simplement. C'était plutôt troublant de s'imaginer avec Leo… Après tout, l'idée n'était pas si choquante, songea-t-elle, se sentant devenir écarlate.

— Je… Euh…

Harry réapparut juste à temps.

— J'ai soif, maman. Je peux avoir à boire, s'il te plaît ?

— Bien sûr, mon chéri.

Elle se redressa si vite qu'elle faillit renverser son sac. Elle devait réfléchir à sa suggestion, et tenter de trouver une meilleure idée afin d'éviter d'être plus impliquée avec Leo qu'elle ne l'était déjà. Avec un sourire forcé, elle se tourna vers lui.

— Contente de vous avoir revu, Leo. Et bonne journée.

— Vous de même, répondit-il poliment.

A cet instant, Noah accourut vers lui, et il posa une main protectrice sur son épaule.

— Noah, voici Mia. Dis-lui bonjour ainsi qu'à son fils, Harry.

— Bonjour, marmonna Noah, en dessinant un cercle sur le sol du bout du pied.

— Bonjour, Noah. Contente de te connaître.

Elle se sentit envahie par l'émotion en observant la tête un peu penchée de l'enfant. De près, sa ressemblance avec Chris était encore plus marquée. Il n'avait pas seulement ses cheveux blond cendré et ses sourcils foncés, mais aussi son nez.

Soudain, elle fut certaine que, quoi qu'il arrive, elle devait apprendre à le connaître. Il était son enfant, et celui de Chris. Elle ignorait si elle serait un jour capable de lui dire qu'elle était sa mère, mais elle ne pouvait pas supporter de ne pas faire partie de sa vie.

Elle regarda Leo droit dans les yeux.

— Je pense que votre idée pourrait marcher. Si vous voulez, discutons-en la prochaine fois.

— Volontiers.

Il n'ajouta rien et la laissa s'éloigner avec Harry, mais son regard parlait pour lui. Elle frissonna en se dirigeant vers le café. Leo avait sans doute fait cette suggestion pour aider les garçons, mais elle ne manquerait pas d'avoir des répercussions sur leurs parents.

Se rappelant la façon dont il l'avait regardée, elle tenta de contenir l'excitation qui l'avait gagnée. Elle lui plaisait en tant que femme, cela ne faisait aucun doute. Mais ses sentiments pour lui étaient beaucoup plus compliqués.

Depuis la mort de Chris, elle n'avait pas désiré sortir avec d'autres hommes, n'en ayant jamais eu vraiment envie. Sa mauvaise expérience avec Steve Parker l'avait guérie de l'envie de voir d'autres hommes, et, si elle n'avait pas connu Chris, elle n'aurait sans doute jamais eu le courage de recommencer.

Pourtant, Leo était différent. Très différent. Ce ne serait

pas facile de faire semblant de le voir que pour le bien des enfants.

Leo fut content d'aller travailler le lundi matin. Au moins, pendant ce temps, il ne pensait plus à ce qui s'était passé le samedi, soupira-t-il en se rendant au bloc opératoire. Ce qu'il avait fait tout le reste du week-end.

L'idée de sortir avec Mia avait surgi totalement à l'improviste. Mais, depuis qu'il l'avait émise, elle lui paraissait de plus en plus attrayante. Cela faisait des lustres qu'il n'était plus sorti avec une femme, et il ne demandait qu'à apprécier une compagnie féminine. Mais ce n'était pas la vraie raison : bizarrement, apprendre à connaître Mia lui semblait aussi important que de connaître Harry.

Il étouffa un juron en poussant la porte pour aller se laver avant d'opérer. Qu'est-ce qui n'allait pas chez lui ? Il pouvait avoir toutes les femmes qu'il voulait, des femmes beaucoup plus belles que Mia. Voilà qu'il se mettait à avoir les idées les plus folles. Il devait seulement s'intéresser à Mia en tant que mère de son fils !

— Par pitié, pas ça !

A côté des lavabos, Declan Murphy, étudiant de deuxième année, était agenouillé devant Janice Lang, l'infirmière du bloc. Il la regardait d'un air suppliant, capable d'émouvoir le cœur le plus dur. Janice et le reste de l'équipe riaient tellement qu'ils ne remarquèrent pas l'arrivée de Leo.

— Je ferai tout ce que vous voudrez : nettoyer les toilettes, laver les bassines des malades — tout, si vous m'évitez ça, ajouta Declan. Mais je ne pourrai vraiment pas supporter de passer deux heures enfermé au bloc avec notre patron adoré !

Leo s'approcha davantage et, soudain, tout le monde s'écarta d'un seul mouvement… Sauf Declan, toujours à genoux, qui tourna la tête et pâlit en le voyant.

— Très émouvant, docteur Murphy…, dit-il avec un léger sourire, tandis que l'étudiant se relevait en hâte. Je trouve que vous gaspillez vos talents dans ce genre d'endroit. Vous devriez essayer de vous faire engager au théâtre.

— Euh... Oui, merci, balbutia Declan.

Se dirigeant vers la salle de douche, Leo réussit à contenir son hilarité jusqu'à ce que l'eau se mette à couler. L'expression de Declan avait vraiment été impayable. Il ne se risquerait plus à faire ce genre de plaisanterie avant longtemps. Quant à lui, il avait brusquement compris qu'il n'avait pas besoin de jouer les patrons inflexibles. Parfois, une touche d'humour était beaucoup plus efficace.

Leo fronça les sourcils en enfilant sa tenue pour le bloc. Il n'y a pas si longtemps, une telle idée ne lui aurait jamais traversé l'esprit. Etait-ce cette situation avec Noah et Harry qui le rendait si différent ?

Découvrir que Noah n'était pas son fils l'avait terriblement affecté. Il n'était plus sûr de rien, pas même de ses propres actes. Alors qu'autrefois il aurait été certain d'avoir raison, à présent il discutait ses propres décisions.

Ce qui s'était produit ce week-end... Il n'avait cessé de penser, jour et nuit, à la suggestion qu'il avait faite à Mia, se demandant si c'était une bonne chose. Devaient-ils faire semblant de se fréquenter pour le bien des enfants ? N'était-ce pas forcer le destin ?

Il glissa les pieds dans ses sabots en caoutchouc. De toute façon, il ne risquait pas de s'impliquer sentimentalement avec Mia, ni avec aucune autre femme ! Son expérience avec Amanda lui avait servi de leçon. Certes, il n'avait pas eu le cœur brisé lorsqu'elle l'avait quitté, mais sa fierté en avait pris un coup, et cet intermède lui avait ôté l'envie de chercher une autre relation de longue durée.

Même si Mia et lui décidaient d'appliquer cette idée, leur relation ne serait jamais qu'un faux-semblant.

En entrant dans le bloc, il se demanda pourquoi il se sentait encore aussi indécis. Tant que tous deux savaient ce qu'ils faisaient, il ne devrait pas y avoir de problème.

En principe.

7.

Le lundi matin, Mia arriva tôt au travail. Pour une fois, le train avait été à l'heure, et elle n'avait pas eu besoin de courir depuis la gare. Au moins il y avait quelque chose qui tournait rond, songea-t-elle en se dirigeant vers la salle du personnel.

Elle soupira en suspendant sa veste dans son vestiaire. La veille, le déjeuner avec ses beaux-parents avait été encore pire qu'elle ne l'avait craint. Joyce et Edward avaient été anéantis quand elle leur avait parlé d'Harry. Ils avaient tout d'abord refusé de la croire, et c'était seulement quand elle leur avait montré les résultats des tests ADN qu'ils avaient accepté la vérité.

Harry et elle étaient repartis peu après le repas. Habituellement, ils passaient l'après-midi chez eux, mais elle avait compris que le couple avait besoin de temps pour assimiler la nouvelle. Mia estimait sa belle-mère, et elle espérait que cela ne changerait rien dans sa relation avec Harry. Plus que jamais, celui-ci allait avoir besoin de l'amour et du soutien de ses grands-parents.

Cette semaine, Penny, qui était en vacances, avait épinglé le planning sur le tableau d'affichage.

Mia fit la grimace en découvrant qu'elle se trouvait encore en cardiologie. Pendant le week-end, elle n'avait cessé de penser à la suggestion de Leo. Tout en étant déterminée à mieux connaître Noah, elle n'était plus certaine que c'était une bonne idée.

Harry risquait de ne pas être ravi qu'elle ait un autre homme dans sa vie, d'autant plus qu'il n'avait pas eu l'air d'apprécier Leo.

Après le passage de relais avec l'infirmière de nuit, elle alla faire le tour des patients et fut surprise de retrouver David Rimmer. Il avait quitté l'hôpital une fois son opération réussie, et elle ne s'était pas attendue à le revoir.

— Je vais devoir vous remettre sur la liste de distribution de café…, plaisanta-t-elle.

Prenant sa fiche, elle réprima un soupir en constatant qu'il revenait pour les mêmes symptômes que précédemment : des battements de cœur trop rapides et irréguliers.

— Avec du lait et deux sucres, répondit-il.

Mais elle vit bien que son sourire était forcé.

— J'en prends bonne note.

Puis elle replaça le masque à oxygène sur son visage et agita un index sous son nez.

— A présent, vous allez garder ça, sinon ce sera de l'eau à la place du café, mon garçon.

— Bien, maman, dit David avec une petite voix d'enfant.

Il regarda derrière elle et fit la grimace.

— Elle est toujours aussi autoritaire, docteur ?

Elle se retourna, et son cœur battit plus vite quand elle aperçut Leo. Il était en tenue de bloc, et le tissu vert soulignait les muscles de son torse. Il avait l'air si grand et si viril qu'elle se sentit réagir à un point qui la choqua.

Le sexe n'avait jamais tenu une grande place dans sa vie, aussi n'avait-elle pas eu d'appréhension en épousant Chris. Qu'ils ne puissent pas avoir de relations sexuelles à cause de son accident ne l'avait pas dérangée, bien que cela ait tracassé son mari.

Mais, à présent, elle devait reconnaître qu'elle n'était pas indifférente à la présence de Leo, et ses doutes du week-end resurgirent. Et si elle tombait amoureuse de lui, et voulait que la fiction devienne réalité ?

Leo sentit que quelque chose troublait Mia quand il répondit à David.

— Honnêtement, je ne sais pas. Parlons plutôt de vous.

C'était avant tout valable pour lui. Il expliqua à son patient qu'ils pourraient refaire de la cardioversion.

— Mais vous ne pouvez pas tout le temps arrêter mon cœur et le redémarrer, n'est-ce pas ? demanda David avec inquiétude.

— En effet. Nous avons déjà essayé plusieurs combinaisons de médicaments, sans résultat. La solution pourrait être d'implanter un défibrillateur de cardioversion permanent.

— Super ! s'exclama David, visiblement de plus en plus inquiet, ce qui fit rire Mia.

Leo toussota, s'efforçant d'ignorer l'effet que produisaient sur lui ces intonations éraillées. Et, quand bien même sa respiration devenait un peu plus haletante, où était le problème ? Il était un homme normal, doté d'un appétit sexuel normal, et il aurait réagi de même devant n'importe quelle femme.

— C'est un appareil à peine plus grand qu'une boîte d'allumettes qui sert à restaurer un rythme cardiaque dans la norme, dit-il, se concentrant sur son patient.

Il en expliqua le fonctionnement dans ses grandes lignes.

— L'avantage, c'est que l'appareil est mis en place sous anesthésie locale. L'opération dure environ une heure et nous vous gardons la nuit pour vérifier que tout fonctionne correctement. Ensuite, vous ne viendrez qu'occasionnellement pour un contrôle, et c'est tout.

— Vraiment ! s'étonna David.

Il se tourna vers Mia en souriant.

— D'après vous, le médecin me dit la vérité, ou bien il a éludé certains passages pour ne pas m'effrayer ?

— Je suis certaine que M. Forester ne chercherait pas à vous tromper, répondit-elle en l'observant.

Il s'efforça d'avoir l'air impassible alors que son pouls s'accélérait tandis qu'elle continuait à parler, de ce ton rauque qui avait sur lui un effet dévastateur.

— Il m'apparaît comme quelqu'un qui dit toujours la

vérité, si désagréable soit-elle. Je crois que vous pouvez lui faire confiance, David. C'est mon cas.

Mia se demanda pourquoi elle avait parlé ainsi. Ce n'était pas seulement pour rassurer David.

Pendant que Leo expliquait à son patient qu'il serait emmené au bloc opératoire l'après-midi même, elle constata avec étonnement qu'elle avait effectivement confiance en lui.

Ayant grandi en famille d'accueil, elle se fiait rarement à qui que ce soit. Chaque fois qu'elle s'était attachée à quelqu'un, il était parti ou bien elle avait été envoyée dans une autre famille. Peu à peu, elle s'était ainsi créé une carapace et n'avait autoriser personne à la percer. Seule sa rencontre avec Chris lui avait permis de laisser tomber ses défenses. Elle lui avait fait confiance et, apparemment, elle réitérait avec Leo. C'était un peu difficile à admettre.

Lorsqu'il eut terminé ses explications, elle réinstalla le masque à oxygène sur le visage de David.

— On fait un marché, reprit Leo. Vous le gardez sur le nez et je vais vous chercher une tasse de café. D'accord ?

— D'accord ! répondit-il en lui tapant dans la main, avant de se laisser tomber sur son oreiller.

Quand ils le quittèrent, il avait l'air épuisé.

— J'espère que ça marchera, dit-elle tandis qu'ils se dirigeaient vers le bureau. Il est de plus en plus faible.

— Rien d'étonnant, après ce qu'il a subi, répondit-il d'un ton étrange.

Elle lui jeta un coup d'œil intrigué et se sentit rougir en voyant l'expression de ses yeux. Etait-ce à cause de ce qu'elle avait dit à son propos ? Pourquoi diable avait-elle parlé ainsi ? Elle ne pouvait pas lui faire confiance tant qu'elle ne connaîtrait pas ses intentions au sujet d'Harry.

Soudain, elle ressentit un instant de panique en entrant dans le bureau. Avait-elle été trompée par un faux sentiment de sécurité ? Et si Leo ne lui avait pas dit la vérité et envisageait de réclamer Harry ?

Incapable de supporter cette idée, elle lui fit face.

— Ce que j'ai dit tout à l'heure, c'était uniquement pour rassurer David. Si je vous fais confiance pour agir au mieux de l'intérêt de vos patients, j'émets des réserves pour ce qui est d'Harry.

— Vous craignez encore que je tente d'obtenir sa garde ? demanda-t-il d'un ton si glacial qu'elle frissonna.

— Je crois que c'est possible, oui.

Il la fixa froidement.

— La confiance doit être réciproque, Mia. Je dois pouvoir me fier à vous comme vous à moi.

Tournant les talons, il se dirigea vers la porte, et elle se mordilla les lèvres, se sentant sur le point de pleurer. Quelque chose dans la voix dure de Leo l'avait touchée. Elle savait qu'elle l'avait blessé — celui qu'il était vraiment, et non pas le personnage qu'il jouait.

Sous cette apparence si distante, il y avait un homme chaleureux et aimant, quelqu'un qui était aussi effrayé d'ouvrir son cœur qu'elle l'avait été avant de connaître Chris.

Elle inspira profondément. Leo et elle avaient plus en commun que les garçons, semblait-il.

Leo passa l'après-midi à voir des patients dans le cabinet privé de Harley Street qu'il partageait avec d'autres consultants. Ils assuraient plusieurs spécialités, dont la cardiologie et l'oncologie, et étaient très sollicités.

Effectivement, il y avait des gens prêts à dépenser beaucoup d'argent pour leur santé. Leo estimait que c'était leur droit, mais, contrairement à certains de ses collègues du cabinet, il estimait que le service qu'il proposait à ses patients privés n'avait pas à être meilleur que celui qu'il offrait à ses patients de l'hôpital. Il se donnait à cent pour cent pour tous ses patients.

Le dernier ayant téléphoné pour annuler son rendez-vous,

il rentra chez lui plus tôt, pour une fois. Il y avait un nouveau film d'animation qui passait au cinéma, et il était sûr qu'il plairait à Noah. Ou du moins… il l'espérait.

Depuis son accident, Noah était devenu si renfermé qu'il n'était plus possible de prévoir ce qu'il aimerait. Chaque fois qu'il lui proposait de faire quelque chose, il acceptait, mais ne faisait preuve d'aucun réel enthousiasme. En fait, il avait l'air plus heureux chez lui, à jouer dans sa chambre.

Leo n'avait pas réussi à deviner le cœur du problème. Chaque fois qu'il demandait à Noah si quelque chose le préoccupait, il se contentait de secouer la tête.

Il fallait qu'il trouve ce qui n'allait pas, mais il ne savait pas par quel bout s'y prendre. Mia aurait peut-être une idée ?

En rentrant chez lui, il fronça les sourcils, inquiet de constater qu'il commençait à avoir recours à Mia. Elle avait beau être la mère biologique de Noah, elle ne connaissait absolument rien de lui.

Elle n'avait pas arpenté la chambre, nuit après nuit, pour tenter de le faire dormir quand il était bébé. Elle n'avait pas été là quand il avait eu la varicelle, pleurant sans arrêt. Elle n'avait pas été là non plus quand il avait été amené aux urgences après l'accident, si gravement touché que les médecins ne lui avaient donné que trente pour cent de chances de s'en sortir.

Il avait traversé cela tout seul, avait consolé, réconforté son fils, et avait pleuré en craignant de le perdre.

Pourquoi diable s'était-il imaginé que Mia pouvait lui donner un avis ? Cherchait-il à créer un lien plus fort entre eux, à la faire davantage entrer dans sa vie ? Et si oui, pourquoi ? Etait-ce pour les enfants ou pour lui-même ?

Leo ignorait les réponses à ces questions, et cela le perturbait de se sentir aussi incertain. Il aimait que sa vie soit exempte de doutes, mais dans ce cas c'était impossible. Il mit ces questions de côté avec une détermination qui l'aida à se sentir un peu mieux. Tant qu'il pourrait contrôler ses propres pensées, tout irait bien.

Noah était en train de manger dans la cuisine. Mme Davies,

la gouvernante, allait le chercher tous les jours à l'école et restait avec lui jusqu'au retour de Leo.

Elle sourit en le voyant arriver.

— Vous rentrez tôt pour une fois, docteur. Noah n'a pas encore fini.

Le cœur de Leo se serra quand il vit que Noah ne relevait même pas la tête. Avant l'accident, il aurait accouru vers lui, mais, ces jours-ci, c'était tout juste s'il paraissait le voir. On aurait dit qu'il lui en voulait pour l'accident, alors que c'était Amanda qui conduisait.

Peut-être devrait-il en parler à Mia, se demanda Leo. Si elle pouvait apporter quelques lumières sur le comportement de Noah, cela valait la peine d'essayer.

Il s'assit à côté de son fils et lui ébouriffa les cheveux.

— As-tu passé une bonne journée à l'école ?

Noah hocha la tête en enfournant une cuillerée de spaghettis coupés, et Leo réprima un soupir. Apparemment, son fils n'était pas dans un de ses meilleurs jours s'il refusait de lui parler. Il persista, déterminé à abattre les barrières que l'enfant avait dressées entre eux. Il aimait Noah de tout son cœur, et ne supportait pas l'idée que quelque chose n'allait pas et qu'il ne pouvait rien y faire.

— Comme j'ai réussi à rentrer plus tôt, j'ai pensé que l'on pourrait aller au cinéma voir le nouveau film avec le panda, puisque je me rappelle que tu avais adoré le premier. Qu'en penses-tu ?

Noah leva la tête, le regard morne.

— Est-ce qu'on doit y aller en voiture ?

— Non, répondit Leo en souriant.

Il ne comprenait que trop bien l'aversion de Noah pour la voiture et dut faire un effort pour contenir la colère qui montait en lui en pensant à ce qu'Amanda avait fait. Il n'allait tout de même pas perturber son fils au moment où il s'était enfin ouvert.

Il devait aussi songer à offrir au monde un visage plus agréable s'il ne voulait pas s'aliéner complètement Harry.

A propos d'Harry, il songea aux bouleversements qui allaient se produire lorsque Noah découvrirait la vérité sur ses parents.

Une fois de plus, Leo souhaita de n'avoir jamais commencé toute cette histoire. Noah et lui auraient pu continuer à vivre tranquillement comme avant, de même que Mia et Harry. Ils n'auraient jamais su la vérité et s'en seraient très bien portés.

Mais cela… Le pensait-il vraiment ?

— Nous irons au cinéma en bus, dit-il d'une voix détendue. Il s'arrête juste devant le cinéma. Et, tu sais quoi ? On ira manger une glace avant le début du film, si tu en as envie.

Le visage de Noah s'éclaira.

— Oh oui !

Repoussant son assiette, il se leva d'un bond et se précipita hors de la cuisine pour se préparer.

— Il n'a pas fini son repas…, soupira Mme Davies en secouant la tête.

— Désolé, c'est ma faute, dit-il.

— Ça ne fait rien. C'est si agréable de le voir redevenir un peu lui-même, n'est-ce pas ? répondit-elle en débarrassant la table.

— En effet.

La gorge nouée, Leo se leva. Même Mme Davies avait noté le changement chez Noah. En allant se préparer, il se promit de tout faire pour aider son fils à se remettre complètement de l'accident. Et si, pour cela, il devait avoir recours à Mia, il n'hésiterait pas à le faire, quelles que soient les conséquences pour lui sur le plan personnel.

8.

Normalement, Mia ne serait pas sortie avec Harry un soir de semaine, mais, cette fois, elle fit une exception. Le voyant anormalement silencieux quand elle alla le chercher à la sortie de l'école, elle lui posa adroitement quelques questions, et comprit de quoi il s'agissait : Harry était contrarié parce qu'il croyait que sa grand-mère était en colère contre lui, et il ne comprenait pas ce qu'il avait fait de mal.

Le cœur lourd, elle lui assura qu'il n'avait rien fait, mais que sa grand-mère ne s'était pas sentie bien, et c'est pourquoi elle n'était pas restée pour leur faire signe quand ils étaient repartis. C'était justement ce genre de réaction qu'elle avait voulu éviter. Et si Joyce se comportait de façon identique la prochaine fois qu'ils lui rendaient visite ?

Peut-être valait-il mieux laisser passer une ou deux semaines afin de donner au couple le temps de se remettre ? Mais Harry ne le comprendrait pas non plus. Il adorait ses grands-parents qui le lui rendaient bien, et avait toujours hâte de les voir…

Afin de changer les idées de son fils, elle lui proposa de l'emmener manger au fast-food. Diversion réussie : il fut tout excité à la perspective de cette soirée inattendue. Cerise sur le gâteau, ils prirent le bus, ce qui pour lui fut un autre grand moment. C'était tellement plus amusant que de rouler en voiture !

Le restaurant était plein, et ils durent faire la queue pour passer commande. Naturellement, Harry choisit le repas qui lui donnait droit à un jouet gratuit. Mia commanda un wrap au poulet que le jeune homme derrière le comptoir devait venir lui apporter.

Prenant leur plateau, elle chercha une place, mais toutes les tables étaient prises. Soudain, elle vit quelqu'un lui faire signe et repéra Leo, assis près de la fenêtre avec Noah. Il était la dernière personne qu'elle se serait attendue à trouver ici.

Quand il se leva pour les accueillir, elle esquissa un sourire forcé.

— Merci de partager votre table avec nous.

Il lui prit son plateau et elle retira sa veste, regrettant de n'avoir pas mis quelque chose d'un peu plus élégant que son vieux pull. Mais après tout quelle importance ? se dit-elle en aidant Harry à sortir son jouet de l'emballage. Leo ne s'intéressait pas à elle, seulement à son fils.

— Je vois qu'Harry a fait le même choix que Noah, commenta Leo d'une voix amusée.

Il avait l'air tellement plus abordable quand il abandonnait ses défenses.

— A mon avis, c'est plus le jouet qui les attire que la nourriture, répondit-elle.

— Vous avez sûrement raison. Ils savent s'y prendre ici, pour attirer les enfants.

Il se mit à rire, et elle sentit ses cheveux se dresser sur sa nuque. Il avait le rire le plus sexy du monde, profond et doux à la fois.

Elle soupira en se rendant compte qu'elle avait oublié de prendre la sauce tomate, mais Leo poussa sa boîte vers elle.

— C'est ça que vous cherchez ? J'en ai beaucoup trop, et Noah ne va pas tout manger.

— Oh ! parfait !

Elle tendit la sauce tomate à son fils.

— Dis merci à Leo, mon chéri.

— Merci, marmonna Harry de mauvaise grâce.

Mécontente, elle voulut le sermonner, mais Leo secoua la tête.

— Laissez-le, dit-il à voix basse, une fois l'enfant occupé

avec son repas. Si vous le grondez, ce sera encore pire. Je crains qu'Harry ne m'apprécie guère.

— Ce n'est pas une raison pour être impoli.

— En temps normal, je serais d'accord avec vous, mais cette situation est difficile pour tout le monde.

Son regard s'assombrit.

— Dieu sait comment ces deux-là réagiront quand on leur dira ce qui s'est passé.

Elle frissonna d'appréhension.

— Je n'ose même pas y penser. Cela a déjà été suffisamment dur, hier.

— Que s'est-il passé ?

— On est allés rendre visite aux parents de Chris.

Elle baissa le ton, tandis que les deux garçons entamaient un jeu compliqué sur le coin de la table, avec des poursuites et des cascades.

— Ils ont été bouleversés par la nouvelle, surtout ma belle-mère. Elle n'a même pas eu la force de nous accompagner quand on est repartis, et Harry a cru que c'était sa faute. C'est pourquoi je l'ai amené ici, pour le consoler.

Leo soupira.

— Bon sang ! Vous n'aviez pas besoin de ça. Je suis désolé, tout est ma faute, dit-il en posant une main sur la sienne. Je n'aurais jamais dû remuer tout ça.

— Je ne crois pas que vous aviez tellement le choix, après avoir appris l'erreur de la clinique.

Elle retira sa main car il aurait été trop facile de la lui laisser. La chaleur des doigts fermes de Leo lui donnait une impression de sécurité. Elle se sentait protégée, ce qui paradoxalement était un sentiment dangereux puisqu'elle n'avait d'intérêt pour lui que parce qu'elle était la mère de son fils. Une précision qu'elle ne devait pas l'oublier, sinon c'était la porte ouverte à de futures peines de cœur.

Les gens vous laissaient tomber, elle ne le savait que trop bien. Chris avait été la seule exception.

— Non, vous avez raison, dit-il. Je n'aurais pas pu ne pas

en tenir compte pour toutes sortes de raisons. Néanmoins, c'est difficile pour moi d'être la cause de tous ces bouleversements pour vous, Harry et Noah.

— Et pour vous aussi, ajouta-t-elle.

Elle regarda les deux garçons, toujours pris par leur jeu.

— Si vous aimez Noah autant que j'aime Harry, je sais ce que vous traversez actuellement.

Leo hocha la tête.

— Quand il apprendra que je ne suis pas son vrai père, je crains que ce ne soit la goutte d'eau qui fasse déborder le vase…

— Qu'entendez-vous par là ?

— Noah n'est plus lui-même depuis son accident, il y a six mois. Il s'est beaucoup replié sur lui-même. Quand je lui ai suggéré de venir ici ce soir, c'était la première fois depuis longtemps qu'il manifestait un peu d'enthousiasme.

Elle observa Noah du coin de l'œil. Sans doute ne jouait-elle aucun rôle dans sa vie, mais elle se souciait de lui.

— Cet accident a dû beaucoup le secouer. Il risque de se comporter différemment pendant quelque temps.

— Donc, vous pensez que ce sont uniquement les séquelles de l'accident ?

Il y avait de l'anxiété dans sa voix, et elle fronça les sourcils.

— Et vous, qu'en pensez-vous ? Vous le connaissez mieux que moi.

— Sincèrement, je n'en sais rien. J'ai tout tenté pour découvrir ce qui n'allait pas. J'ai essayé de parler de l'accident avec lui, mais il s'est refermé comme une huître. Je lui ai même suggéré de me dessiner ce qui s'était passé, et il n'a pas voulu. En fait, j'ai l'impression d'avoir été exclu par lui. Je ne sais pas comment faire pour l'atteindre.

— Avez-vous pris conseil ? demanda-t-elle, se sentant plus que jamais concernée.

— Oui, bien sûr. Mais, quand je l'ai emmené voir une psychologue, il a tout simplement refusé de parler.

— Et sa mère ? Est-ce qu'il pourrait s'ouvrir à elle ?

— J'en doute, même si je savais où elle était, répondit Leo d'un ton amer. La dernière fois que j'ai eu de ses nouvelles, elle passait des vacances sur un yacht aux Caraïbes, « pour récupérer », avait-elle dit. Elle ne l'a pas contacté depuis des mois, et je doute qu'elle se soucie de lui, à présent.

— Parce qu'il n'est pas de son sang ? dit-elle incrédule.

— Exactement. Vous savez, Amanda avait renoncé à l'idée d'être mère avant même la naissance de Noah. En fait, elle se serait fait avorter si je ne l'avais pas menacée de raconter à tout le monde ce qu'elle envisageait de faire.

— Mais alors pourquoi être passée par tous les désagréments de la fécondation *in vitro* si elle ne voulait pas avoir d'enfant ? Etait-ce pour vous faire plaisir ?

— Amanda ne fait jamais rien pour les autres, dit-il froidement. Mais, comme toutes ses amies avaient des bébés, elle a décidé de faire la même chose. J'ai tenté de l'en dissuader, mais elle s'est entêtée. Elle a été encore plus déterminée quand elle a appris que ses ovaires ne fonctionnaient pas et que le seul moyen d'avoir un enfant était une FIV.

— Et elle a changé d'avis une fois enceinte ?

— Oui. Elle détestait avoir des nausées et ne voulait pas grossir. Si je n'avais pas été là, elle se serait débarrassée du bébé sans une hésitation. Et ça ne s'est pas arrangé après sa naissance, ajouta-t-il d'un air morne. Amanda s'est désintéressée de lui et est partie quand il avait six mois.

— C'est terrible ! Cela a dû être très difficile pour vous…

— Pas vraiment. Pour être franc, j'étais plutôt soulagé de ne plus avoir à subir ses plaintes incessantes. J'ai demandé à avoir seul la garde de Noah et je l'ai obtenue, mais je l'ai laissée lui rendre visite. Le moins que l'on puisse dire, c'est qu'elle ne venait pas souvent. Elle n'avait pas vu Noah depuis près d'un an quand elle est arrivée un jour sans crier gare, me demandant si elle pouvait l'emmener en promenade. Je n'ai pas vu de raison de refuser, et c'est là que l'accident s'est produit.

Son ton s'était durci.

— Pour moi, Amanda n'est pas concernée par ce qu'il se passe actuellement. C'est à vous et moi de décider ce qu'il faut faire. Alors, si vous voulez vous retirer maintenant que vous savez que Noah a des problèmes, s'il vous plaît, faites-le tout de suite, Mia. Je ne voudrais surtout pas qu'il souffre encore davantage.

Leo avait senti la colère monter en lui, comme c'était souvent le cas quand il pensait à Amanda. Il vit Mia se raidir et se douta qu'il l'avait vexée, mais il fallait que les choses soient claires dès maintenant. Une fois que les enfants seraient au courant, ils ne pourraient plus reculer.

— Moi non plus, je ne veux pas qu'Harry souffre, répondit-elle sèchement. Il me semble que nous étions d'accord sur certaines choses.

Il s'irrita encore davantage, peu habitué à ce qu'on lui réponde sur ce ton.

— Alors, qu'attendons-nous pour mettre notre plan au point ? demanda-t-il en la fusillant du regard.

— J'espère que cela vaudra mieux que votre dernière suggestion qui consistait à faire semblant de se fréquenter.

— Et puis-je vous demander ce que vous trouvez à y redire ?

— Oh ! rien du tout, si ce n'est que j'ai à peu près autant envie de sortir avec vous qu'avec Jack l'Eventreur !

Sur ces mots, comme s'il n'existait plus, elle se tourna vers Harry et lui dit qu'il était temps de s'en aller.

S'efforçant de maîtriser sa colère, Leo informa Noah qu'ils devaient également partir s'ils ne voulaient pas rater le début du film.

Noah prit son jouet en plastique et le rangea soigneusement dans sa poche.

— Est-ce qu'Harry peut venir avec nous ? demanda-t-il, en lui jetant un regard suppliant.

— Je ne crois pas que la maman d'Harry ait envie qu'il veille trop tard, répondit-il.

En fait, c'était la dernière chose qu'il voulait. Bien sûr, la présence d'Harry ne le dérangeait pas, bien au contraire, mais cela signifiait que Mia viendrait aussi, et il n'avait aucune envie de subir encore ses commentaires. Le comparer à Jack l'Eventreur, tout de même !

— Est-ce qu'Harry peut venir avec nous, Mia ? S'il vous plaît ! demanda Noah.

Aussitôt, Leo oublia son orgueil blessé. La présence d'Harry était importante pour Noah, et c'était tout ce qui comptait.

— A vous de décider, Mia, dit-il. Harry est le bienvenu s'il souhaite nous accompagner. Et vous aussi, évidemment.

Mia inspira profondément. Elle ne comprenait pas pourquoi elle s'était ainsi emballée. Peut-être parce que Leo semblait croire qu'elle n'était pas plus digne de confiance que son ex-femme ? De toute façon, elle n'aurait pas dû réagir ainsi. Ils ne régleraient jamais cette situation s'ils commençaient à se disputer.

— Si Harry a envie d'aller au cinéma, je n'y vois pas d'objcction, dit-elle, tandis que son fils trépignait de joie sur place. Je crois que ça veut dire oui.

Leo se mit à rire, et elle fut soulagée de constater qu'il n'avait plus l'air contrarié.

— O.K., les garçons, allons-y. On ferait mieux de se dépêcher si vous voulez qu'on achète du pop-corn avant le début du film.

— Ouiiii !

Les deux enfants se mirent à courir vers la porte, et Mia se précipita derrière eux.

— Stop ! ordonna-t-elle avant qu'ils aient eu le temps de se ruer dehors.

Elle les prit par la main et se pencha pour mieux voir leurs petits visages excités.

— Il y a beaucoup de voitures qui passent, alors vous ne me lâchez pas et ne courez pas n'importe où. D'accord ?

Ils hochèrent la tête docilement et sortirent avec elle d'un pas tranquille. Le cinéma se trouvait à l'autre bout du complexe et, pendant le trajet à pied, les enfants parlèrent avec animation du film qu'ils allaient voir.

Mia fut surprise de l'expression pensive de Leo quand ils entrèrent à l'intérieur du cinéma. Une fois les enfants en possession de leur sachet de pop-corn, elle lui demanda ce qui n'allait pas.

— Rien, répondit-il. En fait, je ne me suis pas senti aussi bien depuis longtemps.

Il regarda les enfants.

— Je commençais à croire que je n'arriverais plus à communiquer avec mon fils, mais ce soir j'ai l'impression de retrouver le Noah d'avant, et c'est à Harry et vous que je le dois.

Il se tourna vers elle, et elle retint son souffle. Il y avait tant de chaleur dans ses yeux qu'elle en oublia la colère qui les animait précédemment. Elle aurait voulu qu'il la regarde toujours ainsi et constata avec inquiétude à quel point elle était vulnérable.

— Je suis contente que l'on ait pu vous aider, dit-elle en esquissant un bref sourire.

Leo alla acheter les tickets puis il les entraîna dans la salle. Elle était remplie de monde, mais ils avaient des places numérotées, en plein milieu. Au grand soulagement de Mia, elle n'eut pas à s'asseoir à côté de Leo car tous deux encadraient les enfants.

Si elle avait été près de lui, elle aurait senti la chaleur de son corps, l'odeur fraîche de sa peau qui faisait partie intégrante de sa personne. Soudain, elle se sentit envahie par des sensations qu'elle n'avait encore jamais éprouvées. Sa respiration s'accéléra, elle avait de plus en plus chaud et se sentait tout alanguie.

Etait-ce cela, la passion ? Cet éveil des sens, et cette conscience exacerbée de la présence de l'autre ? Elle avait aimé Chris, mais ils n'avaient jamais pu faire l'amour. Ils avaient échangé des baisers et des caresses qu'elle avait aimés, mais elle n'avait jamais été emportée par la passion.

Assise dans le noir, elle tenta d'analyser ce qu'elle éprouvait de façon rationnelle, mais ce fut impossible. Tout ce qu'elle savait, c'était qu'elle avait vingt-neuf ans. Elle avait été mariée et avait donné naissance à un enfant. Pourtant, elle n'avait que très peu d'expérience et s'était toujours sentie très semblable à la jeune fille qu'elle avait été.

Jusqu'à maintenant.

Leo fixait l'écran sans le voir. Les couleurs vives lui faisaient mal aux yeux, mais il craignait de les fermer et d'encourager ainsi certaines pensées qu'il préférait ignorer, de même que certaines images trop tentantes de Mia et lui assis côte à côte, se prenant la main, s'embrassant, et…

Il étouffa un juron qu'il déguisa en toux. Voyant Noah lever la tête vers lui, il sourit à son fils. Parce que Noah était *son* fils, quels que soient ses parents biologiques. Mia était peut-être sa mère, mais il était le papa de Noah et le serait toujours. Rien ne pourrait le séparer de cet enfant qu'il adorait, ni Mia ni cette folle attirance qu'il éprouvait pour elle.

— Ça va ? murmura-t-il, se ressaisissant.

Dans le passé, il avait été attiré par d'autres femmes et s'était séparé d'elles le moment voulu. Mais il ne pouvait pas faire de même avec Mia. Ils étaient liés tous les quatre. Mia et Harry allaient par deux, de même que lui et Noah.

— C'est super !

Noah lui sourit avant de se concentrer sur l'écran, et le cœur de Leo s'emplit d'amour. C'était tellement merveilleux de voir son enfant avoir l'air heureux de nouveau. Sans doute y aurait-il encore des problèmes, mais ils les surmonteraient. Il en était certain, de même qu'il était persuadé que sa rencontre avec Mia avait été le facteur déclenchant. Noah avait créé un lien avec elle et Harry, et c'était ce qui avait fait changer les choses. Il lui en serait toujours reconnaissant.

Tournant la tête, il la chercha dans la rangée. Elle fixait l'écran des yeux, l'air absent.

Il ne pouvait plus supporter les couleurs vives du film ni la musique trop forte. Alors, cédant à la tentation, il ferma les yeux, se retirant dans son propre monde, et, aussitôt, les images affluèrent. Il était avec Mia, et ils se touchaient, s'embrassaient, se caressaient, faisaient l'amour. Il savait qu'il avait tort de fantasmer ainsi et que l'attirance physique ne durait pas : au bout d'un mois ou deux, elle commençait à diminuer, ne faisant que compliquer les choses.

Il pouvait supporter l'idée que Mia soit la vraie mère de Noah, qu'elle ait donné naissance à son fils biologique, mais de là à être amants… C'était vraiment aller trop loin !

9.

Quand le film se termina, il était plus de 19 heures. Mia prit la main d'Harry et se hâta vers la sortie, pressée de mettre fin à cette soirée.

Une fois dehors, elle sourit poliment à Leo qui aidait Noah à fermer son blouson.

— Merci de nous avoir invités. Ça nous a vraiment plu, n'est-ce pas, Harry ?

— C'était super !

Harry leur sourit de toutes ses dents, et elle vit l'expression de Leo s'adoucir. Il était manifestement heureux d'avoir enfin gagné l'approbation d'Harry, mais il fallait qu'elle s'endurcisse si elle nc voulait pas laisser ses émotions la submerger de nouveau.

Elle se sentit rougir en se rappelant ce qu'elle avait éprouvé au cinéma. Certes, elle était attirée par Leo, mais elle veillerait à ce qu'il n'en ressorte rien. Ce serait de la folie de s'attacher à lui, alors que la situation qu'ils vivaient était déjà suffisamment délicate.

— Je suis content que tu aies aimé le film, Harry, dit Leo. Noah était ravi que tu sois là. Tu pourrais peut-être un jour venir jouer à la maison avec lui — si ta maman est d'accord, évidemment.

— Je n'y vois pas d'inconvénient, répondit-elle.

— Parfait.

Il se tourna vers Harry.

— Et si tu venais samedi ? Noah et moi pourrions passer te prendre vers 10 heures, si tu veux.

— Oh oui ! s'exclama Harry, visiblement ravi de revoir son nouvel ami.

Mia ne partageait pas son enthousiasme. Leo n'avait pas précisé si elle était conviée, et elle n'avait pas très envie qu'Harry parte seul avec lui. Leo était peut-être son père biologique, mais elle savait très peu de chose sur lui, en dehors du fait qu'il était un chirurgien hors pair.

— Le papa de Noah et moi devons d'abord en parler, répondit-elle prudemment. Je n'ai pas dit que tu ne pouvais pas y aller, mon chéri, ajouta-t-elle en voyant Harry faire la moue. Mais nous devons régler ensemble quelques détails. Pour commencer, je ne sais même pas où habite Noah !

Leo grimaça.

— Vous avez raison. Désolé, Harry. J'aurais dû d'abord en discuter avec ta mère.

— Ce n'est pas grave, dit-elle, faussement désinvolte.

En fait, elle n'avait pas apprécié de voir Leo prendre ainsi les commandes. S'il croyait qu'il pouvait l'ignorer, il se trompait !

Elle prit la main d'Harry.

— Je vous appelle, et nous verrons cela ensemble, dit-elle.

Il fouilla dans sa poche et écrivit rapidement sur un bout de papier.

— En plus de mon numéro de téléphone, voici mon adresse à Primrose Hill. Si vous acceptez qu'Harry vienne, je vous promets de prendre bien soin de lui, Mia.

— Je n'en doute pas.

Etait-il en train de la faire passer pour la méchante de l'histoire ?

— Il est temps de rentrer. Dis bonsoir, Harry, ajouta-t-elle avec un sourire forcé.

Par chance, leur bus arriva aussitôt. Une fois installée à l'étage avec Harry, elle aperçut Leo et Noah à l'arrêt, attendant le leur.

La colère monta en elle. Leo était-il en train d'attirer Harry à lui en lui faisant miroiter des choses agréables ? Elle espérait que non. La situation était déjà assez difficile sans ce genre de pression.

Harry était son fils, quoi qu'en disent les tests ADN. Elle ne permettrait à personne de l'entraîner loin d'elle. Que dirait Leo si elle tentait la même chose avec Noah ? se demanda-t-elle. Elle réprima un frisson, imaginant trop bien comment il réagirait.

De retour chez lui, Leo était conscient d'avoir contrarié Mia. Une fois Noah au lit, il redescendit, se demandant ce qu'il devait faire. Auparavant, il ne s'en serait pas soucié le moins du monde. Il n'était jamais volontairement grossier, mais, s'il lui arrivait par accident de blesser quelqu'un, il préférait l'ignorer. D'après son expérience, tout finissait par s'arranger avec le temps.

Mais il ne pouvait pas agir ainsi avec Mia. Il l'avait contrariée et le regrettait vraiment.

Il alla dans son bureau et saisit le téléphone puis hésita. Ne valait-il pas mieux lui parler en face pour la convaincre de sa sincérité ? Il avait besoin d'avoir Mia à ses côtés, même s'il n'était pas prêt à chercher trop profondément pour savoir pourquoi c'était si important pour lui.

Il appela la gouvernante pour lui demander de bien vouloir garder Noah parce qu'il devait sortir. Dès qu'elle fut arrivée, il partit. Il regarda l'heure dans sa voiture : 20 h 30. Pas trop tard pour se rendre chez la plupart des gens. En espérant que Mia ne se formaliserait pas de son intrusion…

Elle venait juste de se préparer une tasse de thé quand on frappa à la porte d'entrée. Elle n'avait pas l'habitude de recevoir des visites à cette heure.

Quand elle ouvrit, elle ne put retenir une exclamation en reconnaissant Leo.

— Qu'est-ce que vous faites ici ?

— Je voulais vous téléphoner, mais j'ai préféré venir vous voir.

— Vraiment ? dit-elle d'un ton faussement détaché.

Le voir arriver ainsi sans crier gare était pour elle un choc. S'il était venu pour la convaincre de permettre à Harry d'aller chez lui ce week-end, il ne serait pas déçu du voyage.

— Avant que vous n'alliez plus loin, je tiens à vous dire que c'est moi qui décide de tout ce qui concerne Harry, pas vous, dit-elle sèchement.

— Je sais. Et je suis désolé si vous avez cru que je cherchais à vous forcer la main, répondit-il d'un air contrit. C'est parce que je suis habitué à toujours prendre les décisions moi-même.

Un peu déroutée par ses excuses, elle ne sut que répondre.

Leo poussa un soupir.

— Je ne voulais pas vous contrarier, Mia. Je n'ai aucune envie que nous nous disputions tous les deux.

— Moi non plus. Nous avons suffisamment de problèmes à régler comme ça.

Il esquissa un sourire soulagé.

— Je ne vais pas vous retenir plus longtemps. Je tenais juste à vous faire mes excuses afin de détendre l'atmosphère.

— Vous avez bien fait, j'apprécie votre démarche.

Pourquoi avait-elle du mal à le laisser partir ?

— Puisque vous êtes là, que diriez-vous d'une tasse de thé ? Je viens juste de remplir la théière, et vous êtes le bienvenu pour la partager avec moi.

— Volontiers, merci, répondit Leo, dont le sourire s'élargit. Une tasse de thé me paraît tout à fait appropriée pour sceller une amitié.

Elle ne répondit pas et le conduisit dans le séjour, se demandant s'ils pourraient jamais être amis. Ils s'étaient rapprochés l'un de l'autre davantage par nécessité que par choix, et rien ne garantissait qu'ils puissent s'entendre sur le long terme. D'autre part… Avoir Leo pour ami était sûrement agréable, mais l'avoir pour amant devait être encore mieux.

— Je vais vous apporter votre tasse. Vous voulez du sucre et du lait ? proposa-t-elle.

C'était une idée ridicule. Elle ne voulait pas que Leo soit son amant. Cela ne ferait que compliquer la situation, surtout s'ils se disputaient comme le faisaient souvent les amants. Non, il fallait qu'elle oublie ce qu'elle avait ressenti au cinéma, et se focalise sur les deux enfants. Car elle n'avait peut-être pas donné naissance à Noah, mais il était son fils biologique et il comptait pour elle.

— Juste du lait, s'il vous plaît.

Leo jeta un coup d'œil circulaire dans le séjour et sourit en voyant une photo d'Harry sur la cheminée.

Il secoua la tête, stupéfait.

— J'ai une photo de moi au même âge, et on dirait des frères jumeaux.

— Vraiment ? Il faudra me la montrer, un jour.

Elle alla chercher un album de photos sur la bibliothèque près de la cheminée.

— Si vous voulez le parcourir…

— Avec plaisir, merci.

Quand il prit l'album, leurs mains se touchèrent, et elle retint brièvement sa respiration. Heureusement, Leo s'assit sur le canapé et se perdit dans la contemplation des photos. Il n'avait pas dû avoir conscience de son trouble. Elle aurait eu beaucoup plus de mal à lutter contre ses émotions si elle avait su qu'il ressentait la même chose.

Prenant une profonde inspiration, elle s'efforça d'oublier la présence de son corps. Ils étaient les parents de deux magnifiques garçons et n'avaient pas besoin de créer d'autres liens entre eux.

Leo poussa un long soupir lorsque Mia quitta la pièce, mais les battements de son cœur ne s'étaient pas calmés. Il ne se rappelait pas avoir jamais éprouvé cela.

Avec toutes les relations qu'il avait eues dans le passé, il avait toujours été maître de lui. Même sa demande en mariage à Amanda avait été une décision mûrement réfléchie. Seul le désir était entré en ligne de compte, il n'avait pas été question d'amour. Pendant quelque temps, il avait beaucoup aimé dormir avec Amanda, assez pour ne pas prendre ombrage de ses traits de caractère les plus irritants. Mais cela n'avait pas été bien au-delà de leur lune de miel. D'après son expérience, le désir ne durait pas.

Alors, pourquoi avait-il réagi si violemment quand il avait touché la main de Mia ? Pourquoi avait-il tellement envie de recommencer ? Et, plus inquiétant, pourquoi lui semblait-il que, cette fois, ce n'était pas seulement son corps qui était concerné, mais aussi son cerveau ?

— Tenez.

Il sursauta lorsque Mia lui apporta sa tasse de thé. Cette fois, il fit bien attention de ne pas la toucher en la prenant et la posa sur la table voisine sans rien laisser paraître de son trouble.

Il aimait que sa vie soit libre de liens émotionnels — en dehors de ceux qu'il avait avec Noah, naturellement.

— Harry a beaucoup aimé le film, dit Mia. Il en a parlé pendant tout le trajet de retour.

— Tant mieux, répondit-il en souriant.

Sa vie était bien ainsi, et rien ne lui manquait. Il avait assez d'argent pour acheter ce qui lui faisait plaisir et voyager où il voulait. Il aimait son métier et n'aurait pas souhaité en exercer un autre. Pour ce qui était de satisfaire ses besoins les plus basiques, les femmes séduisantes ne manquaient pas. Il avait tout ce qu'il pouvait désirer.

Excepté Mia.

Une vague de chaleur monta de nouveau en lui. Il avait beau se dire que rien ne pouvait se passer entre eux à cause des garçons, rien n'y faisait. Lui, Leo Forester, toujours maître de sa destinée, n'avait plus aucun contrôle dans ce cas précis.

La fin de sa phrase mourut sur ses lèvres. Leo la regardait fixement, mais Mia douta qu'il ait écouté un mot de ce qu'elle avait dit. Elle ignorait ce qu'il avait en tête, mais son expression ne lui plut guère.

Elle toussota et le vit sursauter.

— Vous sembliez être à des kilomètres d'ici.

— Vraiment ? Je suis désolé, dit Leo.

Il tourna une page de l'album et son regard s'arrêta sur une photo de Chris tenant Harry sur ses genoux. Ce dernier n'avait alors que quelques semaines, et il fixait l'objectif avec ce regard intense que pouvaient avoir les très jeunes bébés.

— Harry avait six semaines quand cette photo a été prise, expliqua-t-elle. Il venait d'avoir son bain, et Chris lui faisait un câlin avant que je le remette dans son berceau.

— Il a l'air très content.

— C'était le cas. Harry a été un bébé parfait, mangeant et dormant exactement comme on le dit dans les manuels de puériculture.

Elle sourit, perdue dans ses souvenirs.

— Chris et moi avions coutume de dire qu'avec Harry on avait touché le jackpot.

— Noah a été exactement le contraire, dit Leo avec une moue désabusée. Il n'avait jamais sommeil, et pour ce qui était de manger…

— Cela a dû être difficile pour votre ex-femme…

Beaucoup de jeunes mères faisaient une dépression postnatale, et cela avait peut-être été le cas pour elle.

— Amanda s'est très peu occupée de Noah. Elle a engagé une nounou pour s'occuper de lui dès sa sortie de l'hôpital.

— Oh…

Il n'y avait pas grand-chose d'autre à dire. Pour sa part, elle avait adoré s'occuper d'Harry, appréciant chaque instant. Mais il est vrai qu'elle n'avait pas eu à affronter de nuits blanches.

Leo passa à la photo suivante : Mia était assise sur un plaid dans le jardin, tenant Harry bébé sur les genoux. Il la regarda attentivement — un peu trop, même —, et elle laissa échapper un petit rire nerveux.

— J'ai l'air plutôt fatigué, là-dessus.

— Je trouve que vous semblez très heureuse, Mia. Heureuse et comblée.

— C'est vrai, je l'étais.

Elle sentit sa gorge se nouer. C'était ridicule d'être aussi émue, mais elle ne pouvait pas s'en empêcher.

— J'adorais être mère, et Chris se portait bien à l'époque. C'était une de ces périodes de la vie où tout se passait bien.

— Votre mari doit vous manquer…

— Oui. Il était si courageux… J'ai trouvé injuste que, après tout ce qu'il avait subi, il meure de cette façon.

— Que s'est-il passé ? demanda Leo.

— Il a développé une phlébite. Il ne ressentait aucune douleur, mais je me suis rendu compte que quelque chose n'allait pas en voyant que ses jambes étaient enflées.

Sa poitrine se souleva lentement, et elle poussa un soupir.

— Il a été admis à l'hôpital, et on lui a donné des médicaments pour dissoudre le caillot, mais il a fait une crise cardiaque et on n'a pas pu le sauver.

— Cela a dû être terrible pour vous.

Il y avait tant de compassion dans sa voix qu'elle en eut les larmes aux yeux.

— En effet. Harry venait juste d'avoir trois ans, et je me suis dit qu'il allait grandir sans père. Je sais ce que c'est que de ne pas avoir de famille et j'étais anéantie à l'idée qu'Harry doive vivre la même chose.

— Votre père est-il mort aussi quand vous étiez très jeune ?

— Pour être franche, je n'en sais rien, répondit-elle d'un ton bref, refusant de s'attendrir sur son propre sort. Je n'ai jamais connu mon père qui était déjà parti quand je suis née. Et je ne sais pas grand-chose de ma mère non plus car je suis partie en famille d'accueil à l'âge de dix-huit mois.

— C'est terrible, murmura Leo. Je n'avais aucune idée de ce que vous aviez traversé.

— Quoi qu'il en soit, c'est du passé, et tout cela ne m'affecte plus à présent.

— Oh ! je pense que si !

Il la fixa longuement, et elle frémit sous l'intensité de son regard.

— La manière dont vous avez été élevée a façonné la personne que vous êtes aujourd'hui, Mia. Je pense que c'est une des raisons pour lesquelles vous êtes une bonne mère.

Il fit une pause, et elle se figea, attendant la suite.

— J'aurais aimé que vous soyez là à la naissance de Noah. Cela aurait fait une grande différence pour lui.

10.

— Avez-vous des questions, David ?

On était vendredi matin et, contre toute attente, une place s'était libérée au bloc. Dès qu'il l'avait appris, Leo avait contacté David Rimmer. Plus tôt il aurait son implant, mieux cela vaudrait.

— Je ne pense pas, répondit David.

Fronçant les sourcils, il se tourna vers Mia.

— Croyez-vous qu'il y ait autre chose que je doive savoir ?

— Non, répondit-elle. A mon avis, M. Forester vous a tout dit.

Elle pressa la main du jeune homme.

— Et ce qu'il fait le mieux, c'est réparer les cœurs détraqués.

David se mit à rire, visiblement soulagé. Leo sourit également, mais en son for intérieur il éprouvait des sentiments mêlés depuis que Mia lui avait parlé de son enfance.

Tout en admirant sa force morale, il regrettait de tout son cœur qu'elle ait eu autant de malheurs dans sa vie. En comparaison, ce qu'il avait vécu au même âge lui semblait paradisiaque. Ses parents n'avaient peut-être pas débordé d'amour, mais ils avaient toujours été là pour lui.

Il se concentra sur David.

— Même si nous avons recours à une anesthésie locale, on vous donnera également des calmants, et vous serez conscient pendant toute l'opération.

— Si je comprends bien, je saurai tout ce qui se passe, mais je ne pourrai pas vous donner un coup de pied si quelque chose ne me plaît pas, commenta son patient.

Il ne put s'empêcher de rire, ce qui ne se serait jamais produit quelques semaines auparavant. Il se serait cantonné à un comportement strictement professionnel au lieu d'encourager un patient à lui parler de cette façon. Mais c'était avant de connaître Mia. Elle l'avait changé, et cette constatation le dérangeait.

— C'est tout à fait ça, répondit-il. Une fois que vous serez sur la table d'opération, il n'y aura pas de retour en arrière possible. Mais regardez plutôt le bon côté des choses. Grâce à cet implant, vous aurez beaucoup moins affaire à moi à l'avenir.

— Un vrai bonus ! dit David. Cependant, Mia va me manquer. Elle fait du très bon café.

— Flatteur, répliqua Mia en riant.

Quand ils quittèrent la pièce, Leo se tourna vers elle pour l'attendre et la trouva très jolie dans son uniforme bleu marine qui faisait ressortir les reflets dorés de ses cheveux châtains et le vert incroyable de ses yeux dans lesquels scintillaient parfois des paillettes. De plus, elle n'était ni trop grosse ni trop maigre, juste comme il aimait.

La voyant le regarder d'un air intrigué, il se raidit légèrement.

— Il ne devrait pas y avoir de problèmes, conclut-il. David sera de retour en salle en fin de matinée.

Il se détourna pour s'en aller, mais elle posa une main sur son bras et il sentit tous les poils de son corps se dresser. « Ce n'est qu'un simple contact », se dit-il.

— Avant que vous ne repartiez, Leo, je voudrais juste faire le point sur l'organisation de demain.

— Demain ? répéta-t-il.

— Quand Harry viendra jouer avec Noah.

Elle fronça les sourcils.

— Vous n'avez pas changé d'avis ? Il n'a parlé que de ça toute la semaine et serait très déçu s'il ne pouvait pas venir.

— Bien sûr qu'il peut ! J'avais juste cru comprendre que vous n'étiez pas très enthousiaste.

Elle soupira.

— Pas au début, parce que je craignais que vous ne cherchiez à attirer Harry loin de moi.

— Jamais je ne ferais une chose pareille, Mia.

Il posa sa main sur la sienne, troublé de constater combien elle était petite et délicate. Une vague de tendresse inhabituelle le gagna.

— Je vous en donne ma parole, ajouta-t-il d'un ton solennel.

— Merci. Votre promesse compte plus pour moi que vous ne pouvez l'imaginer.

La voix de Mia avait de nouveau ces intonations éraillées qui le troublaient tant. La tendresse se changea en lui en quelque chose de plus profond, et son souffle se fit plus court. Il avait beau se dire que sa réaction était tout à fait inappropriée au travail, c'était plus fort que lui. Ce fut seulement quand il entendit des pas dans le couloir qu'il parvint à se ressaisir.

Il s'écarta de Mia.

— Je passerai prendre Harry à 10 heures, si cela vous convient.

— Parfait, il sera prêt.

Elle sourit, mais, dans son regard, il reconnut le même trouble que celui qu'il éprouvait et sut qu'elle ressentait la même chose que lui. Il s'éloigna, l'esprit en déroute.

Aucun doute là-dessus : il existait entre eux une attirance mutuelle, mais ils ne pouvaient pas la suivre. Ils devaient penser avant tout à Noah et Harry, et s'assurer que l'erreur de la clinique n'allait pas gâcher leurs jeunes vies.

En montant dans l'ascenseur, il inspira profondément. Il ne pourrait jamais avoir Mia. Plus vite il l'accepterait, mieux il se porterait

— Oh-oh, vous sembliez bien proches, tous les deux… Y aurait-il de la romance dans l'air ? demanda Penny Morrison en la rejoignant.

— Pas du tout, répondit Mia, s'efforçant de rester impassible. Leo et moi discutions de l'heure à laquelle il passera prendre Harry demain.

— Harry ? répéta Penny d'un air surpris. Et pourquoi *Leo* doit-il passer le prendre ?

— Parce qu'Harry et son fils Noah sont devenus amis et qu'ils vont passer la matinée ensemble.

Penny la suivit dans le bureau.

— Et comment sont-ils devenus amis ? demanda-t-elle, visiblement décidée à ne pas la lâcher. Je sais que le fils de M. Forester est dans une école privée, donc ça ne peut pas être là.

— Bien sûr que non. Harry et moi sommes tombés sur Leo et Noah dans un fast-food, lundi dernier. Nous sommes allés ensemble au cinéma et, comme les enfants s'entendaient bien, Leo a invité Harry à venir jouer chez lui demain.

— Oh ! L'homme de glace est peut-être humain, après tout, dit Penny.

Mia fut soulagée que son amie ait l'air de se contenter de cette explication. Elle détestait ne pas être honnête avec elle, mais pour la tranquillité des garçons elle ne devait pas faire d'exception.

Après le départ de Penny, elle s'assit pour compléter les notes sur David Rimmer.

De toute façon, il y aurait un moment où Leo et elle devraient raconter aux enfants ce qu'il s'était passé, et personne ne savait comment ils réagiraient. Peut-être en parleraient-ils dans leur école, et elle fut emplie d'appréhension à la pensée que plus il y aurait de monde au courant qu'Harry était le fils de Leo et Noah le sien, et plus il serait difficile de garder cette information secrète.

Il était tôt quand Leo se leva, le samedi matin. Mme Davies ne venait pas le week-end, sauf s'il recevait des patients à Harley Street. Depuis l'accident de Noah, il s'était toujours efforcé d'avoir ses samedis libres. Il savait que cela n'arrangeait pas certains de ses collègues, mais aider Noah à résoudre ce qui le perturbait était ce qui lui importait le plus.

Après le petit déjeuner, il l'envoya prendre son blouson à l'étage, mais il se rendit compte qu'il était encore trop tôt pour aller chercher Harry. En fait, il avait autant hâte de retrouver Mia que Noah de revoir son nouvel ami.

Il avait l'impression d'être un jeune ado à son premier coup de cœur — sauf qu'il n'avait jamais réagi ainsi quand il avait été adolescent ! C'était plutôt inquiétant de voir l'effet que lui faisait Mia, surtout si cela ne pouvait mener nulle part.

Il était à peine plus de 9 heures quand sa voiture s'arrêta devant chez elle. Noah se précipita dans l'allée, et Mia sortit avant qu'il ait eu le temps de frapper.

— On dirait que Noah était impatient, lui aussi, dit-elle en souriant. Harry était habillé et prêt à partir dès 7 heures !

Leo lui rendit son sourire, voulant oublier que son cœur s'était emballé quand elle avait ouvert la porte.

— Je me sens moins coupable d'arriver chez vous à cette heure-ci, répondit-il.

— Oh ! nous sommes debout depuis des heures ! Au moins, vous ne m'avez pas surprise en pyjama.

Son sourire persista, mais des images de Mia en tenue de nuit — puis sans aucune tenue — affluèrent à son esprit.

Il toussota.

— Si vous êtes d'accord, je pensais garder Harry à déjeuner et vous le ramener vers 16 heures, dit-il au moment où les deux garçons entraient en courant dans le séjour.

— Tu as entendu, mon chéri ? dit-elle à Harry. Leo a dit que tu pouvais rester déjeuner avec Noah.

— Allez, les garçons, on y va. Dis au revoir à ta maman, Harry.

Ce dernier se jeta dans les bras de Mia, et il fut surpris de voir Noah faire de même. Son fils avait été très renfermé récemment au point qu'il s'était reculé chaque fois que Leo avait eu un geste de tendresse envers lui. Mais, apparemment, cela ne le dérangeait pas que Mia le serre dans ses bras.

En faisant monter les garçons dans la voiture, il se demanda si le moment tant espéré était arrivé. Peut-être que Mia était exactement la personne qu'il fallait à son fils, même s'il ne savait pas qui elle était réellement.

Il démarra en poussant un soupir. Il était vraiment impératif qu'il muselle ses sentiments : il ne fallait surtout pas perturber la relation naissante entre Mia et Noah.

Mia accomplit toutes les tâches qu'elle s'était données en un temps record. Elle soupira en jetant un coup d'œil circulaire dans la cuisine d'une propreté irréprochable. Sans doute était-il plus facile de faire le ménage sans avoir constamment Harry dans les jambes, mais il lui manquait.

Elle fit la grimace : la pendule indiquait seulement 11 heures. Encore cinq heures à tuer.

S'étant préparé une tasse de café, elle s'assit à la table pour boire tranquillement. Quand elle avait vécu en famille d'accueil, elle avait rêvé d'avoir des moments pour elle seule. Une fois adulte, elle s'était trouvé un appartement — une chambre meublée, en fait — ravie d'avoir enfin un espace à elle. Elle avait vécu seule jusqu'à son mariage, et avait apprécié sa solitude. Mais elle ne pouvait pas imaginer à quel point sa vie serait solitaire si elle n'avait plus Harry.

Elle se leva, refusant de rester assise si c'était pour remuer des pensées déprimantes. Leo avait promis de ne pas chercher à lui enlever Harry, et elle le croyait.

Retournant dans sa chambre, elle ouvrit le placard de vêtements et se dit que c'était le moment de donner les vêtements de Chris à une association caritative. Elle se mit au travail, ne s'interrompant même pas pour déjeuner. Elle ne s'était jamais rendu compte de la quantité d'affaires qu'il avait. Mais, quand elle entendit une voiture s'arrêter dehors, elle avait tout terminé et courut à la porte d'entrée.

— Alors, mon chéri, tu t'es bien amusé ?

— C'était fantastique ! s'exclama Harry. Noah a un *énorme* garage avec des milliers de voitures. On y a joué pendant des heures !

— Tant mieux.

Leo ne les avait pas encore rejoints et téléphonait sur son portable. Ce devait être important car il avait l'air grave.

Elle sourit à Noah, et son cœur se serra quand elle remarqua une fois de plus sa ressemblance avec Chris. C'était peut-être parce qu'elle avait passé une partie de la journée à trier ses affaires, mais elle se sentit brusquement très émue.

— Et toi, Noah ? Est-ce que ça t'a plu ?

— Oui, répondit-il en lui souriant timidement. Harry est mon meilleur ami et il a dit qu'il aimerait revenir jouer avec moi, si vous le voulez bien.

— Bien sûr, répondit-elle en l'étreignant. Et tu peux aussi venir jouer chez nous, si tu en as envie.

Noah hocha la tête et, quand elle se redressa, son cœur fit un bond au moment où elle rencontra le regard de Leo. Elle tenta d'ignorer tout ce qu'elle lisait en lui, mais ce fut impossible : savoir que Leo la désirait à ce point était à la fois effrayant et excitant.

Mais elle devait se rappeler souvent que Leo et elle ne pourraient jamais être autre chose que des amis, pour ne pas être tentée de faire passer ses propres besoins avant ceux des enfants.

— Merci d'avoir invité Harry. Il s'est beaucoup amusé.

— Ç'a été pour moi un plaisir, Mia.

Sa voix se fit plus grave quand il prononça son prénom, et elle frissonna, le cœur battant plus fort. Elle savait si peu de choses sur le désir. Elle avait envie de Leo, envie de l'entendre redire son prénom en l'embrassant, envie qu'il la caresse, qu'il lui fasse l'amour, et la force de ses émotions lui fit peur. Elle n'avait jamais désiré un homme de cette façon, n'avait jamais senti le désir grandir en elle et la consumer tout entière.

Pourquoi ressentait-elle cela pour Leo ? Pourquoi le son de sa voix prononçant son prénom déclenchait-il ces réactions en elle ? Elle n'en avait aucune idée. Tout ce qu'elle savait, c'était qu'ils ne pourraient jamais devenir amants.

11.

Leo suivit Mia jusqu'au séjour. Elle avait dû faire du ménage ou du rangement car elle avait une traînée de poussière grise sur la joue.

Instinctivement, il leva la main pour l'essuyer, mais se ravisa. Il ne pouvait pas prendre le risque de la toucher car il savait qu'il voudrait alors beaucoup plus. Il la voudrait toute.

Des images se mirent à danser dans sa tête. Il se vit en train de caresser chaque centimètre de sa peau satinée et ne put réprimer un gémissement. Comment pouvait-il se mettre dans cet état à la simple pensée de lui faire l'amour ? Il n'avait jamais eu autant envie de toucher une femme, et avait du mal à accepter de n'être plus capable de se contrôler.

— Leo ? Est-ce que ça va ? demanda Mia.

Il réussit à se reprendre.

— Désolé, je suis préoccupé à cause du travail.

— Pourquoi ? Que s'est-il passé ?

— Un de mes patients a été amené d'urgence à l'hôpital. Il devait subir un pontage, mais cela faisait des mois qu'il repoussait la date. A présent, il n'y a plus de report possible, il faut l'opérer immédiatement.

Mia fronça les sourcils.

— Le Dr Wilson doit pouvoir s'en charger ?

— Il a demandé que ce soit moi qui l'opère. C'est un de mes patients privés. Le problème, c'est que je ne sais pas quoi faire de Noah. Habituellement, je demande à ma gouvernante de s'occuper de lui, mais elle est absente pour le week-end. Il faut que je contacte une agence et que je prenne une nounou pour la nuit.

— C'est tout à fait inutile ! s'exclama Mia. Noah n'a qu'à rester ici. Il partagera la chambre d'Harry.

— Vous croyez ? dit Leo, hésitant.

— J'en suis sûre ! Quoique je doute qu'ils dorment beaucoup cette nuit, ajouta-t-elle en riant.

— C'est bien possible. Ces deux-là n'ont pas cessé de bavarder toute la journée.

Mia regarda les deux garçons, occupés à construire une tour avec des cubes en plastique.

— C'est super qu'ils s'entendent aussi bien, non ? J'espère que cela facilitera les choses quand on les mettra au courant de la situation…

— Espérons, répondit-il en lui pressant la main en un geste de réconfort. Après tout, ils sont tous les deux dans le même bateau.

Il ôta sa main avant d'être tenté de la laisser s'attarder, puis expliqua à Noah qu'il devait aller à l'hôpital et que Mia l'avait invité à passer la nuit chez elle. Poussant des cris de joie, les deux garçons se précipitèrent dans l'escalier pour gagner la chambre d'Harry.

Seul avec Mia, Leo esquissa un sourire.

— Ils avaient l'air d'accord. Vous êtes sûre que cela ne vous dérange pas de vous charger de lui ainsi, à l'improviste ?

— Ce n'est pas une charge, répondit-elle d'un ton sincère. Non seulement je suis contente de vous rendre service, mais cela va me donner l'opportunité de faire un peu mieux connaissance avec Noah. Est-il allergique à certains aliments, ou y a-t-il des choses qu'il déteste et qu'il aime particulièrement ?

— Non, si ce n'est qu'il n'aime pas beaucoup le fromage, sinon il mange de tout.

Il consulta sa montre et fit la grimace.

— Il faut que j'y aille. Si vous avez besoin de moi, n'hésitez pas à appeler.

— Bien sûr, mais ne vous faites aucun souci. Noah sera très bien ici.

— J'en suis certain.

Mia le suivit dans le couloir. Brusquement, il ne put plus se retenir et, se penchant vers elle, il lui frôla la joue de ses lèvres. Un flot de sensations l'envahit, mais par chance il avait un patient qui l'attendait et ne pouvait pas perdre de temps.

— Je vous fais confiance pour vous occuper de Noah, non pas parce qu'il est votre enfant biologique, mais parce que vous êtes *vous*, Mia. Vous ne laisseriez jamais rien de mal lui arriver.

— Merci.

Il sut que ses paroles l'avaient touchée au léger tremblement de sa voix et dut faire un gros effort pour quitter sa maison.

Ce qui importait maintenant, c'était de sauver la vie d'un homme. Cela comptait plus que tout le reste.

A 10 heures du soir, la maison fut enfin tranquille. Mia se fit une tasse de thé qu'elle emporta dans le séjour. S'asseyant sur une chaise, elle laissa échapper un soupir de lassitude.

Harry et Noah s'étaient amusés comme des fous. Elle leur avait fait une tente de fortune avec un vieil étendoir à linge recouvert d'un drap. Ils avaient joué dedans toute la soirée et y avaient même mangé, engloutissant des bâtonnets de poisson pané avec des frites, le tout suivi d'une glace.

Elle avait eu du mal à les persuader de sortir de leur tente pour prendre leur bain, mais ensuite ils avaient passé une heure à barboter dans la baignoire. Maintenant, ils étaient au lit et ils dormaient — du moins l'espérait-elle.

Un léger coup frappé à la porte d'entrée la sortit de sa quiétude. Elle fut surprise de trouver Leo sur le seuil.

— Je ne m'attendais pas à ce que vous reveniez ce soir…

— Ce n'était pas prévu, mais j'avais besoin d'un peu de compagnie. Cela ne vous ennuie pas ?

— Bien sûr que non.

Elle le conduisit dans le salon.

— Asseyez-vous. Vous avez l'air exténué.

— Je le suis.

Il appuya la tête sur les coussins et soupira.

— J'ai passé de meilleures soirées. Mon patient est décédé sur la table d'opération.

— Oh ! je suis désolée ! Que s'est-il passé ?

— Un infarctus. James et moi avons fait tout ce que nous pouvions, mais en vain.

Il passa une main lasse dans ses cheveux.

— Depuis, je ne cesse de me demander si nous n'avons pas raté quelque chose.

— J'en doute, répondit-elle. Il n'y avait sûrement rien d'autre que le Dr Wilson et vous auriez pu faire. Il ne faut pas vous en vouloir quand ce n'est pas votre faute.

— Vous avez sans doute raison. Mais c'est dur de perdre un patient dans ces conditions…

Elle le regarda une seconde puis se leva.

— Que diriez-vous d'une tasse de thé ? Ou de quelque chose de plus fort ? Un verre de vin ?

— J'aimerais beaucoup, mais je conduis.

— Vous pourriez laisser votre voiture ici et appeler un taxi, dit-elle, s'efforçant de ne pas penser à l'autre possibilité. L'inviter à passer la nuit sur le canapé, c'était chercher les ennuis.

Il lui sourit.

— Alors, pourquoi pas ? J'adorerais un verre de vin.

— Je vous l'apporte.

Elle se précipita dans la cuisine. Il ne fallait pas qu'elle pense à ce qu'elle venait de voir dans son regard.

Après avoir rempli deux verres de vin, elle les rapporta dans le séjour. Leo avait fermé les yeux. Il semblait réellement épuisé et elle sentit son cœur s'emplir de tendresse. Peut-être affectait-il souvent un air détaché, mais elle était persuadée qu'il se souciait réellement de ses patients.

Il rouvrit les paupières en l'entendant approcher.

— Vous voulez bien poser mon verre sur la table ? murmura-t-il. Je ne crois pas que j'aurai l'énergie de boire tout de suite.

— Juste une gorgée… Cela pourrait vous donner le coup de fouet dont vous avez besoin.

— Vous avez peut-être raison.

Il s'assit et avança la main. Qui heurta le verre, le renversant, et le vin rouge se répandit sur son sweat-shirt.

Leo fit un bond.

— Quel gâchis ! Au moins, votre canapé n'est pas touché.

— Donnez-moi votre sweat, dit-elle. Il faut le faire tremper tout de suite dans de la lessive, sinon vous ne pourrez plus enlever la tache.

— Ne vous donnez pas cette peine, ce n'est qu'un sweat-shirt.

— Cela ne me dérange pas.

En une seconde, il se retrouva torse nu, et elle s'empressa de mettre le vêtement dans l'évier qu'elle remplit d'eau froide. Mieux valait ôter d'abord une partie du vin avant de recourir à la machine à laver. Elle devina qu'il la suivait, mais ne se retourna pas, trop occupée à garder son calme. Son large torse bronzé la troublait au plus haut point.

— Est-ce que ça s'en va ?

La voix grave de Leo résonna doucement à son oreille, et elle sentit une vague de désir la gagner. Elle se contenta de hocher la tête, les yeux fixés sur l'eau mousseuse qui devenait de plus en plus rose.

— On dirait. Je vais le laisser tremper pendant quelques minutes avant de le mettre dans la machine.

Elle inspira profondément avant de se retourner pour prendre la bouteille de vin, toujours sans le regarder.

— Que diriez-vous d'une seconde chance ?

— Si vous êtes encore prête à me faire confiance…

Leo affectait un ton léger, mais sa voix contenait beaucoup d'autres choses, et elle sentit son trouble augmenter.

Sa main tremblait quand elle versa à Leo un nouveau verre de vin. A l'évidence, il ressentait la même chose qu'elle. Ils éprouvaient du désir l'un pour l'autre, mais ne pouvaient pas aller plus loin, sinon… Ils devaient garder à l'esprit l'effet que cela produirait sur leurs deux garçons une fois que leur relation serait terminée — ce qui était inévitable.

Suivie de Leo, elle alla poser le verre sur la table basse du salon.

— Je vais vous chercher quelque chose à vous mettre sur le dos, lui dit-elle, repartant aussitôt.

Elle monta l'escalier en courant et ouvrit un des sacs qu'elle avait préparés pour l'association caritative. Leo était beaucoup plus grand que Chris, mais un ou deux T-shirts devaient lui aller. Elle imagina comment le corps musclé de Leo les remplirait, beaucoup mieux que Chris ne l'avait jamais fait.

Des larmes jaillirent de ses yeux, et elle s'en voulut d'avoir de telles pensées. Ce n'était pas bien de comparer les deux hommes de cette façon. Elle avait aimé Chris, et il l'avait aimée. Il lui avait tant donné, lui avait appris à faire confiance et à voir que la vie pouvait être belle si on avait la bonne personne avec qui la partager.

Leur mariage avait été un succès, en dépit des problèmes qu'ils avaient dû affronter, et elle ne regrettait pas une minute du temps qu'ils avaient passé ensemble. Mais elle devait reconnaître qu'elle n'avait jamais désiré Chris comme elle désirait Leo.

Assis sur le canapé, Leo se dit que, s'il n'avait pas été à moitié nu, il serait parti. C'était la chose la plus sensée à faire. A quoi bon se torturer ? Mia et lui ne seraient jamais autre chose que les parents d'Harry et de Noah. Il pouvait le comprendre, mais pourquoi était-ce si difficile d'agir correctement ? Etait-il devenu si faible qu'il ne pouvait plus maîtriser ses agissements, même pour le bien de son fils ?

Il se leva brusquement et se dirigea vers la porte, avant de s'arrêter net en voyant Mia redescendre.

— Est-ce que ça va ? demanda-t-elle.

— Très bien, répondit-il, étouffant un petit rire.

Il venait juste de manquer l'occasion de s'enfuir sans crier gare. A présent, il devrait rester, en priant pour ne rien faire de répréhensible.

— Vous serez sûrement contente d'apprendre que je n'ai plus renversé de vin.

— Parfait. Un trempage de vêtement par soir me paraît suffisant.

Elle lui montra les T-shirts.

— Ceux-ci devraient vous aller, mais ils risquent d'être un peu moulants. Chris n'était pas aussi grand que vous.

Il les prit avec réticence. Porter les vêtements de son mari décédé ne l'enchantait guère. Il en enfila rapidement un : il était effectivement serré, mais c'était mieux que rien.

— Merci. De toute façon, je n'en ai besoin que pour rentrer chez moi.

— Vous êtes sûr de vouloir vous en aller ? demanda-t-elle, visiblement déçue.

— Tout à fait.

Il prit son verre, se maudissant intérieurement. Comme il avait été envoyé en pension très jeune, il avait appris à ne pas laisser ses émotions s'exacerber. Mais porter le T-shirt d'un homme décédé, c'était comme se glisser dans ses pantoufles : il avait d'abord réclamé son enfant, à présent il portait ses vêtements, et bientôt il voudrait sa femme !

Il avala de travers et se mit à tousser. Mia le tapota dans le dos.

— Essayez juste de vous détendre, lui dit-elle.

Elle le tapota de nouveau et, en même temps que ses poumons se remettaient à fonctionner normalement, il ressentit beaucoup d'autres choses : son pouls s'affolait, son cœur battait plus vite, et d'autres parties de son corps réagissaient également. C'était comme si toutes les cellules de son corps lui envoyaient des signaux.

Soudain, il ne put plus se retenir. Attirant Mia dans ses bras, il l'embrassa comme il avait envie de le faire depuis, lui semblait-il, une éternité. Il savait que c'était de la folie et qu'il allait le regretter, mais il ne pouvait pas lutter. Dès qu'il sentit ses lèvres sous les siennes, il se perdit dans son baiser.

12.

Mia entendait son sang battre dans ses tempes à un rythme affolé. La bouche de Leo était si chaude, si avide qu'il était impossible de résister. Fermant les yeux, elle s'abandonna aux sensations qui la traversaient. Chaque parcelle de son corps semblait être en feu et la consumait. Elle poussa un gémissement : le désir était quelque chose de beaucoup plus puissant qu'elle ne l'avait imaginé.

Lorsque Leo s'écarta enfin, ses yeux gris brillaient d'une lueur passionnée qui la fit trembler.

— Je ne m'excuserai pas, Mia. C'était ce que nous voulions tous les deux.

C'était la vérité, et elle se mordit la lèvre inférieure devenue tendre sous ses baisers. Leo l'avait embrassée avec une telle passion que sa bouche en gardait la trace.

— Je ne tiens pas à ce que vous vous excusiez, répondit-elle en s'écartant de ses bras.

Certes, elle avait voulu ce baiser, mais elle ne devait pas le voir comme le début d'une histoire.

— Nous savions tous les deux que ce moment devait arriver, ajouta-t-elle. A présent, nous n'avons plus qu'à l'oublier pour nous focaliser sur le problème principal.

— Oui, les garçons…

Il était très calme, beaucoup plus qu'elle, constata-t-elle avec un pincement au cœur. Apparemment, il avait rapidement recouvré ses esprits.

— Exactement.

Elle esquissa un sourire forcé. Avec ce baiser, Leo n'avait

peut-être pas été aussi bouleversé qu'elle. Après tout, il avait beaucoup plus d'expérience et pouvait à coup sûr gérer ses émotions mieux qu'elle ne le faisait. Le sol ne semblait pas s'être dérobé sous ses pieds simplement parce qu'il l'avait embrassée…

— Nous ne pouvons pas prendre le risque de les perturber davantage, Leo.

— Je suis d'accord. Ce n'est pas ce que nous souhaitons.

Elle jeta un coup d'œil à ses larges épaules et poussa un soupir. Il serait facile de changer d'avis et de lui dire qu'après tout ils pouvaient entretenir une relation tant que les enfants n'étaient pas au courant. Mais pourrait-elle mener une double vie, prétendre que Leo et elle étaient seulement amis devant les garçons et qu'ils soient amants le reste du temps ? Probablement pas. Le désir était quelque chose de si nouveau pour elle qu'elle serait incapable de masquer ses émotions.

C'était un risque qu'elle ne pouvait pas prendre, et pas seulement par rapport aux enfants. Elle ne voulait pas que Leo sache combien elle était vulnérable pour ce qui le concernait.

— Le mieux est d'oublier ce qui s'est passé ce soir, dit-elle avec une fausse désinvolture. D'ailleurs, ce n'est pas une de vos meilleures journées, n'est-ce pas ?

— En effet. Quoi qu'en pensent mes collègues, je suis affecté lorsque je perds un patient.

Peut-être la plupart des gens voyaient-ils Leo comme un être froid et sans émotions, mais pas elle. Pas après ce soir. Il n'y avait rien eu de froid dans la façon dont Leo l'avait embrassée.

— Je ferais bien de rentrer, dit-il en se dirigeant vers la porte. Merci pour tout, Mia. Et pour Noah.

— Avec plaisir, murmura-t-elle. Voulez-vous que je vous appelle un taxi ?

— Inutile, je n'ai bu qu'une ou deux gorgées de vin après avoir renversé sur moi le premier verre.

Il se mit à rire, mais elle eut du mal à l'imiter. Il semblait avoir bien vite oublié ce qu'il s'était passé ce soir. Peut-être même le regrettait-il.

Oui, il l'avait embrassée, mais cela ne signifiait sans doute rien pour lui. Sûrement moins que pour elle.

La semaine suivante s'écoula en un rien de temps. Entre l'hôpital et son cabinet privé Leo, contrairement à son habitude, eut du mal à garder le rythme.

C'était peut-être dû au fait qu'il essayait de passer le plus de temps possible avec Noah avant de devoir lui parler de l'interversion. Mais, à présent, les jours lui semblaient trop courts.

Mia ne travaillait plus en cardiologie. L'infirmière Thomas était de retour, avec cette rapidité et cette efficacité que Leo avait toujours appréciées. Mais il se surprit à regretter la gentillesse et la sollicitude de Mia.

Les tournées dans les salles étaient de nouveau effectuées à vive allure. Il sentait que, peu à peu, il reprenait ses anciennes habitudes, redevenant froid et distant avec les patients et le personnel, et il détestait être ainsi. Mais, sans Mia pour maintenir l'équilibre, il ne pouvait pas y faire grand-chose.

Il avait toujours du mal à accepter qu'elle ait un tel pouvoir sur lui. Aussi, malgré l'envie qu'il avait de la voir, ne fit-il rien pour la contacter. Il avait besoin de temps pour réfléchir, et pour laisser le souvenir du baiser s'estomper.

En tout cas, il devait surtout éviter de se retrouver dans la même situation avec elle. Mia avait été claire à ce propos, et il ne pouvait que l'approuver.

Pendant le week-end, Noah fut particulièrement agité. C'était le début des vacances du milieu de trimestre, et Leo avait pris une semaine de congé pour pouvoir passer du temps avec lui. Il avait prévu de l'emmener dans leur cottage du Sussex. Noah adorait cet endroit, mais ils n'avaient pas pu s'y rendre très souvent à cause de son travail.

Leo avait l'intention de lui faire la surprise en lui annonçant la nouvelle le samedi matin, mais Noah se réveilla plusieurs fois dans la nuit en poussant des cris.

Ses tentatives pour savoir ce qui n'allait pas furent infructueuses : son fils refusa de parler. Il était fatigué et apathique le lendemain matin, et il secoua la tête quand il lui parla du cottage. Après les récents progrès constatés dans son comportement, c'était très inquiétant, au point que Leo se décida à appeler Mia. Si elle avait une idée sur la façon d'aider Noah, c'était tout ce qui importait.

Elle l'écouta attentivement.

— Il n'y a rien à l'école qui ait pu le perturber ?

— Pas à ma connaissance.

Au ton de sa voix, Leo comprit qu'elle était vraiment concernée par son problème et, immédiatement, il se sentit mieux. C'était un grand réconfort de savoir qu'il pouvait partager ses inquiétudes avec elle.

— L'ennui, c'est que Noah ne me confie pas ce qui ne va pas. Il se contente de secouer la tête quand je le questionne.

— Ce doit être difficile pour vous, murmura-t-elle.

— Mais ce n'est pas moi qui compte, c'est Noah, répondit-il, se sentant coupable d'apprécier sa sollicitude.

— Bien sûr, mais il est normal que vous soyez inquiet, Leo. Je le serais si Harry faisait des cauchemars la nuit sans que j'en connaisse la raison.

Leo soupira. Il était inutile de prétendre être indifférent. Mia le comprenait mieux que quiconque.

— Vous avez raison, Mia. Je déteste quand il n'est pas bien et que je me sens impuissant à l'aider.

— Pensez-vous que cela irait mieux s'il voyait Harry ?

— C'est possible. En même temps, je ne voudrais pas me décharger de ce problème sur vous, Mia.

— Pas du tout. J'ai envie de vous aider, et pas seulement parce que nous sommes liés. C'est un petit garçon adorable et c'est vraiment dommage qu'il ne soit pas bien.

— Le plus difficile, c'est de le savoir malheureux sans avoir aucune idée de ce qui en est la cause.

— Voyons quand nous pouvons organiser quelque chose pour les garçons, dit Mia. Leur bonne entente pourrait aider Noah à se soulager de ce qui le tracasse. Comme je suis en congé pendant les petites vacances scolaires, vous pouvez choisir n'importe quel jour.

Une idée germait peu à peu dans le cerveau de Leo. Mia avait raison, les deux garçons s'entendaient extrêmement bien. La réelle connexion qui s'était établie entre Harry et Noah était d'autant plus surprenante que ce dernier ne s'était fait aucun ami depuis qu'il avait commencé l'école.

Il se décida rapidement, refusant de se demander si son idée était très avisée. Il était prêt à faire n'importe quoi pour venir en aide à son fils.

— En fait, j'avais l'intention d'emmener Noah dans le Sussex. Notre cottage se trouve juste à côté d'une ferme, et il adore voir les animaux. Ce matin, il n'était pas très enthousiaste, mais je suis certain qu'il changerait d'avis si Harry l'accompagnait.

— Euh… C'est-à-dire que…

Il comprit aussitôt où était le problème.

— Il va sans dire que vous êtes aussi invitée, Mia ! Désolé, j'aurais dû être plus clair.

Il avait invité Harry uniquement par rapport à Noah, et ce n'était sûrement pas un prétexte pour se retrouver avec Mia ! se dit-il sans grande conviction. Néanmoins, il préféra ne pas examiner ses motivations de trop près.

— J'ai trois chambres, poursuivit-il. Une pour vous, une pour moi et une pour les garçons. S'il vous plaît, dites que vous venez, Mia. Votre présence à tous les deux pourrait changer beaucoup de choses pour Noah.

Le cottage ressemblait à une demeure de conte de fées. Il avait des fenêtres à petits carreaux, un toit de chaume et la porte d'entrée était entourée de rosiers.

Mia poussa un soupir de plaisir lorsque Leo arrêta la voiture.

— C'est magnifique… Je ne pensais pas qu'un endroit pareil pouvait exister.

— Il appartenait à ma marraine, Deborah, qui me l'a laissé en héritage. J'adorais venir ici étant enfant, ajouta Leo en souriant. Mes parents voyageaient beaucoup, et je passais presque toutes mes vacances scolaires ici avec Deborah.

— Cela devait vous consoler de ne pas être avec vos parents…

Il haussa les épaules.

— Honnêtement, cela ne m'a jamais beaucoup tracassé. J'ai été envoyé en pension dès l'âge de sept ans, si bien que j'étais habitué à ne pas les voir souvent.

Elle aida Noah et Harry à sortir de la voiture tout en songeant à ce que Leo venait de dire. Jamais elle ne pourrait envoyer Harry en pension et ne pas le voir chaque jour, se dit-elle. Pourtant, pour Leo, c'était tout à fait normal, et s'il prévoyait d'envoyer Harry ou Noah en pension elle ne serait jamais d'accord.

C'était un sujet dont ils allaient devoir également discuter, mais, de toute façon, elle ne changerait pas d'avis. Harry et Noah n'iraient pas en pension, et peu importait ce que Leo dirait.

L'intérieur du cottage était aussi adorable que l'extérieur. Un minuscule vestibule menait directement à la salle de séjour. Le plafond bas était orné de vieilles poutres de chêne, et une immense cheminée pouvait recevoir de grosses bûches. Le carrelage, probablement fait dans une pierre locale, était égayé par des tapis dans des tons de rouge, de vert et de doré. Un grand canapé moelleux et une paire de fauteuils portaient les marques du temps, mais ils ne faisaient qu'ajouter au charme du lieu, et elle sourit, enchantée.

— C'est absolument merveilleux, Leo ! Si j'avais un endroit comme celui-ci, je voudrais y vivre en permanence.

— Cet endroit est très agréable, en effet. Je n'ai rien changé depuis la mort de Deborah. C'est sans doute idiot, mais j'avais envie que Noah le trouve comme il était lorsque j'étais enfant.

— Pas du tout, cela n'a rien d'idiot. C'est même touchant.

Elle laissa courir sa main sur le velours fané d'un coussin.

— Si vous aviez acheté de nouveaux meubles, vous auriez toujours été tenté de rappeler Noah à l'ordre pour qu'il n'abîme rien.

— Vous avez raison.

Il lui sourit, ses yeux gris éclairés d'une lueur chaleureuse qui lui fit battre le cœur plus fort.

— Quand j'étais à la maison, j'étais toujours réprimandé, parce que je renversais un verre sur un tapis ancien ou que j'éraflais le pied d'un vieux fauteuil. La vie ici était beaucoup plus détendue.

— On dirait que ce cottage était un véritable havre de paix pour vous…

— En effet, soupira-t-il. C'était le seul endroit où je me sentais heureux.

C'était si triste à entendre que les larmes vinrent aux yeux de Mia.

— Ça ne va pas ? lui demanda-t-il d'un air inquiet.

— Ce n'est rien…

Elle se tourna vers les garçons en souriant.

— Et si tu montrais ta chambre à Harry, Noah ? Je pense qu'elle est assez grande pour vous deux.

Ils firent des bonds de joie avant de se ruer dans l'escalier.

— J'espère que vous n'avez pas dépensé une fortune pour redécorer leur chambre, observa-t-elle en riant.

— Je n'ai rien changé nulle part, assura Leo.

Il y avait dans sa voix une intonation rauque qui la fit frissonner. Avait-il deviné qu'elle était émue parce qu'il n'avait pas eu une enfance heureuse ?

Certes, ils s'étaient mis d'accord pour penser avant tout aux garçons, mais ce n'était pas pour autant qu'ils ne ressentaient rien l'un pour l'autre.

— Que diriez-vous d'une tasse de thé ? proposa-t-elle.

— Bonne idée. Je vous laisse vous en occuper pendant que je monte les bagages.

Tout en remplissant la bouilloire dans la cuisine aux placards peints en jaune et bleu et au vaisselier orné de dentelle, elle ne put s'empêcher de penser qu'elle et Leo avaient beaucoup de choses en commun. Le fait qu'elle non plus n'ait pas connu une enfance heureuse créait un lien encore plus fort entre eux. Pour le coup, il lui était plus difficile de garder ses distances.

Leo monta les valises à l'étage sans s'attarder dans la pièce que Mia allait occuper. C'était une jolie chambre, avec une vue magnifique sur le jardin qui se prolongeait jusqu'à la rivière.

Il ne servait à rien de se dire qu'il aurait adoré en profiter avec elle, le matin, au réveil. Mia et lui ne partageraient pas cette chambre. S'il se le répétait assez souvent, cette pensée finirait peut-être par s'imprimer dans son cerveau obtus.

Quand il la rejoignit dans la cuisine, elle se tourna vers lui, et son cœur manqua quelques battements, comme s'il avait soudain oublié de fonctionner normalement.

— J'ai monté votre valise dans votre chambre, Mia. Je vous ai donné celle du fond, avec la vue sur le jardin et la rivière.

— Oh ! merveilleux !

Ils burent leur thé en silence, et il détourna les yeux pour éviter de s'attarder sur les lèvres pleines de Mia appuyées sur le bord de la tasse en fine porcelaine. S'il ne trouvait pas rapidement quelque chose à dire, il n'allait pas tarder à avoir de quoi occuper son esprit !

— Je croise les doigts pour que la météo se trompe, dit-il enfin. Ils annoncent de la pluie pour les jours à venir.

Elle regarda vers la fenêtre.

— Espérons-le.

Il en profita pour admirer son profil. Comment avait-il pu la trouver ordinaire ? se demanda-t-il avec étonnement.

Discrètement, son regard se promena depuis son front jusqu'à la courbe délicate de son menton. Sans doute avait-il connu beaucoup de femmes qui attiraient l'attention, mais Mia était belle à l'intérieur comme à l'extérieur, et elle touchait quelque chose au plus profond de lui, une partie de lui-même dont il n'avait jamais vraiment pris conscience.

— Même s'il pleut, je suis sûre que votre marraine avait toutes sortes de jeux de société pour vous distraire lorsque vous veniez chez elle, dit Mia.

— En effet. Il y a tous les jeux favoris de Noah : jeu de l'oie, puces, petits chevaux…

— Puces ? Harry va être ravi. Il adore ce jeu. En fait, il me bat presque tout le temps !

Elle se mit à rire, et le cœur de Leo se serra. Ne sentait-elle pas, elle aussi, cette tension qui planait dans l'air ? Et s'il savait qu'elle éprouvait la même chose que lui, comment pourrait-il se retenir de l'emporter dans son lit ?

Heureusement, les garçons arrivèrent en courant, le ramenant à la réalité. A les entendre, ils mouraient littéralement de faim. Se levant en riant, Mia entreprit de leur préparer quelque chose pour le déjeuner.

Leo observait les enfants du coin de l'œil, les écoutant discuter avec Mia tout en l'aidant à préparer une pile de sandwichs. C'était surtout Harry qui parlait, mais Noah ne craignait pas de donner son avis. L'air animé, il paraissait heureux, si différent de ce qu'il était à la maison que Leo sentit sa gorge se nouer.

Il aimait Noah de tout son cœur, mais ne parvenait pas à communiquer avec lui comme Mia le faisait, et, soudain, il se demanda s'il avait raison de le garder. Noah ne serait-il pas plus heureux s'il habitait avec elle ? Non seulement il vivrait avec sa vraie mère, mais il aurait aussi Harry, le frère qu'il n'aurait jamais s'il restait avec lui.

Leo sentit comme un coup de poignard dans la poitrine. Il s'était juré de tout faire pour rendre Noah heureux, mais pourrait-il tenir sa promesse s'il fallait pour cela renoncer à lui ?

13.

— Vous ne devez pas vous approcher de la rivière. C'est bien compris ?

Mia attendit que les deux garçons lui en aient fait la promesse avant de leur ouvrir la porte de derrière, souriant en les regardant dévaler l'allée du jardin. Comme la pluie prévue n'était pas encore arrivée, ils pouvaient prendre l'air avant de retrouver plus tard les jeux de société.

Retournant aux fourneaux, elle ajouta des bouts de bacon dans la poêle. D'après les bruits qui lui parvenaient du premier étage, Leo était sous la douche et n'allait pas tarder à avoir faim lui aussi.

Il apparut quelques minutes plus tard et s'arrêta sur le seuil comme pour mieux embrasser la scène du regard. Mia se dit soudain qu'il risquait de ne pas apprécier ses initiatives. Après tout, c'était son cottage et elle n'était qu'une invitée.

— J'espère que vous ne vous formaliserez pas, dit-elle. Les garçons étaient affamés, alors j'ai fait le petit déjeuner. Cela aurait été idiot de ne pas le préparer aussi pour vous.

— Bien sûr que non, cela ne me dérange pas, répondit-il, tout sourire. Je suis peut-être bon un scalpel à la main, mais, pour ce qui est de manier un couteau de cuisine, je ne suis guère performant. Heureusement que je n'ai pas à manger les plats que je prépare !

Elle se mit à rire, sentant sa gêne se dissiper.

— C'est donc là votre seul défaut ? Vous ne savez pas cuisiner ?

Il haussa les sourcils.

— Mon seul défaut ? Vous êtes trop gentille. Croyez-moi, j'en ai beaucoup plus.

Ses yeux gris plongèrent dans les siens, mais elle détourna la tête quand elle sentit son cœur s'emballer et se concentra sur sa cuisine. Même en cherchant, elle ne lui voyait pas d'autres défauts, et cela l'inquiéta de constater qu'elle le tenait en si haute estime.

— J'espère que vous avez faim, dit-elle en apportant le plat d'œufs au bacon sur la table. Je crois que j'ai fait un peu trop à manger.

— Je suis affamé, répliqua-t-il attaquant le contenu de son assiette de bon appétit.

Il mastiqua en soupirant de contentement.

— Délicieux ! Mes compliments au chef.

— Merci, répondit-elle, flattée. Tous les compliments sont bienvenus. Je n'ai pas souvent l'occasion de cuisiner pour quelqu'un qui fait vraiment attention à ce qu'il mange.

Qu'il ait l'air de se régaler lui faisait plaisir. Elle s'occupait volontiers des gens qu'elle aimait…

Saisie, elle reposa son toast dans son assiette. Elle n'aimait pas Leo, c'était une idée ridicule.

Tandis qu'elle le regardait, elle sentit la panique monter en elle. Cela ne faisait aucun doute qu'elle était attirée par lui, mais il y avait un fossé entre attirance et amour. Elle n'avait aimé qu'un seul homme, et ses sentiments pour Chris avaient été très différents de ce qu'elle éprouvait pour Leo. Avec Chris, elle s'était sentie en sécurité. Pour la première fois de sa vie, elle avait trouvé quelqu'un sur qui elle pouvait compter, qui ne la laisserait pas tomber.

Ce n'était pas la même chose avec Leo. Avec lui, il y avait de l'excitation et du danger parce qu'il l'attirait physiquement. Chris ne lui avait jamais inspiré le quart du désir qu'elle éprouvait pour Leo.

Elle se mordit la lèvre. Que devait-elle en conclure ? Etait-ce de l'amour ? Ou quelque chose de beaucoup moins exigeant ?

Leo avait remarqué que Mia était perdue dans ses pensées, mais il continua à manger comme si de rien n'était alors qu'il n'avait plus faim.

Il réprima un soupir. Jusque-là, ils s'étaient plutôt bien comportés, même s'il y avait eu une tension la veille que les garçons avaient aidé à dissiper. Mais ils n'étaient plus là, et il craignait que ses émotions ne prennent le dessus.

Après avoir avalé le dernier morceau de nourriture, il posa son couteau et sa fourchette sur son assiette.

— C'était délicieux. Merci encore, Mia. Mais je ne vous ai pas invitée à venir ici pour que deveniez chef cuistot ni pour que vous fassiez la plonge.

Son cœur fit un bond quand elle leva la tête et qu'il lut dans ses yeux.

— Ravie que cela vous ait plu. Pour ce qui est de la cuisine, pendant que je suis ici, je m'en chargerai volontiers.

— Méfiez-vous ! Je pourrais abuser de la situation, dit-il d'un ton faussement enjoué.

— Je crois que les enfants vous attendent dans le jardin pour jouer au football.

— Parfait. Mais après un tel repas je crains de n'avoir aucune chance contre eux deux.

Une fois à l'extérieur, les garçons se précipitèrent sur lui. Avec quelques bûches, ils construisirent des buts de fortune et Leo se nomma gardien. Il laissa passer autant de balles qu'il en arrêta car il ne voulait pas être trop dur avec eux, comme son père l'avait été avec lui. En de rares occasions, ce dernier avait joué avec lui, le traitant comme un adulte et ne le laissant jamais gagner. Il croyait qu'en mettant un enfant très tôt en face des réalités de la vie, on lui formait le caractère.

Mais Leo se rappelait trop combien il en avait été découragé et il refusait d'adopter la même approche avec Noah et Harry. Ils découvriraient bien assez tôt les difficultés de la vie.

D'ailleurs, il était encore en train de les découvrir lui-même, soupira-t-il.

La pluie se mit à tomber après le déjeuner. Mia avait apporté quelques DVD préférés d'Harry et, une fois les enfants installés devant la télévision, elle monta dans sa chambre pour lire le livre qu'elle avait apporté.

Pendant un moment, elle resta près de la fenêtre, à regarder les gouttes d'eau courir sur la vitre. Tout en adorant le cottage, elle espérait qu'il ne pleuvrait pas tout le temps car elle appréhendait de se retrouver enfermée avec Leo, ce qui ne manquerait pas de faire resurgir des tentations.

— Finalement, les prévisions météorologiques étaient exactes, dit une voix grave.

Elle sursauta. Il se tenait dans l'encadrement de la porte et avait changé sa tenue de sport couverte de boue pour un survêtement noir dont le haut moulait ses larges épaules et des vieilles baskets. C'était la première fois qu'elle le voyait porter une tenue aussi décontractée, et cela lui allait bien.

Elle sourit en lui montrant son livre.

— J'ai bien fait de l'apporter, au cas où.

— Vous savez, ici, il y a beaucoup de choses pour vous distraire, dit-il à voix basse.

Elle préféra ne pas penser à toutes les choses qu'elle pourrait faire. Avec Leo.

— C'est bon à savoir.

Sa voix lui parut brusquement éraillée, et elle toussota avec embarras.

Leo la conduisit sur le palier et s'arrêta devant sa chambre, faisant un geste large de la main pour l'inviter à entrer.

— Venez voir si vous trouvez ce qui vous plaît.

Elle hésita. Mais, avec les enfants en bas, il était peu probable que Leo lui saute dessus. Jetant un coup d'œil à l'intérieur, elle aperçut une grande bibliothèque en vieux chêne et un lit largement assez grand pour que deux personnes s'y blottissent…

— Au fil des années, j'ai agrandi la collection, ajouta Leo.

Il choisit deux livres de poche qu'il lui tendit.

— Est-ce que vous les avez lus ? Je les ai beaucoup aimés.

— Euh… Non, je ne crois pas.

A contrecœur, elle entra dans la chambre, se rendant compte qu'il était ridicule de rester figé sur le seuil telle une vierge effarouchée.

D'un geste rapide, elle saisit les livres, faisant semblant de s'intéresser aux textes de présentation.

— Vous devriez d'abord lire celui-ci, dit-il.

Il lui reprit l'un des volumes, et elle se figea lorsque ses doigts frôlèrent les siens. Pendant quelques secondes, aucun des deux ne bougea. Même l'air semblait immobile autour d'eux.

Puis, lentement, très lentement, il posa le livre sur le lit et se tourna vers elle.

— Je vais vous embrasser, Mia. Si vous ne voulez pas, dites-le maintenant.

Elle eut beau faire un effort pour ouvrir la bouche, aucun son ne voulut sortir de sa gorge pour prononcer ce tout petit mot : non.

Dans les yeux gris qui s'assombrissaient, elle voyait un désir qui répondait au sien. Ils firent un pas l'un vers l'autre, et leurs bouches se joignirent enfin.

C'était si bon de retrouver ses lèvres douces et chaudes qu'elle soupira de bien-être. Elle *voulait* ce baiser. Et elle le voulait, lui.

Fermant les yeux, elle s'abandonna aux sensations qui la submergeaient. La première fois qu'ils s'étaient embrassés, elle avait eu un avant-goût de ce qu'était le désir, et voilà qu'il revenait avec force. Elle sentait sa respiration s'accélérer, son corps s'embraser, éprouvait toutes sortes de choses jamais ressenties auparavant, et c'était Leo qui avait tout déclenché. Il avait le pouvoir d'éveiller des sensations en elle, ce qu'aucun autre homme n'avait jamais fait.

Il s'écarta et lui prit le menton pour la regarder dans les yeux. Ce qu'il y vit dut le rassurer, car son regard s'éclaira.

Il appuya son front contre le sien et Mia sentit le tremblement qui le parcourait.

— J'ignore ce qu'il se passe, murmura-t-il. Mais je n'ai jamais ressenti cela auparavant, avec personne.

— Moi non plus, répondit-elle sur le même ton, profondément émue par sa confession.

Alors qu'elle posait une main sur sa joue, il tourna la tête pour lui embrasser le creux de la paume.

— Je n'avais aucune idée de ce qu'était le désir, ajouta-t-elle à mi-voix.

Leo l'attira dans ses bras, visiblement touché par ce qu'elle venait de dire. Quand il se pencha pour l'embrasser de nouveau, il y avait une telle tendresse dans son baiser que les larmes lui vinrent aux yeux. Le fait qu'il tienne ainsi compte de son inexpérience prouvait qu'elle avait eu raison à son sujet. Sous la froideur apparente qu'il présentait au monde, il y avait quelqu'un de très différent — un homme dont elle pouvait facilement tomber amoureuse.

Un bruit fracassant provenant du séjour les ramena brusquement sur terre.

Leo soupira en l'écartant doucement de lui.

— Je vais voir le problème.

— Oui.

Elle eut un sourire hésitant. S'ils avaient été d'accord pour oublier ce qui s'était passé la première fois, ce n'était plus la même chose.

— Ne t'en fais pas, Mia, murmura-t-il. Tout ira bien, je te le promets.

L'intensité du désir qu'elle lisait dans ses yeux la fit frissonner. Comment agir de façon sensée, en sachant que Leo avait tellement envie d'elle ?

— Tu en es sûr ? dit-elle anxieusement.

— Tout à fait.

De son pouce, il caressa ses lèvres gonflées.

— On trouvera une solution. Il le faut.

Il sortit rapidement de la chambre, et elle s'assit sur le lit pour reprendre ses esprits. L'accent désespéré de Leo avait agi sur elle comme un aphrodisiaque.

Si elle avait eu plus d'expérience, elle aurait sans doute pu gérer cette situation avec le sang-froid nécessaire. Mais Leo avait éveillé en elle des émotions et des sensations dont elle ignorait l'existence auparavant, et il lui était impossible de se comporter avec calme et sérénité.

Une vague de panique s'empara d'elle. Si elle n'y prenait pas garde, ses sentiments pour Leo allaient la submerger et elle ne pouvait pas se le permettre. Non seulement elle devait penser aux enfants, mais aussi à elle-même. Car, si elle tombait amoureuse de Leo et le perdait, elle pourrait bien ne jamais s'en remettre. Elle devait se protéger ainsi que les enfants, même si cela signifiait qu'elle devait éviter Leo.

La journée n'en finissait pas. Leo enchaînait les jeux de société, contenant difficilement sa frustration. Il n'avait pas envie de jouer au jeu de l'oie. Il avait en tête des jeux beaucoup plus adultes auxquels Mia et lui participaient, et qui se déroulaient dans un lit. Il aurait volontiers passé l'après-midi *et* le soir à jouer avec elle !

— Papa, c'est ton tour de jouer !

— Désolé, j'ai du mal à me concentrer.

Il donna ensuite les dés à Harry, s'efforçant de ne pas regarder Mia. Elle ne savait que trop bien pourquoi il était si distrait.

Lui glissant un coup d'œil de côté, il remarqua le rose de ses joues. Il avait été à la fois surpris et touché par son aveu. Certes, il s'était douté qu'elle et son mari n'avaient pas pu avoir de rapports sexuels complets, mais il avait pensé que, comme la plupart des femmes de son âge, elle avait eu des liaisons. Cependant, son expérience du sexe et de la passion semblait très limitée, et il ne demandait qu'à lui apprendre à faire l'amour.

Serait-elle aussi réactive dans son lit qu'elle l'avait été dans ses bras ? se demanda-t-il en retenant un soupir.

A la fin du jeu, Noah fut déclaré vainqueur pour son plus

grand plaisir. En regardant les enfants sortir en courant de la pièce, Leo se dit qu'il avait atteint son objectif : la présence d'Harry et de Mia apportait énormément à Noah. Ce dernier avait l'air beaucoup plus heureux, ressemblant à l'enfant qu'il était avant l'accident.

Une nouvelle fois, il écarta l'éventualité de renoncer à Noah pour son bien : il n'avait pas envie de gâcher sa journée.

— Un thé ? lui proposa Mia.

Elle lui sourit, et il sentit une douce chaleur l'envelopper.

D'un seul coup, il comprit ce qui lui avait vraiment manqué dans la vie. Certes, il avait l'aisance matérielle et le standing professionnel, il évoluait dans la haute société et était reçu par les princes et les lords. Mais rien de tout cela n'importait.

Pour la première fois de sa vie, il avait été accepté pour ce qu'il était, et non pour ce qu'il avait. Mia le voyait avant tout comme un homme, tout le reste était secondaire.

Lui prenant la main, il l'attira vers lui.

— Je pense à quelque chose que je préférerais encore au thé, marmonna-t-il.

Après un rapide baiser sur ses lèvres, il la lâcha, de crainte que les garçons ne surgissent à l'improviste. Mais il avait senti que, pour elle non plus, un baiser n'était plus suffisant. Elle voulait davantage, et même plus que des baisers.

Leo ferma les yeux, sentant la chaleur de l'excitation courir dans ses veines. Cette nuit, tous deux auraient enfin tout ce qu'ils désiraient.

14.

Il était plus de 21 heures lorsque Harry et Noah trouvèrent enfin le sommeil. Mia éteignit la lumière et sortit de la chambre sur la pointe des pieds. Avec un peu de chance, ils dormiraient jusqu'au matin. Leo et elle allaient avoir un peu de temps pour eux.

Et ils allaient faire l'amour. Tous deux savaient que cela allait arriver et ne le remettaient pas en question.

Elle voulait se retrouver nue dans ses bras et se sentir être une femme. Elle voulait se laisser emporter par la passion, laisser son corps et son esprit se consumer de désir.

Une fois qu'elle aurait fait cette expérience, elle n'aurait plus l'impression qu'il lui manquait quelque chose et se sentirait enfin complète.

Elle fronça les sourcils. Etait-ce bien elle qui raisonnait ainsi ? Elle qui n'avait plus fréquenté d'hommes après son unique expérience sexuelle malheureuse, et s'était sentie secrètement soulagée quand elle avait su que Chris ne pourrait jamais lui faire l'amour ?

A présent, tout allait changer. Et c'était Leo — le vrai père d'Harry — qui allait être l'artisan de ce changement. Quoi qu'il arrive par la suite, elle ne regretterait jamais cette nuit.

Leo l'attendait dans le salon, souriant.

— J'ai ouvert une bouteille de vin. Que dirais-tu d'un verre ? dit-il en lui tendant la main.

— Volontiers.

Elle glissa sa main dans la sienne et frissonna au contact

de ses doigts, comme si sa peau était devenue anormalement sensible.

Il plissa les yeux pour la regarder avec attention, et elle frissonna de nouveau. Se doutait-il à quel point il était sexy ? Avait-il conscience qu'un seul de ses regards pouvait la remuer de fond en comble ? Elle ressentait des picotements un peu partout, dans des endroits qui avaient été en sommeil jusqu'à ce qu'elle le rencontre.

Toutes les femmes éprouvaient-elles la même chose avant de faire l'amour, ou bien y avait-il quelque chose qui n'allait pas chez elle ? s'inquiéta-t-elle soudain.

Leo secoua la tête.

— Tu n'as rien à craindre, dit-il avec douceur. Toi et moi allons faire l'amour, mais seulement si tu le veux. D'accord ?

— D'accord.

Il lui pressa brièvement la main avant de la lâcher pour servir le vin. Elle s'assit sur le canapé et but une longue gorgée pour se calmer. Elle n'allait tout de même pas paniquer et tout gâcher.

Il s'assit à côté d'elle et leva son verre.

— Portons un toast : aux enfants, et à nous…

— Aux enfants, et à nous, répéta-t-elle.

Le bonheur des enfants était le plus important, bien sûr, et, si cela signifiait que Leo et elle ne pourraient pas avoir une véritable relation, elle l'accepterait. Cette nuit allait être encore plus spéciale, car ce serait peut-être la seule qu'elle aurait jamais.

Elle but encore un peu de vin, puis posa le verre sur la table et se leva.

— J'ai assez bu.

— Moi aussi, dit Leo en l'imitant.

Son regard chercha le sien.

— Es-tu sûre que c'est ce que tu veux ?

— Oui.

Elle monta l'escalier, Leo derrière elle. Il la suivit dans sa chambre et, quand il eut refermé la porte, ce fut comme s'ils étaient seuls au monde. Ce qui allait se passer ici cette nuit ne regardait qu'eux.

— Mia…

Il avait dit son prénom avec une infinie tendresse, et elle n'eut plus le moindre doute en voyant son expression. Elle n'avait encore jamais pris l'initiative, mais cette fois ce fut elle qui tendit la main vers lui pour attirer sa tête à elle et l'embrasser. Leurs lèvres jointes, elle poussa un soupir de volupté : c'était encore plus facile qu'elle ne l'avait espéré.

Ils s'embrassèrent longuement, et leur baiser était si plein d'émotions qu'elle se sentit étourdie quand ils se séparèrent. Avant, Leo l'avait embrassée avec fougue et passion, mais cette fois avait été différente. Elle avait l'impression qu'il s'était mis à nu, et avait dévoilé l'être véritable qui était en lui. Il avait fait tomber ses défenses parce qu'il lui faisait confiance, et elle devait essayer de faire de même.

S'asseyant sur le lit, elle lui tendit la main qu'il saisit.

— Fais-moi l'amour, Leo. J'en ai envie plus que tout.

Sans rien dire, il s'assit à côté d'elle. Mais elle avait surpris une lueur d'émotion dans ses yeux et sut qu'il avait été touché par ses paroles. Quand il se pencha pour l'embrasser de nouveau, elle ferma les yeux, savourant la sensation de sa bouche sur la sienne. S'ils ne devaient avoir qu'une seule nuit, elle voulait s'en souvenir pour toujours.

Leo entendait son cœur battre à grands coups. Le goût des lèvres de Mia sur les siennes, il la prit dans ses bras et laissa échapper un gémissement en sentant la pointe de ses seins se durcir contre sa poitrine. Mais il allait prendre tout son temps. Mia avait besoin d'être aimée lentement, avec douceur, presque avec précaution.

Un flot de tendresse l'envahit et il l'embrassa encore, glissant cette fois sa langue entre ses lèvres. Elle répondit aussitôt, mais il contrôla le désir qui avait surgi en lui.

Il caressa ses cheveux qui dégageaient un parfum frais

et citronné, surpris qu'un simple arôme puisse être aussi érotique. Et beaucoup plus attirant que les parfums les plus sophistiqués !

Sa main glissa sur sa joue douce et chaude. Puis, du bout des doigts, il suivit la ligne de sa gorge jusqu'à ce qu'il atteigne le point où le pouls battait frénétiquement, preuve de son désir pour lui. Il posa sa bouche à cet endroit et y appuya le bout de sa langue. Poussant un gémissement, Mia rejeta la tête en arrière, comme pour lui faciliter l'accès à cet emplacement si sensible. Il sentit que, s'il n'y prenait pas garde, il allait perdre tout contrôle.

Il avait tellement envie d'elle ! Il voulait la coucher sur le lit, couvrir son corps de baisers, partout, jusqu'au cœur de sa féminité. Au fils des années, il avait fait l'amour à de nombreuses femmes, mais faire l'amour à Mia ne ressemblait à rien de ce qu'il avait connu. De ce point de vue-là, ils étaient très semblables.

Il se rendit compte, quand elle l'aida à lui ôter son jean et son T-shirt en se tortillant, qu'elle était aussi pressée que lui de passer au stade suivant. Puis il enleva ses propres vêtements, sentant son regard sur lui quand il se retrouva nu.

Aimait-elle ce qu'elle voyait ? se demanda-t-il soudain. Il ne s'était encore jamais soucié de son apparence et fut très surpris de se sentir aussi vulnérable.

— Tu es beau.

La voix légèrement éraillée de Mia balaya ses craintes. Il se mit à rire en s'allongeant à côté d'elle et l'attira contre lui.

— Je ne crois pas que les hommes puissent être qualifiés de cette façon, chérie.

— Toi, si.

Elle le regarda, les yeux pleins de désir. Peut-être manquait-elle d'expérience, mais elle savait lui tourner la tête comme personne ! Puis il l'embrassa avidement, incapable de se contenir une seconde de plus.

Devant la fougue de Leo, Mia ne s'était jamais sentie aussi désirée — aussi femme. Ses lèvres glissaient sur elle, suivant la courbe pleine de ses seins, le creux de sa taille, la rondeur de ses hanches.

Chaque endroit que sa bouche touchait était une nouvelle découverte, une nouvelle source de plaisir — comme le petit grain de beauté sur le haut de sa hanche droite ou les taches de rousseur de ses bras.

Elle ne fut pas en reste et laissa courir ses mains le long de son dos, appréciant la douceur de sa peau et la fermeté de ses muscles sous ses paumes. Elle n'avait encore jamais été aussi excitée et n'aurait jamais cru que le simple contact d'un corps pouvait allumer ainsi le désir en elle. Elle aurait pu passer le reste de sa vie à le toucher !

— Fais-moi l'amour, Leo, dit-elle d'une voix haletante. Maintenant !

Il eut un instant d'hésitation, puis il vint en elle doucement, en une seule poussée. Mia sentit son corps résister pendant une seconde avant de s'ouvrir à lui pour l'accueillir. Son sang se mit à battre plus fort dans ses veines, et elle fut bientôt totalement submergée par le désir de Leo. Soudain, elle se mit à crier et s'accrocha à lui en même temps qu'il s'accrochait à elle, et le monde s'évanouit autour d'eux. Plus rien n'existait, excepté elle et Leo, et la magie qu'ils avaient créée ensemble.

Il était plus de minuit quand elle se réveilla. Elle fixa un instant le plafond en écoutant la respiration régulière de Leo, couché à côté d'elle. Tendant la main, elle caressa doucement son bras et frissonna au contact de ses poils soyeux sous sa paume.

Faire l'amour avec lui avait été au-delà de tout ce qu'elle avait pu espérer. Non seulement il lui avait fait découvrir la passion, mais il lui avait prouvé qu'elle-même était capable d'éveiller la passion chez quelqu'un, et un même désir les avait consumés.

— Est-ce que ça va ? demanda une voix grave et douce, dans laquelle perçait de l'inquiétude.

Il se préoccupait d'elle, se souciait de ce qu'elle éprouvait, se dit-elle avec bonheur.

Roulant sur le côté, elle lui sourit, surprise de se sentir aussi à l'aise. Elle avait trouvé normal de faire l'amour avec lui, comme elle trouvait normal de se réveiller à son côté.

— Très bien. En fait, je ne me suis pas sentie aussi bien depuis des siècles.

Il haussa les sourcils, se redressant sur son coude.

— Vraiment ? Et cela est dû à quoi, à ton avis ?

— Oh ! je ne sais pas exactement ! répondit-elle avec une fausse désinvolture. C'est peut-être parce que j'ai bien dormi, ou peut-être parce que, ici, au cottage, j'ai enfin le temps de me détendre un peu. Ou peut-être un peu les deux.

Leo laissa courir un doigt sur ses lèvres.

— Peut-être même que cela a à voir avec le fait que nous venons juste de faire l'amour, murmura-t-il.

— Mmm. Ce n'est qu'une théorie, dit-elle, malicieuse.

Se penchant en avant, elle chercha ses lèvres, et il réagit immédiatement en l'embrassant avec fougue. Au moins, maintenant, elle *savait* ce qu'était le désir !

Ils refirent l'amour, et ce fut si beau qu'elle se mit à pleurer. Leo la prit dans ses bras sans même lui demander pourquoi parce qu'il avait sans doute compris que c'étaient des larmes de joie. Elle avait trouvé la part d'elle qui lui manquait, découvert ce que l'on ressentait quand on était une femme. Et, ce moment, elle ne l'oublierait pas, de toute sa vie.

— Cette nuit a été pour moi comme un rêve éveillé, Leo. Mais je crains que cela n'entraîne des complications, dit-elle.

— Moi aussi.

Il s'assit, un oreiller coincé derrière son dos, et l'attira dans ses bras, la berçant contre son torse.

— Cette nuit a été merveilleuse pour moi aussi, Mia. J'ai sans doute beaucoup plus d'expérience que toi, mais cette nuit a été très spéciale. Je rêverais que notre relation puisse devenir permanente, mais, actuellement, ce n'est pas souhaitable.

— Je suis d'accord, dit-elle avec un pincement au cœur.

Elle était heureuse d'apprendre que cette nuit signifiait beaucoup pour lui, mais ils ne pouvaient y donner suite.

— Donc, j'en conclus qu'il faut s'arrêter là. Ce n'est pas ce que je veux et je suppose que toi non plus, mais nous devons tous les deux passer au second plan. Ce serait trop déroutant pour les enfants s'ils nous voyaient commencer à nous fréquenter, et apprenaient ensuite que nous ne sommes pas leurs vrais parents.

Elle se mordit la lèvre pour ne pas pleurer, mais n'essaya pas de le faire changer d'avis. Tous deux avaient pris la meilleure décision pour leurs enfants.

Leo ne tenta pas de l'arrêter quand elle se leva, enfila sa robe de chambre et se rendit dans la salle de bains. Elle alluma la lumière et fixa longuement son reflet dans le miroir. C'était le même visage qu'elle voyait tous les jours, pourtant elle semblait différente. La nuit d'amour avec Leo avait laissé son empreinte : elle paraissait plus heureuse, plus vivante aussi. Mais c'étaient les changements que l'on ne voyait pas qui la marqueraient le plus.

Fermant les yeux, elle se remémora les moments de passion qu'elle avait vécus, le désir qui l'avait submergée, et le sentiment de paix et de plénitude qui l'avait enveloppée ensuite. A présent, elle était une personne différente. Grâce à Leo. Parce qu'elle l'aimait.

Elle contempla de nouveau le visage en face d'elle et découvrit la vérité dans ses yeux, si clairement qu'il était inutile de prétendre le contraire.

Elle était amoureuse de Leo.

15.

Le lendemain matin, la pluie avait cessé et Mia envoya les garçons jouer dehors avant de se rendre dans la cuisine pour préparer le petit déjeuner. Elle n'avait pas faim, mais elle avait besoin de se distraire des événements de la nuit.

Elle soupira en cassant des œufs dans un bol. Il était peu probable que des œufs brouillés parviennent à dissiper la tristesse qu'elle ressentait.

— Bonjour.

Elle n'avait pas entendu Leo venir et sursauta. Il avait des cernes sous les yeux, preuve que lui aussi avait dû passer une nuit blanche.

Quand elle était revenue de la salle de bains, il était parti. Peut-être avait-il pensé qu'elle serait plus à l'aise, mais elle aurait aimé qu'il reste et la tienne dans ses bras, même s'ils n'avaient plus fait l'amour. Elle se serait sentie moins seule, moins perdue.

— Je fais des œufs brouillés, cela te va ? demanda-t-elle. Je crains que nous ne soyons à court de bacon.

— Rien pour moi, merci. Je n'ai pas faim.

Il se versa une tasse de café puis se dirigea vers la fenêtre. Elle hésita avant de jeter les œufs dans l'évier. Elle n'avait pas faim non plus. Après s'être servi une tasse de café, elle alla s'asseoir, ne sachant que faire. Valait-il mieux qu'elle reste, ou qu'elle parte avec Harry ? Normalement, elle devrait rester puisqu'elle était venue pour que Noah aille mieux.

— Que souhaites-tu que je fasse, Leo ? demanda-t-elle. Veux-tu qu'Harry et moi partions ?

— Et toi, as-tu envie de partir ?

Il avait pivoté sur lui-même, et voir toute la misère du monde dans ses yeux lui fit mal.

Elle haussa les épaules.

— Sincèrement, je n'en sais rien. J'adore être ici, et à l'évidence Harry aussi, mais…

— Mais il y aura de la tension, acheva-t-il pour elle.

— Oui. Peut-être vaut-il mieux que nous partions, alors.

— Peut-être. C'est à toi de décider, Mia.

C'était un peu trop facile. Elle se leva, le fusillant du regard.

— Non, ce n'est pas à moi. C'est une décision que nous devons prendre en commun, tout comme nous devons nous entendre sur la façon dont nous allons gérer les choses à présent. Harry et Noah auront besoin de se voir à notre retour — et nous aurons besoin de les voir ! Que cela nous plaise ou non, nous allons donc devoir continuer à nous rencontrer.

— Je m'en rends bien compte, dit Leo. Mais pardonne-moi si j'ai un peu de mal à me concentrer sur les détails pratiques pour l'instant. Ce qui s'est passé la nuit dernière est encore profondément ancré dans mon esprit, même si tu sembles l'avoir oublié facilement.

C'était une remarque parfaitement injuste.

— Pourquoi dis-tu une chose pareille ? s'indigna-t-elle. Nous nous sommes entendus tous les deux pour faire une pause, même si ce n'est pas ce que je voulais.

— Tu es bien sûre de ça ? Est-ce que tu ne regrettes pas ce que nous avons fait ? A en juger par le temps que tu as passé dans la salle de bains la nuit dernière, j'ai eu la nette impression que tu avais des doutes.

— Eh bien, c'était une fausse impression. J'ai en effet beaucoup pensé à notre nuit, mais je n'ai rien regretté, si ce n'est que nous ne puissions pas être de nouveau ensemble.

— Alors, je me suis trompé ? dit-il d'un ton douloureux. Lorsque j'ai vu que tu tardais à revenir, j'ai cru que tu n'avais pas envie de me revoir.

— Et c'est pourquoi tu es parti ?

— Oui. Je me suis dit que ce serait moins embarrassant pour toi si je n'étais plus là à ton retour.

— Si tu veux la vérité, j'aurais aimé que tu restes, Leo. J'aurais eu besoin que tu me serres dans tes bras.

— Oh ! ma chérie…

Il fit un pas vers elle, mais s'arrêta net en entendant un cri provenant du jardin. En un éclair, il se retrouva dehors avec elle sur ses talons. Son cœur fit un bond quand elle aperçut Noah près de la rivière, de l'autre côté du portail. Il n'y avait pas trace d'Harry. Sentant l'angoisse monter, elle se mit à courir sur l'herbe.

Leo souleva Noah et le fit passer par-dessus le portail, côté maison.

— Où est Harry ? lui demanda-t-il d'une voix pressante. Dis-le-moi, Noah !

Muet, le petit garçon pointa du doigt la rivière au fond du jardin, et Mia se sentit pâlir en la regardant. Avec toute la pluie qui était tombée, les eaux fougueuses avaient beaucoup monté, atteignant presque la hauteur de la rive.

— Il… Il est allé chercher la balle et il est t-tombé dans l'eau, dit l'enfant au milieu des sanglots.

Sans hésitation, Leo passa par-dessus le portail et, retirant ses chaussures, il s'avança dans la rivière.

— Je le vois ! s'écria-t-il. Il est retenu par des buissons.

Mia plaqua une main sur sa bouche pour se retenir de crier quand il plongea. Le courant était très fort. En quelques secondes, il fut emporté et elle ne vit plus que sa tête au-dessus de l'eau.

Noah tremblait de froid et de peur, et elle le serra contre elle. Si elle avait pu, elle aurait sauté aussi dans la rivière, mais ce n'était pas la chose à faire. Si Leo n'arrivait pas à rejoindre Harry, il lui faudrait aller chercher du secours.

Les minutes qui suivirent lui semblèrent un vrai cauchemar. Laissant Noah en sécurité côté jardin, elle franchit le portail pour se rapprocher de la rive et aperçut le pull rouge d'Harry dans des buissons, ainsi que la tête de Leo qui se rapprochait de lui.

Quand il réussit enfin à l'agripper et à le sortir de l'eau, elle se rendit compte que son propre visage était baigné de larmes. Pendant un moment, elle avait craint de les perdre tous les deux.

Leo revint en longeant la rive, portant Harry secoué de violents tremblements.

— Je ne pense pas qu'il soit blessé, mais il est glacé et terrifié, dit-il. Rentrons vite à l'intérieur.

Mia se précipita en tête avec Noah tandis que Leo suivait. Il emmena l'enfant directement dans la salle de séjour et l'assit devant le feu avant de lui retirer ses vêtements trempés pendant que Mia courait à l'étage chercher une serviette de toilette dans laquelle elle enveloppa Harry.

Il sanglotait, claquant des dents, mais ne paraissait pas blessé.

— As-tu mal quelque part, mon cœur ? lui demanda-t-elle.

— J'ai mal à la main, gémit-il, lui montrant une belle égratignurc sur sa paume.

— Je vais te mettre un pansement, répondit-elle en l'embrassant ainsi que Noah.

Les reproches pouvaient attendre. Pour l'instant, tout ce qui importait, c'était qu'Harry soit sain et sauf grâce à Leo.

Elle se tourna vers lui, le cœur débordant de gratitude. Il avait risqué sa vie pour sauver Harry.

— Je ne te remercierai jamais assez pour ce que tu as fait, dit-elle.

— Ce qui compte, c'est qu'Harry soit sauf. Je ne sais pas ce que j'aurais fait s'il lui était arrivé quelque chose.

Sa voix tremblait légèrement, et les yeux de Mia se mouillèrent de nouveau. Il était évident qu'Harry comptait beaucoup pour Leo. Sans doute l'aimait-il autant qu'elle aimait Noah.

C'était la première fois qu'elle admettait ce qu'elle ressentait pour son fils biologique, et une douce chaleur l'envahit.

Tendant la main, elle l'attira vers elle, et son cœur se gonfla d'amour pour cet enfant que Chris et elle avaient créé.

L'incident avait complètement changé l'atmosphère, se dit Leo en montant l'escalier. Il frissonna en se rappelant sa peur alors qu'il cherchait à ramener Harry, terrifié à l'idée qu'il puisse être emporté par les flots. La vie de l'enfant avait littéralement tenu à un cheveu, et ces minutes interminables pendant lesquelles Leo avait lutté pour le rejoindre restaient imprimées dans son esprit. S'il avait perdu Harry, il ne croyait pas qu'il aurait pu le supporter.

Il se laissa tomber sur son lit, peu soucieux de ses vêtements mouillés. Il n'aimait pas seulement Harry parce qu'il était son fils biologique, mais à cause de Mia, qui l'avait mis au monde et lui avait donné tout son amour. C'était grâce à elle s'il était devenu cet adorable petit garçon. Il aimait Harry et il aimait Mia. Tous les deux étaient indissociables !

— Est-ce que tu vas bien ?

Mia se tenait sur le seuil. Sa pâleur attestait du traumatisme qu'elle avait subi, mais elle restait la femme la plus belle qu'il eût jamais connue. S'il avait pu faire un vœu, il aurait souhaité passer sa vie entière avec elle, mais ce n'était guère d'actualité. Mia avait probablement aimé faire l'amour avec lui, mais elle ne semblait pas envisager son avenir avec lui.

— Ça va, répondit-il en souriant. Encore un peu sous le choc…

Elle lui rendit son sourire, pourtant il y avait de la tristesse dans ses yeux, et il se rendit compte qu'elle trouvait la situation aussi difficile que lui. Mais, après tout, les deux garçons s'entendaient très bien. Peut-être seraient-ils enchantés à l'idée de vivre tous ensemble, comme une famille ?

Cette idée méritait toute son attention. Il ne voulait pas avoir juste une aventure avec Mia. Seulement, même s'il l'aimait, il ignorait si ses sentiments pour elle dureraient.

Combien de temps durait l'amour ? Toute une vie ? Quelques

années ? Il n'avait jamais été amoureux auparavant et n'avait aucun point de comparaison. Et si c'était comme le désir, et que l'amour s'estompe avec le temps ? Comment Noah et Harry réagiraient-ils si lui-même découvrait un jour qu'il n'aimait plus Mia ? Il risquait alors de faire exactement ce qu'il avait voulu éviter, et de gâcher la vie des garçons.

Mia remarqua l'expression de Leo et fronça les sourcils. Quelque chose le troublait visiblement. Elle était sur le point de le questionner quand elle entendit Harry l'appeler.

— Je vais voir ce qu'il veut, dit-elle en faisant demi-tour. J'ai branché la bouilloire… Tu pourras descendre boire un thé bien chaud une fois que tu te seras changé.

— Merci, je ne serai pas long, répondit-il poliment.

Elle eut l'impression qu'il prenait délibérément ses distances, et cela lui fit mal, après leur intimité de la veille.

En bas, Harry voulait lui demander la permission de regarder un DVD avec Noah. C'était merveilleux de le voir se remettre aussi bien de ses émotions. Cet enfant semblait s'accommoder de beaucoup de choses. Pour le coup, elle se demanda si elle n'était pas trop prudente. Peut-être qu'Harry réagirait beaucoup mieux qu'elle le pensait si elle lui apprenait que Leo était son véritable père ?

Elle soupira. Il était beaucoup trop tôt pour dire la vérité à Harry, d'autant plus qu'il faudrait faire de même avec Noah. Leo et elle devaient d'abord prévoir tous les détails. Et, s'ils devaient un jour réunir les deux familles — à supposer que ce soit ce que veuille Leo —, il y aurait beaucoup de changements à apporter.

Pendant quelques secondes, elle les imagina vivant tous ensemble comme une vraie famille, mais elle chassa rapidement cette pensée. Leo et elle étaient peut-être sexuellement compatibles, mais il n'avait pas laissé entendre qu'il voulait davantage.

Dès 7 heures ce soir-là, les garçons dormaient à poings fermés. Auparavant, Leo leur avait donné un bain avant de leur lire une histoire. Habituellement, il s'arrangeait toujours pour être de retour à temps pour mettre Noah au lit, et avec Harry son plaisir en était doublé.

Quand il redescendit, il se plut à imaginer ce genre de scène se produisant de façon récurrente.

Border les enfants chaque soir serait pour lui une joie, surtout s'il retrouvait Mia ensuite.

Il soupira en retournant dans la cuisine, où elle était en train de préparer le dîner. Mieux valait qu'il ôte ses lunettes roses et voie la situation telle qu'elle était : la vie de famille, ce n'était pas seulement donner le bain à un enfant ou lui raconter une histoire. Ce serait bien au début, mais pour combien de temps ? Quand la routine quotidienne deviendrait-elle pour lui une corvée ? Quand la pensée de Mia en train de l'attendre deviendrait-elle plus ennuyeuse qu'excitante ? Bien sûr, il ne pouvait pas l'imaginer pour l'instant, mais cela arrivait à beaucoup de gens et rien ne garantissait qu'ils ne seraient pas concernés.

— Tout va bien, là-haut ? lui demanda-t-elle.

— Tout va bien. Ils dorment à poings fermés.

Il renifla avec gourmandise.

— Ça sent bon, ici.

— Côtes d'agneau et pommes de terre nouvelles, dit-elle.

— Super… Que dirais-tu d'un verre de vin ? Je gardais une bouteille pour une bonne occasion, et je ne pourrais pas rêver mieux que votre présence ici, à toi et Harry.

Il ne continua pas sur ce sujet et soupira. Lui qui avait l'habitude de prendre des décisions difficiles était désemparé.

Il aimait Mia et avait envie de vivre avec elle, mais leur union avait-elle une chance ? Et si c'était un véritable désastre ? S'il avait été le seul risquant de souffrir, il n'aurait pas hésité. Mais il y avait Mia, et les garçons. Comment oublier que, quoi qu'il fasse, l'échec rejaillirait sur eux ?

16.

Le dîner fut un peu guindé. Ils avaient beau s'efforcer de discuter normalement, Mia sentait que Leo lui répondait machinalement et avait l'esprit ailleurs. Elle préféra ne pas le questionner, mais la pensée qu'il n'était plus intéressé par elle maintenant qu'ils avaient fait l'amour ne la quitta pas.

La fin du repas fut un vrai soulagement, et elle déclina son offre de faire la vaisselle.

— Je m'en occupe, dit-elle. Toi, tu vas te détendre. Tu as bien mérité un peu de repos après ce que tu as fait ce matin.

Il ne discuta pas et la laissa faire. Puis elle alla se coucher, ne pouvant plus supporter le ton emprunté d'une conversation. Après avoir vérifié que les enfants dormaient bien, elle gagna sa chambre et entendit Leo monter peu de temps après. Elle retint son souffle quand il atteignit le palier, mais il passa devant sa porte sans s'arrêter.

Elle avait fini par s'endormir quand un cri la réveilla. Elle courut jusqu'à la chambre des enfants, s'attendant à ce que ce soit Harry qui ait fait un cauchemar après les événements de la matinée. En fait, c'était Noah qui criait.

Se précipitant vers son lit, elle le prit dans ses bras.

— Tout va bien, mon chéri. Tu as fait un mauvais rêve, c'est tout, dit-elle en le berçant.

A cet instant, Leo arriva, et elle eut un petit coup au cœur en le découvrant torse nu.

Il s'accroupit aux pieds de Noah et lui caressa les cheveux.

— Qu'est-ce qui ne va pas, mon ange ? Tu as fait un cauchemar ?

Son fils repoussa sa main.

— Va-t'en ! cria-t-il en enfouissant son visage dans le creux de l'épaule de Mia.

Leo se recula, le regard peiné.

— Apparemment, il ne veut pas me voir, dit-il. Pourras-tu tenter de découvrir ce qui ne va pas, Mia ?

— Bien sûr, répondit-elle avec sollicitude.

Elle savait combien une telle réaction d'Harry envers elle lui aurait fait mal.

— Il ne sait plus très bien ce qu'il dit pour l'instant, ajouta-t-elle. Donne-lui quelques minutes pour se calmer.

— Bien sûr, dit Leo avec un sourire forcé.

Il se tourna vers le lit d'Harry, d'où le petit garçon les regardait.

— Noah a fait un mauvais rêve, et ta maman est en train de le consoler. Si on allait boire quelque chose en bas, en attendant que Noah se sente mieux ?

Harry bondit hors de son lit, tout excité à l'idée de se lever au milieu de la nuit.

Mia se retrouva seule avec Noah blotti contre elle. Elle lui caressa lentement les cheveux et, peu à peu, il se détendit. Elle se sentit déborder d'amour maternel pour lui. Il était son fils et, quoi qu'il se soit passé entre elle et Leo, elle avait bien l'intention de jouer un rôle dans sa vie.

Lorsque ses sanglots se furent apaisés, elle l'écarta doucement.

— Peux-tu me dire ce qui t'a fait peur, mon cœur ? Tu as fait un cauchemar ?

— Oui, murmura-t-il.

— Te rappelles-tu ce que c'était ? Si tu me le racontes, cela te fera moins peur, ajouta-t-elle, sentant qu'il se raidissait.

— Je rêvais qu'Harry tombait dans l'eau.

— Oh ! cela a dû te faire peur… Mais tu sais qu'il va bien, maintenant. Ton papa l'a sorti de l'eau, et il a promis de ne plus jamais s'en approcher.

— C'était ma faute s'il est tombé, dit Noah. Comme je

n'ai pas rattrapé la balle, elle a atterri dans l'eau et Harry a dû aller la chercher.

— Ce n'était pas ta faute, répondit-elle fermement. Harry savait qu'il ne devait pas s'approcher de la rivière.

Noah parut réfléchir un instant.

— C'était ma faute si maman a eu l'accident, ajouta-t-il précipitamment.

Mia dut cacher sa surprise. C'était probablement là que se trouvait le nœud du problème.

— Je suis sûre que ce n'est pas vrai, mon chéri. C'était un accident.

— Non, c'était ma faute. J'ai commencé à pleurer, alors maman s'est mise en colère et elle n'a pas vu arriver le bus.

Les yeux de Noah se remplirent de larmes.

— Je ne veux pas un nouveau papa. Tu ne laisseras pas maman m'emmener vivre avec elle et mon nouveau papa, pas vrai, Mia ? Elle a dit que mon papa ne voulait plus de moi. Mais je pourrai venir habiter avec toi et Harry ?

Pour le coup, Mia en resta muette. C'était bien pire que tout ce qu'elle avait pu imaginer, se dit-elle en pensant à l'angoisse qui devait habiter Noah depuis des mois. Depuis l'accident.

Leo était-il au courant que son ex-femme avait envisagé de lui prendre Noah ? se demanda-t-elle.

Elle tourna la tête du petit garçon vers elle et le regarda droit dans les yeux.

— Ecoute-moi bien, mon chéri. Personne ne va t'enlever à ton papa. Ta maman s'est trompée quand elle a dit que ton papa ne te voulait plus. Il t'aime énormément et il fera tout pour que tu restes avec lui. Tu comprends ?

Noah hocha la tête puis son visage se détendit et il lui sourit, avant de mettre les bras autour de sa taille et de se serrer contre elle. Mia l'étreignit à son tour, mais elle avait le cœur lourd.

Où en était Amanda à présent ? se demanda-t-elle. Après avoir rejeté Noah au départ, elle avait voulu le reprendre lorsque sa vie avait changé. Etait-elle toujours déterminée à le faire depuis l'accident ?

Leo avait du mal à cacher sa nervosité. Mia mettait beaucoup trop de temps, se dit-il tout en préparant à Harry un mug de chocolat chaud. Il y ajouta du lait froid pour qu'il ne se brûle pas puis le posa sur la table de la cuisine en s'efforçant de sourire. Il ne voulait pas que l'enfant devine son inquiétude.

— Tiens, régale-toi. Ensuite, on ira voir si Noah se sent mieux.

Harry but avec un plaisir évident. Puis il demanda s'il pouvait avoir un biscuit, et Leo ouvrit la boîte métallique pour le laisser choisir.

Il venait de la ranger quand, à son grand soulagement, il entendit les pas de Mia.

Elle sourit en les rejoignant, mais il vit le stress dans son regard, et son cœur se serra. Il s'était passé quelque chose.

Mia emmena Harry se recoucher, et quand elle fut de retour au bout de dix minutes Leo n'en pouvait plus d'impatience.

— Je suppose que tu as hâte de savoir ce qui ne va pas chez Noah, dit-elle d'un drôle de petit ton froid qu'il ne lui connaissait pas.

— Evidemment, répondit-il sur le même ton pour cacher son anxiété.

— Noah se croit responsable de l'accident qu'il a eu avec sa mère.

— C'est ridicule ! Ce n'était pas sa faute, et je ferai en sorte de le lui faire comprendre.

— Très bien. Pendant que tu y es, tu tâcheras aussi de lui faire comprendre que tu veux toujours de lui.

Il en resta muet de stupéfaction.

— Apparemment, ton ex-femme lui a annoncé ce jour-là, dans la voiture, qu'il allait vivre avec elle et son nouveau papa parce que tu ne le voulais plus, ajouta-t-elle. Quand il s'est mis à pleurer, elle s'est fâchée et n'a pas vu le bus.

— Je ne peux pas le croire ! s'exclama Leo, l'air hagard. Amanda lui a vraiment dit que je ne voulais plus de lui ?

— C'est ce que Noah raconte, répondit Mia, le visage impénétrable. Tu n'étais pas au courant ?

— Bien sûr que non ! Si j'avais su ce qu'elle mijotait, j'aurais réagi depuis longtemps.

— Peut-être que tu l'as fait, rétorqua-t-elle d'une voix glaciale.

Il sentit son sang se figer dans ses veines.

— Qu'est-ce que tu entends par là ? demanda-t-il, appréhendant sa réponse.

— Et si tu avais su ce que ta femme *mijotait*, et que tu aies fait ce qu'il fallait pour l'éviter ? C'est pour ça que tu tenais tant à retrouver Harry, le *vrai* fils d'Amanda. Ainsi, tu pouvais garder Noah pendant qu'elle avait Harry. Mais je suis désolée de te dire que cela n'arrivera pas. Je me battrai devant tous les tribunaux de ce pays si l'un de vous essaie de m'enlever Harry. Il est mon fils et le sera toujours !

Puis elle tourna les talons.

Leo ne bougea pas. Il en était incapable, sonné par l'accusation qu'il venait d'entendre. Mia croyait-elle vraiment qu'il ait pu tomber aussi bas, au point de lui prendre son enfant et de le donner à une autre femme ? Comment pouvait-elle le croire capable d'une telle duplicité ? Elle avait complètement perdu l'esprit !

Se laissant tomber sur une chaise, il se prit la tête dans les mains. La veille, il avait atteint les sommets du plaisir, du bonheur et de la joie. Aujourd'hui, il sombrait dans les profondeurs du désespoir.

Mia fut soulagée de voir arriver la fin des vacances scolaires. Depuis qu'ils étaient revenus du cottage, Harry n'était pas dans son assiette et se montrait souvent maussade. Sans doute lui en voulait-il d'avoir raccourci leur séjour.

Le lundi matin, cependant, il recouvra sa bonne humeur

et lui adressa un joyeux signe de la main quand elle repartit après l'avoir accompagné en classe.

Arrivée à l'hôpital, elle vit que Penny l'avait de nouveau affectée au service de cardiologie : l'infirmière Thomas avait pris une semaine de congé. Elle eut beau insister pour être transférée ailleurs, rien n'y fit. Il n'y avait personne d'autre de disponible.

La mort dans l'âme, elle se rendit au service de cardiologie et se mit au travail, commençant par vérifier la liste des opérations prévues au bloc pour la journée. Le nom de Leo n'y figurait pas, et elle poussa un soupir de soulagement. Au moins, elle n'aurait pas à l'affronter dans l'immédiat.

Leo avait passé le reste de la semaine à tenter de contacter Amanda. Elle avait changé de numéro de portable, et il dut appeler tous les gens qu'il connaissait pour la retrouver.

Finalement, il réussit à l'avoir au téléphone. Elle était dans le sud de la France, chez des amis. Il lui expliqua brièvement qu'il était au courant de ses plans et que, si elle croyait qu'elle allait lui enlever Noah, elle pouvait toujours rêver.

Il ne mentionna pas Mia ni Harry, se contentant de signifier à son ex-femme que si elle intentait une action en justice elle le regretterait amèrement. Elle était prévenue qu'il ne lâcherait rien.

A présent, il avait un autre problème à régler, encore plus important. Il était toujours blessé et en colère contre Mia, mais les choses ne pouvaient pas rester ainsi. Il fallait qu'ils aient une explication.

Le lundi matin, à la première heure, il se rendit chez elle pour pouvoir lui parler en l'absence d'Harry qui avait dû reprendre l'école. Il ne pouvait pas supporter qu'ils soient ainsi en désaccord et imaginait à quel point elle devait être inquiète. Il fallait qu'il la rassure, qu'elle sache une bonne fois pour toutes qu'il n'avait pas l'intention de lui enlever Harry, quoi qu'il arrive.

Sans doute trop distrait par ces problèmes, il ne remarqua pas la camionnette qui déboucha sur le côté et freina désespérément au dernier moment, mais sans pouvoir l'éviter. Il y eut un horrible bruit de tôle froissée, et l'airbag s'ouvrit avec fracas. Puis ce fut le silence.

Le souffle coupé, Leo resta assis sur son siège, désorienté par le choc de l'airbag frappant sa poitrine. Il savait que sa voiture était fichue, mais il n'en avait cure. Tout ce qui lui importait, c'était qu'il n'allait pas pouvoir parler à Mia dans l'immédiat.

En revenant du bloc opératoire où elle avait accompagné un patient, Mia se retrouva dans l'ascenseur avec deux infirmières qui bavardaient gaiement. Elle les écouta d'une oreille distraite, jusqu'à ce qu'elle entende le nom de Leo.

— Excusez-moi, vous avez bien dit que M. Forester avait été admis aux urgences ? demanda-t-elle avec angoisse.

— Oui, répondit l'une des infirmières. Sa voiture aurait percuté une camionnette.

Elle ne put en savoir davantage car les deux femmes descendaient à l'étage suivant. Le cœur serré, elle appuya sur le bouton pour s'arrêter de nouveau aux urgences et alla trouver directement l'interne pour lui demander si Leo était gravement blessé.

— Il a eu droit aux examens habituels, lui répondit le médecin en haussant les épaules. Scanner, radios, tests sanguins… Je ne peux pas vous donner de réponse définitive pour l'instant, mais, à en croire le ramdam qu'il a fait, ce n'est pas encore aujourd'hui qu'il partira pour le grand voyage !

— Merci, murmura-t-elle, vaguement soulagée.

Néanmoins, elle voulait vérifier par elle-même que Leo allait bien, mais, après les accusations qu'elle avait portées, était-ce bien avisé ? D'ailleurs, y croyait-elle vraiment ? se demanda-t-elle. Non, pas au plus profond de son cœur, et si elle n'avait pas été reprise par un de ses accès de méfiance habituels, elle n'en serait pas là.

C'était une question de confiance : se fiait-elle suffisamment à Leo pour croire qu'il ne voudrait jamais lui faire de mal, ni à Harry ? La réponse était oui. Au fond d'elle-même, elle avait toujours su qu'il ferait tout ce qui était bien pour Harry et pour elle.

Submergée par l'émotion, elle s'adressa de nouveau à l'interne.

— Est-ce que je… je peux voir M. Forester ?

Il lui indiqua le dernier box de la salle et elle s'avança, les jambes tremblantes. Devant les rideaux tirés, elle prit une profonde inspiration pour avoir le courage de les ouvrir.

Voudrait-il seulement lui parler après ce qu'elle lui avait dit ? Certes, elle ne s'attendait pas à ce qu'il veuille reprendre leur relation où ils l'avaient laissée, mais elle aurait souhaité qu'au moins ils restent amis. Un homme et une femme pouvaient-ils rester amis après avoir été amants ? C'était la question.

Fatigué d'attendre, Leo s'assit sur le bord du lit. Le jeune interne tenait peut-être à suivre la procédure habituelle, mais lui savait qu'il allait bien.

Certes, il avait des côtes douloureuses et de nombreuses contusions dues à l'action combinée de la ceinture de sécurité et de l'airbag, mais ces désagréments physiques n'étaient rien comparés à l'agonie qu'il vivait intérieurement.

Il fallait absolument qu'il voie Mia pour la convaincre qu'elle pouvait lui faire confiance !

Tirant brusquement le rideau, il se trouva nez à nez avec la personne qui occupait ses pensées.

Sans hésiter un seul instant, il attira Mia dans ses bras et l'embrassa au beau milieu des urgences, sans se soucier le moins du monde d'être vu. Il l'aimait, il la voulait et — bon sang ! — il parviendrait à le lui faire comprendre même s'il fallait pour cela qu'il passe toute la journée à l'embrasser !

Après une brève hésitation, elle lui rendit son baiser, et il sut que tout allait bien se passer, qu'ils arriveraient à se sortir de cette stupide histoire. Mia l'aimait autant qu'il l'aimait. A eux deux, ils pourraient prendre le monde à bras-le-corps et ils gagneraient tant qu'ils seraient ensemble.

— Jamais je ne pourrais te faire du mal, murmura-t-il en la serrant dans ses bras.

— Je le sais bien. C'est ma stupide méfiance qui est la cause de tout ça.

Regardant autour de lui, il se rendit compte qu'ils attiraient tous les regards et esquissa une grimace.

— Si on allait dans un endroit plus intime ? suggéra-t-il.

La prenant par la main, il l'entraîna loin des urgences, et ils se retrouvèrent dans la salle des consultants qui se trouvait miraculeusement vide.

Il ferma la porte et s'appuya contre elle.

— Et maintenant qu'est-ce qu'on fait ? demanda-t-il.

— Que veux-tu faire ?

Il y avait tant d'amour dans son regard qu'il se sentit trembler.

— On n'ira nulle part où tu n'aies envie d'aller, reprit-il en l'embrassant encore, ne craignant plus de révéler la profondeur de ses sentiments. Je t'aime, Mia. Je veux passer ma vie avec toi et bâtir un avenir pour nous et les garçons. Est-ce que tu le veux aussi ?

— Oui. C'est ce que je désire plus que tout. Si cela ne nuit pas aux garçons.

Il lui caressa la joue, comprenant ses craintes.

— Tous les deux s'entendent bien, et il n'y a aucune raison pour qu'ils ne veuillent pas que l'on devienne une famille. L'important, c'est qu'ils comprennent combien nous les aimons tous les deux. D'accord ?

— D'accord, murmura-t-elle, scellant sa réponse d'un long baiser qui fut interrompu par le biper de Leo qui soupira.

— C'est le bloc... Je vais téléphoner pour annuler.

— A cause de ton accident ? demanda-t-elle, inquiète.

— Non, à cause de ton baiser, j'ai les mains qui tremblent. Tu vois, je peux aussi me montrer vulnérable…

Deux ans plus tard…

— Chacun son tour, dit Leo. Et ne poussez pas la balançoire trop fort, il ne faut pas faire tomber Grace.

Il vérifia qu'Harry et Noah avaient bien compris avant d'aller s'asseoir sur l'herbe. Ils étaient venus passer une semaine au cottage, et le temps était magnifique : de longues journées ensoleillées, suivies de nuits… torrides.

Prenant la main de Mia, il la porta à ses lèvres et poussa un soupir de bien-être. La vie était belle, et c'était grâce à elle.

— T'ai-je dit récemment que je t'aimais ?

— Pas depuis 8 heures ce matin.

— Quelle négligence de ma part…

Il sourit en lui embrassant le creux du poignet.

Cela faisait un an qu'ils étaient mariés, depuis qu'ils avaient appris que Mia attendait Grace. Harry et Noah avaient apprécié que leur famille se trouve ainsi, en quelque sorte, officialisée.

Lorsque les tests ADN avaient confirmé ce qu'ils savaient déjà, à savoir qu'Harry était son enfant et Noah celui de Mia, ils avaient expliqué la situation aux garçons, répondu à leurs questions, et les avaient assurés que, même s'ils avaient une maman et un papa différents, cela ne faisait finalement aucune différence. Curieusement, Harry et Noah l'avaient très bien accepté.

En fait, les choses avaient été beaucoup plus simples qu'ils l'avaient craint. D'ailleurs, tout était plus facile maintenant qu'il avait Mia à ses côtés, pour l'aimer et le soutenir. Au bout de huit mois, l'arrivée de Grace était venue sceller leur union, et les deux garçons étaient fous de leur petite sœur.

Quant à Amanda, ou bien elle avait pris son avertissement au sérieux, ou bien elle avait encore changé d'avis. Le bruit courait qu'elle avait rompu avec l'homme qui était censé devenir le nouveau papa de Noah. De toute façon, d'après l'avocat de Leo, Amanda n'aurait eu aucune chance d'obtenir gain de cause étant donné son passé.

Maintenant, Leo pouvait donc s'allonger sur l'herbe en toute quiétude, et savourer la chaleur des rayons du soleil pénétrant par tous les pores de sa peau.

Sa vie était ainsi chaque jour : remplie de chaleur et d'amour. Il avait Mia et leur famille. En somme, tout ce qu'il pouvait désirer.

SUE MACKAY

Le médecin de sa vie

Traduction française de
CÉCILE LOMBARD

BLANCHE

HARLEQUIN

Titre original :
REUNITED...IN PARIS!

Ce roman a déjà été publié en 2016

1.

Entrée un instant plus tôt dans l'immense salle de conférences de l'hôtel Negresco de Nice, Tori Wells se retenait de trépigner sur ses Stiletto vert avocat flambant neufs — français, bien entendu, et qui lui avaient coûté une petite fortune… Elle scruta la foule des congressistes, tous des spécialistes internationaux, et esquissa un sourire. Si elle entrait en sautillant comme une gamine, avec sa chevelure flamboyante, qui attirait souvent les regards, cela nuirait forcément à sa réputation…

Pourtant, depuis son départ d'Auckland l'avant-veille, elle débordait de joie à l'idée de ce séjour en France.

Elle observa de nouveau ses confrères. Une pointe d'angoisse s'insinua en elle. Où avait-elle la tête, quand elle avait accepté d'exposer ses travaux sur les complications cardiaques, chez les enfants atteints de fièvre rhumatismale ? Personne ne s'intéresserait aux théories d'une cardiologue néozélandaise ! A côté de cela, comment aurait-elle pu refuser l'invitation du Pr Leclerc, le directeur français du congrès de cardiologie ? C'était l'occasion ou jamais de visiter le pays de ses rêves. Elle se serait même contentée d'une tente sur la plage en guise de logement, mais ce charmant homme lui avait réservé une suite dans ce luxueux hôtel, face à la Méditerranée…

Et ce n'était pas tout ! Elle frémit de joie en songeant à ce qui l'attendait ensuite : à la fin du séminaire, le directeur l'avait priée d'aller exposer ses travaux devant ses étudiants parisiens. Mon Dieu ! Paris ! Incroyable ! Elle serra les poings, et pinça fort les lèvres pour réprimer un cri d'enthousiasme.

— Ah ! Tori ! Je te cherchais !

Son allégresse retomba brusquement, et un frisson la traversa. Benji ? Ici ? Son nom ne figurait pas sur la liste des participants, elle s'en était assurée. Pourtant, impossible de se méprendre, elle reconnaîtrait cette voix n'importe où, n'importe quand…

Il lui suffisait de tourner la tête pour vérifier, mais les battements de son cœur avaient soudain pris un rythme fou, et elle était totalement décontenancée. Il fallait pourtant qu'elle se reprenne.

Elle se retourna lentement, pour faire face à son ex-mari.

— Salut, Ben.

Elle trembla légèrement. Il était… renversant. Comme toujours. Différent, plus âgé, bien sûr. L'air triste et désabusé, aussi, comme s'il avait subi un coup dur. Pas vraiment surprenant, étant donné les circonstances qui avaient entouré leur séparation et son départ…

— Que fais-tu ici ? articula-t-elle.

Elle détourna les yeux. Elle qui s'estimait si chanceuse, elle venait de tirer une mauvaise carte. Incrédulité, douleur, colère — et même désir — la submergèrent, anéantissant d'un coup sept années d'efforts, à tenter de se refaire une existence digne de ce nom.

— Je remplace au pied levé l'un de mes patrons.

Elle frémit sous la caresse de cette voix grave ; son corps était imprégné de ces nuits chaudes sur la plage, à Fiji, où ils avaient passé leur lune de miel… Elle se remémora leur premier rendez-vous, à la cafétéria de l'hôpital, en raison de leurs emplois du temps surchargés. A l'époque, elle l'appelait Benji, mais ce surnom était devenu trop intime, trop chargé de souvenirs.

— Ah, je vois… Et la vie londonienne te plaît ?

Elle le dévisagea. Son sourire paraissait sincère, mais les apparences pouvaient être trompeuses, comme elle l'avait constaté dans les derniers mois de leur vie commune.

— Eh bien…, répondit-il, j'espère m'associer à mes patrons

dans la clinique de Harley Street où je travaille, et je n'ai pas trop de temps libre… Mais dès que je le peux, je satisfais ma passion pour l'histoire anglaise, en visitant le plus de châteaux et de demeures historiques possible.

Elle le trouva très à l'aise à bavarder ainsi avec elle de tout et de rien… La dernière fois qu'ils étaient vus, il lui avait dit adieu sur le seuil de leur appartement, en tentant de lui dissimuler ses larmes.

Elle se secoua, s'efforçant d'ignorer les battements désordonnés de son cœur, et de reprendre le fil de la conversation : ah, oui, les châteaux. Elle sourit.

— Rien à voir avec le château de Mount Ruapehu, je suppose !

C'était l'hôtel de Nouvelle-Zélande où ils avaient passé leur premier anniversaire de mariage…

— Non, en effet.

Elle vit qu'il s'était rembruni. Il devait se remémorer ces deux jours merveilleux dans la neige — et surtout dans leur chambre… Et peut-être en éprouver du regret. Quelle idiote elle faisait d'avoir mentionné ce lieu !

Mais il se redressa, et sourit de nouveau.

— Tu es radieuse. Tu parais en pleine forme.

Elle se mordit la lèvre. Il avait l'art de trouver les mots justes. Pas forcément toute la vérité et rien que la vérité, mais exactement ce qui convenait.

— Merci, Ben.

Si elle prononçait souvent son nom, elle oublierait que Benji avait un jour existé…

— Je suis sincère, ajouta-t-il d'une voix douce.

Elle sentit ses jambes trembler sur ses Stiletto neufs, si fort qu'elle eut peur de s'écrouler à ses pieds.

Elle, dont le bon sens était légendaire, n'avait plus les idées claires, ne savait plus que dire… Comme à la fin de leur mariage, lorsqu'elle avait l'impression de se noyer, à chaque fois qu'elle tentait de lui parler.

Pendant sept longues années, elle s'était efforcée d'aller de l'avant. Jusque-là, elle pensait avoir réussi, mais son trouble lui prouvait, hélas, qu'elle espérait encore quelque chose de lui… Elle secoua légèrement la tête. Ridicule ! Elle l'avait aimé de tout son être, et il l'avait laissée affronter la vie seule. Peu après son départ, elle avait perdu le bébé qu'elle portait sans le savoir…

Une femme la bouscula en passant, et il s'avança pour la protéger de la marée humaine qui avait maintenant investi l'immense salle. Il la prit par le coude, l'air contrit.

— Pardon, Tori, je t'ai bouleversée en surgissant sans crier gare.

Elle en fut ébahie. Voilà qu'il lui présentait des excuses ? C'était nouveau ! Elle l'examina brièvement. Son regard noisette avait gagné en profondeur, et de rares cheveux gris striaient ses boucles noires ; en dehors de cela, il était semblable au Benji qu'elle avait tant aimé. Sauf que celui d'avant n'avait pas demandé pardon : il avait bouclé ses valises, et s'en était allé après lui avoir dit adieu…

Elle se dégagea d'un haussement d'épaule. Le contact de sa main la brûlait toujours autant, mais de toute façon, ce n'était pas le manque de désir qui avait provoqué leur rupture.

— Tu exagères, je suis surprise de te voir ici, c'est tout !

Elle se retourna pour observer la salle, qui continuait de se remplir.

— Toutes les places vont être prises, si je ne vais pas m'asseoir.

— Suis-moi, répondit-il aussitôt en lui reprenant le coude. Le Pr Leclerc m'a donné pour mission de t'escorter jusqu'à l'estrade.

— Mais je n'interviens que demain !

Il l'entraîna vers un côté de la salle, en continuant à la protéger de la foule.

— Tous les intervenants doivent être assis au premier rang, pendant la durée du congrès.

Elle le regarda, étonnée. Elle n'en avait pas été informée. Donc, impossible de se débarrasser de lui, au moins le temps de se remettre du choc de cette rencontre imprévue… Elle allait devoir se réhabituer au son de cette voix grave et rocailleuse qui l'avait séduite. Elle ne lui en voulait plus de l'avoir quittée, puisqu'elle n'éprouvait plus aucune colère… Normal, au bout de sept ans : il appartenait au passé.

— Ah ! Madame Wells ! Voici notre Dame de Cœur !

Sur ces mots, le Pr Leclerc l'embrassa sur les deux joues, un salut si typiquement français que son excitation réapparut comme par magie.

— Je suis si heureux de vous rencontrer, Pr Wells ! Merci d'avoir fait tout ce chemin pour nous éclairer.

Tori lui sourit. Même si son éminent confrère avait dépassé les soixante ans, un homme qui parlait français, c'était intrigant, et un brin romantique. Elle avait étudié cette langue au lycée, mais ses tentatives de se faire comprendre depuis son arrivée n'avaient guère été concluantes. Son accent devait être effroyable.

— C'est moi qui suis heureuse et honorée d'être ici, monsieur le professeur.

— Je vous en prie, appelez-moi Luc. C'est votre premier séjour en France ?

— Oui. J'exauce l'un de mes plus vieux rêves. Je n'aurais plus qu'à cocher la ligne « Visiter Paris » en rentrant !

— J'imagine qu'elle voudra passer une soirée au Moulin Rouge, dit Ben. Elle l'a forcément noté sur sa liste, elle adore le music-hall.

— Ah… Vous faites des listes, chez vous ! Je comprends. Paris, la ville de l'amour…

Il adressa à Ben un hochement de tête entendu.

— Mon assistant vous réservera une table pour le spectacle, pendant votre séjour là-bas.

Elle secoua la tête avec énergie.

— C'est très gentil, mais mon programme est déjà chargé…

— Pensez donc, madame Wells ! Il vous faut absolument voir ça ! Je m'en charge.

Elle parvint à marmonner un « merci ». Aller à Paris toute

seule, c'était déjà assez pitoyable, mais au cabaret, cela serait carrément tragique.

— Je vous remercie, professeur, répliqua Ben, je suis sûr que nous serons enchantés.

Aussitôt, elle ressentit l'aiguillon de la jalousie. Qui était ce « nous » ? Il n'était donc pas venu seul ? Elle chassa aussitôt cette pensée.

Et après ? C'était fini entre eux, de toute façon.

— Prenez place, tous les deux. Tout à l'heure, au dîner, nous aurons davantage de temps pour nous parler.

Quand il eut disparu, Ben se tourna vers elle.

— Visiblement, il nous croit toujours mariés ! Pourquoi n'as-tu pas repris ton nom de jeune fille ?

— Pour ne pas avoir à changer tous mes papiers.

— C'est drôle, j'aurais cru que tu te serais précipitée pour le faire.

Elle le regarda en coin. Il semblait incrédule et… en même temps, pas mécontent.

— Si ça t'ennuie, je peux m'en occuper dès mon retour.

— Oh ! Rien ne presse… Tu habites toujours notre appart ?

Elle réprima un soupir. Il avait du culot. Ce logement était entièrement à elle, à présent. Elle adorait le petit sanctuaire qu'elle s'était créé, en le décorant et le meublant à neuf pour effacer les souvenirs. Elle ne céderait pas là-dessus.

Et en réalité, changer de nom après leur divorce pour reprendre le sien eût été une coupure totale et définitive, à laquelle elle n'avait pu se résoudre.

Elle s'affala sur la première chaise vacante de la rangée. Ben était ici, à Nice, au congrès. Son ventre se noua.

Il attendait, debout à côté d'elle.

— Ça te dérange si je m'assieds ici ?

— Il n'y a plus de place ailleurs ?

Elle regretta aussitôt son ton sec : ce n'était guère aimable de l'envoyer se chercher un siège au milieu de ces inconnus… Mais elle avait besoin d'être seule.

Il examina la rangée, avant de secouer la tête en souriant.

— Je crains que non, mais je te promets de ne pas te poser de problèmes.

— D'accord, répondit-elle d'un ton qu'elle voulut neutre.

Sa simple présence lui en posait un, de problème. Il avait été son premier, son seul amour. Le choc de la rencontre passé, serait-elle capable de lui parler le cœur léger, et sans avoir envie de le toucher ? Elle réprima une grimace. Comme il la repousserait à coup sûr, c'était peut-être la solution pour se débarrasser de lui ?

Elle se redressa sur son siège. Le plus simple était de l'ignorer, et de se concentrer sur les conférenciers. Elle aurait bien mis tout de suite les écouteurs qui diffusaient la traduction simultanée, mais les premiers parleraient anglais… Elle soupira, et inhala un mélange de citron et de pin.

— Toujours le même after-shave…

— Eh oui ! C'est le seul que j'aime.

Elle se mordit la lèvre, se sentant rougir. Zut ! Elle avait parlé à voix haute malgré elle ! Elle s'efforça en vain d'ignorer cet effluve familier, qu'elle avait choisi pour lui, dès après leur premier rendez-vous. Et quand il l'avait entraînée dans son lit, il le portait déjà…

Il fallait qu'elle s'éloigne, qu'elle se trouve une place au fond de la salle. Mais au moment où elle se levait, les applaudissements crépitèrent, et elle se rassit. Trop tard, le congrès venait de commencer. Elle leva la tête vers l'estrade. Le Pr Leclerc était au micro.

— Mesdames et messieurs, bienvenue au dixième congrès européen de cardiologie. Nous avons la chance de recevoir de merveilleux intervenants, qui vous passionneront, j'en suis sûr, durant ces trois jours.

Elle se rencogna dans sa chaise, se « pinçant » intérieurement. Elle était vraiment en France, à un séminaire international…, et assise à côté de son ex-mari. Elle serra les dents. La nausée menaçait.

En s'agitant sur sa chaise, Benji lui donna un coup de

coude. Aussitôt, la chaleur se répandit en elle, et son écœurement augmenta.

— Tori, lève-toi ! C'est toi qu'ils applaudissent !

Elle bondit sur ses pieds et, plaquant un sourire sur son visage, se tourna pour faire face au public, en clignant des yeux tel un lapin ébloui par des phares.

Pourquoi cette admiration générale ? Qu'avait-elle de si extraordinaire ? Elle aurait mieux fait de rester chez les Kiwis, où on la considérait comme une personne normale…

— Et maintenant, j'aimerais vous présenter les intervenants de vendredi. D'abord Benjamin Wells, chirurgien cardiaque à Londres…

Puis Luc passa aux trois autres spécialistes, avec qui Ben s'entretiendrait d'une technique récemment mise au point, permettant de réduire la pénurie de donneurs d'organes, et apportant ainsi de l'espoir aux malades en attente d'une transplantation cardiaque.

Les applaudissements redoublèrent, et Tori se joignit aux autres, fière — oui, fière, autant l'admettre — de son ex-époux, qu'elle savait très compétent et totalement dévoué à sa spécialité, comme à ses patients.

Elle l'examina à la dérobée, et en eut le souffle coupé : il avait toujours été beau, mais depuis le drame — la mort de l'une de ses patientes sur la table d'opération — et leur divorce, ses traits s'étaient affirmés. Et son charisme en était accru.

Enfin, il se rassit et se pencha vers elle.

— Pourquoi me regardes-tu ainsi ?

— J'essaie de voir si je sais qui est mon voisin.

Elle vit sa bouche se pincer, un soupçon de tristesse passer dans ses yeux.

— Et alors ? Tu crois que tu me connais ?

— Je me le demande… Tu chantes toujours faux en te rasant ?

— Je ne chante plus du tout.

— Tu dors toujours sur le dos ?

— Je crois que oui.

— Tu veux toujours six enfants ?

— Un seul me suffirait.

Elle ressentit un pincement douloureux au ventre. Son souhait avait failli être exaucé, mais il n'en avait rien su.

— Alors, ta conclusion ? demanda-t-il doucement.

Elle tenta de sourire, en vain.

— Non, je ne te connais pas. Et maintenant, si tu permets, j'aimerais écouter le professeur.

Elle devait se détourner de cet homme, qui conservait un tel pouvoir sur elle. Ce serait difficile de ne pas retomber dans ses filets… Il portait avec lui trop de souvenirs, bons et mauvais, et elle ne pourrait poursuivre tranquillement sa route en feignant d'ignorer un passé encore vivace.

Ben laissa échapper un soupir. Il n'en voulait pas à Tori de son attitude. Il regrettait d'avoir été prié de remplacer son confrère trop tard pour avoir le temps de la prévenir. S'il avait pu le faire, la situation eût été moins gênante. Il n'était pourtant pas sûr que cela leur eût épargné le choc de se revoir…

Comment avait-il pu oublier à quel point elle était éblouissante ? Ces cheveux de feu, cette peau sans défaut, ces yeux émeraude… Une beauté classique, pour qui il avait eu le coup de foudre, dans l'ambiance survoltée du service de cardiologie de l'hôpital d'Auckland. Elle arrivait pour effectuer un stage, il lui avait adressé la parole, et elle se l'était attaché avec un sourire. En fermant les yeux, il revoyait encore les images de ce matin-là.

Elle lui avait tant manqué…

Son cœur s'emballa. Il avait tout fait pour l'oublier, mais rien n'avait fonctionné. La preuve, il n'avait jamais réussi à s'intéresser à une autre femme depuis leur séparation.

En la regardant bavarder avec deux confrères, il sentit une faim intense monter en lui.

La revoir après tout ce temps, la toucher, respirer le même air, tout cela avait ravivé son envie d'elle. De toute façon, elle le repousserait après ce qu'il lui avait fait subir. A l'époque, il estimait qu'elle le méritait, mais après mûre réflexion, il avait compris qu'il avait agi par orgueil : il n'avait pas supporté qu'elle remette en question son intégrité professionnelle, qu'elle ne lui accorde pas une confiance aveugle. Si sa femme ne le croyait pas, qui le croirait ? En fait, elle avait eu raison de douter, et il était suffisamment honteux de ce qu'il avait fait… Même son chef de service de père, prêt à rejeter la responsabilité sur un autre pour lui sauver la mise, l'avait toujours su coupable.

En réalité, il avait quitté Tori au moment où il avait le plus besoin d'elle, convaincu qu'elle n'était pas dupe, mais sans pour autant se résoudre à lui avouer l'entière vérité. Et à présent, il était trop tard pour admettre le motif réel de son départ : il avait perdu sa confiance.

— Ah, Ben, je te trouve enfin ! Je te cherche depuis qu'on nous a relâchés pour la pause-café. Comment tu vas ? Ça fait une paye…

Il se retourna. John McIntyre ! Son ami et confrère australien, qui l'avait aidé à refaire surface après sa période difficile… Il lui serra la main en souriant.

— « Relâchés » ? Tu nous ferais passer pour des bagnards ! Et toi, comment vas-tu ? En effet, ça fait longtemps !

— Une éternité, mais je suppose que Sydney est trop loin de Londres pour que tu viennes rattraper le temps perdu ?

— Ce n'est pas la porte à côté, c'est vrai.

Il examina discrètement son confrère : John avait pris pas mal de poids, et semblait manquer d'exercice… Il regretta de ne pas avoir pris le temps de lui rendre visite.

— A mes prochaines vacances, d'accord ?

— Super, nous t'attendons de pied ferme !

Son ami se tourna vers Tori.

— C'est ton ex-femme, n'est-ce pas ? Je l'ai compris en voyant « Mme Wells » se lever, tout à l'heure.

— Tout à fait, je te présente Tori.

Ben dissimula tant bien que mal son agacement : c'était

donc si facile de tirer cette conclusion ? Parce qu'ils portaient le même patronyme, tout le monde allait les supposer mariés ? L'explication de Tori avait été assez fumeuse, ce n'était pourtant pas son genre de faire traîner les choses par simple négligence. Ils étaient divorcés, porter le même nom n'avait plus de sens.

— Je savais qu'elle serait là, poursuivit John, mais tu ne m'avais jamais dit qu'elle était si belle !

Il secoua légèrement la tête. Que répondre à cela ? Mieux valait changer de sujet.

— Tu as amené Rita ?

— Tu crois qu'elle m'aurait permis de venir seul ? Elle fait les boutiques, et je suis très inquiet pour mon compte en banque.

— Penses-tu, elle est toujours prudente !

Ben eut un petit sourire. Il savait que Rita, issue d'un milieu modeste, ne jetterait jamais l'argent pas les fenêtres, même si le fait d'être en France l'incitait à quelques folies… Il l'aimait bien, et avait souvent envié la relation entre ses amis, si semblable à celle qu'il avait entretenue avec Tori au début de leur mariage.

— Comment ça va, au Sydney Hospital ?

— Comme d'habitude. Je n'ai pas le temps de recevoir tous les patients que je voudrais… Et toi ? Toujours satisfait de ta clinique de Harley Street ?

— Très. J'y passe le plus clair de mon temps, dit-il en détournant les yeux.

Y compris les soirées, quand tous les autres étaient rentrés rejoindre leur famille…

— Pour être franc, vingt-quatre heures sur vingt-quatre, sept jours sur sept.

Bizarrement, un sourire espiègle fleurit sur les lèvres de son ami.

— Qu'est-ce qui t'amuse, John ?

— Je ne te crois pas. Tu travailles à temps plein ? Aucun loisir, vraiment ? Les dames ne t'intéressent pas ?

A cet instant, le regard de Ben fut attiré par la coiffure impeccable de Tori, qui disciplinait ses boucles flamboyantes. Une vraie dame, au port de reine. Qui l'avait aimé pour ce qu'il était, avec ses qualités et ses défauts. Du moins l'avait-il cru jusqu'aux derniers mois de leur mariage…

— Je n'ai pas fait vœu de chasteté, si c'est ce que tu insinues.

Autant rester laconique. John n'avait pas à savoir que ses relations étaient toujours brèves et superficielles.

— Tu penses revenir en Australie un jour, ou tu comptes t'enraciner en Angleterre ?

La question le déconcerta un instant : il s'était plu à Sydney, où il n'était pas dépaysé, car la culture ressemblait assez à celle de la Nouvelle-Zélande. Mais par ailleurs, il adorait Londres, ses spectacles et sa vie nocturne, son passé historique et son art florissant. Et son appartement qui surplombait la Tamise était un petit bijou.

— Il m'arrive d'envisager de repartir quand il pleut quarante jours et quarante nuits d'affilée, ou quand il fait un froid polaire, mais dans l'ensemble, je me sens londonien à part entière, maintenant.

En réalité, il ne se sentait pas plus chez lui en Angleterre qu'en Australie, et la nostalgie de son pays lui pesait parfois…

Malgré lui, son regard se posa de nouveau sur Tori, qui renversait la tête en arrière en riant. Un frisson lui parcourut l'échine lorsqu'il aperçut la peau crémeuse de sa gorge.

Il savait que du côté droit, juste sous la clavicule, sous le chemisier ivoire et la veste verte, se trouvait un petit grain de beauté. Et que ses cheveux brillants, pour l'instant retenus par des barrettes, se répandaient sur l'oreiller tel un feu liquide. Un feu à la texture de satin.

— Il est temps de regagner nos places, dit John. Veux-tu nous retrouver au bar avant le dîner, ce soir ?

— D'accord. Disons 18 h 30 ?

Il s'efforça de se reprendre. Quelques verres et un peu de conversation décontractée en compagnie de bons amis, ce serait idéal pour se sortir provisoirement Tori de la tête.

Non qu'il voulût s'en débarrasser tout le temps du séminaire, mais là tout de suite, ne pas la voir un moment l'aiderait peut-être à se remettre les idées en place.

Du moins l'espérait-il.

2.

Juchée sur une autre paire d'escarpins neufs, rouges cette fois, Tori suivit le serveur qui la guidait vers la table du dîner officiel.

Dominant les têtes des convives déjà assis, elle voyait Ben debout à une certaine distance. Laquelle se réduisit peu à peu jusqu'à ce qu'elle soit… juste devant lui.

— Il doit y avoir une erreur !

Pourtant, à la table, un carton trônant devant une assiette, indiquait « Tori Wells » en calligraphie. Et juste à côté, un autre portait le nom de l'homme qu'elle aurait souhaité éviter…

Imperturbable, Ben tira la chaise pour elle, avec un léger sourire qui la décontenança.

— A tout prendre, j'aurais préféré qu'ils se trompent pour nos chambres à l'hôtel !

Elle se sentit devenir écarlate. Vite, trouver une réplique spirituelle…

— Tu crois encore au père Noël, Benji !

Elle se mordit la lèvre. « Ben », bon sang ! Trop tard.

Comme elle le craignait, son sourire se fit engageant, voire sexy…

— Je n'ai pas rêvé ? Tu m'as bien appelé Benji ?

Mais très vite, toute trace d'effronterie disparut, et il se rembrunit.

Ne sachant plus quelle posture adopter, elle lui tourna le dos, furieuse que sa plaisanterie l'ait troublée malgré elle. En cherchant du regard d'autres têtes connues, elle avisa une femme sensiblement de son âge, qui les observait sans aucune gêne, et semblait s'amuser beaucoup. Sa fureur redoubla : quel toupet ! Pourquoi les étrangers se réjouissaient-ils toujours de l'embarras des autres ? Le dîner n'était pas encore servi, et elle avait déjà envie de s'en aller.

Arborant une expression aimable, la femme lui tendit la main par-dessus la table.

— Je suis Rita McIntyre, et mon mari, John, est assis à côté de Ben.

Décidée à ne pas provoquer d'incident, Tori rongea son frein, et serra la main tendue.

— Enchantée. Tori Wells.

— Je m'en doutais. Ravie de vous rencontrer. Nous connaissons Ben depuis son arrivée en Australie. Nous avons sympathisé quand il travaillait avec John à l'hôpital. Hélas, nous ne l'avons plus vu beaucoup après son installation à Londres… Nous aimerions le convaincre de reprendre un poste à Sydney, tant il nous manque. Nos filles l'adorent, et il le leur rend bien.

Elle regarda Rita, étonnée. Et instantanément, elle eut une vision de Ben jouant à chat perché dans un jardin, caressant les cheveux d'une fillette pour la consoler, distribuant des glaces qu'il venait d'acheter. Il aurait fait un père merveilleux, si… Elle hocha lentement la tête, et chercha le serveur des yeux. Un verre d'eau ne lui ferait pas de mal. Elle n'avait pas besoin de connaître les détails de la vie de Ben. Surtout ceux-là.

— Rita, je ne suis pas certain que Tori ait envie d'entendre parler de moi, dit alors Ben, comme s'il lisait dans ses pensées.

— Bien sûr que si ! s'écria Rita. Je parie qu'elle garde un œil sur ta carrière, comme toi sur la sienne. N'est-ce pas, Tori ?

Tori n'en revenait pas : il s'intéressait donc encore à ce qu'elle faisait ? Elle s'efforça de dissimuler sa surprise.

— C'est vrai, et je trouve qu'il se débrouille très bien. Mais il a toujours été très doué, de toute façon.

En voyant l'air ébahi de Ben, elle se traita une fois de plus d'idiote. Etait-il vraiment nécessaire d'en rajouter ?

Elle se retourna d'un coup. Où était donc ce serveur ? Ainsi, c'était en suivant sa carrière que Ben s'était aperçu qu'elle portait toujours son nom. Il ne l'avait donc pas totalement rayée de sa vie. Elle s'en sentit heureuse, malgré elle.

— Merci du compliment. J'ai eu de la chance de dénicher ce poste à Londres récemment…

Elle le regarda en coin. Il avait dit cela sur le ton le plus neutre. Mais tous deux savaient ce que signifiaient les mots chance et malchance, et connaissaient les circonstances qui lui avaient enseigné la modestie.

Rita eut un large sourire.

— Ben, appelle le serveur et commande à boire, s'il te plaît. Tori et moi, nous avons des choses à nous dire.

Sur ces mots, elle se tourna vers Tori.

— Où avez-vous trouvé cette robe splendide ? J'en voudrais une dans le même genre.

Tori se détendit. Elle n'avait rien à cacher à cette femme si spontanée — hormis la tragédie qu'elle taisait à tout le monde. Elle frémit et se ressaisit.

— Hier en arrivant de l'aéroport, j'ai pris une douche, et je suis ressortie aussitôt faire les boutiques.

— Vous ne souffriez pas trop du décalage horaire ?

— Si, mais j'étais enfin en France, je n'allais pas perdre du temps à dormir, il y a tellement de choses à voir ! Les vitrines sont extraordinaires, surtout celles des magasins de chaussures. Tout est si original !

Ben s'agita à côté d'elle, sa cuisse frôla la sienne, puis s'écarta légèrement. Un agréable frisson la parcourut, et la chaleur l'envahit.

— Expliquez-moi, dans quel quartier êtes-vous allée ? Ou alors, si vous avez le temps, vous pourriez peut-être m'y emmener ?

— Pourquoi pas ? J'ai quelques plages de liberté dans mon emploi du temps. Je vérifierai après le dîner, et je vous dirai. J'ai vu une veste que j'ai hésité à acheter, vous me donnerez votre avis.

Elle ponctua ces mots d'un sourire. En fait, c'était aussi

un moyen de faire la connaissance de la femme de John, qui était l'ami de Ben…

Il se pencha vers elle, et elle inhala son parfum boisé.

— Que veux-tu boire ?

— De l'eau pétillante, s'il te plaît.

Elle se mordilla la lèvre. Il était si craquant, lorsqu'il fronçait les sourcils… Evidemment, il était surpris qu'elle ait renoncé à l'alcool. Il ne pouvait se douter qu'elle attribuait, pour partie, sa fausse couche à sa consommation. Du reste, il n'avait même jamais su qu'elle était enceinte.

Elle s'était mise à boire plus que de raison quand leur mariage avait commencé à battre de l'aile, parce que cela l'aidait à oublier. Mais ils vivaient déjà des vies si séparées, à l'époque, qu'il ne s'était sans doute pas aperçu de son addiction.

Tous les autres convives réunis autour de la table demandèrent du vin, puis on fit les présentations. La conversation devint générale, et elle se mit à s'amuser pour de bon, jusqu'à la fin du plat de résistance, quand Ben se pencha de nouveau vers elle, les yeux fixés sur son décolleté.

— Tu es très belle, ce soir. Rita a raison, cette robe te va à ravir. Le noir est fait pour toi.

Elle se figea.

— Laisse tomber, s'il te plaît.

Lorsqu'il releva la tête, elle lut le chagrin dans ses yeux. Son arrogance d'autrefois, son assurance semblaient avoir disparu. Il paraissait plus attentif aux sentiments des autres. Elle avait été fière de lui, lorsqu'il avait refusé l'échappatoire que lui offrait son père. Il s'était montré très courageux à cet égard, et avait visiblement travaillé sur lui-même ensuite. Il avait changé, tout en restant le Benji — non, le Ben —, qu'elle connaissait.

Elle ne pouvait s'empêcher de le regarder… C'était le seul homme qu'elle avait aimé, et avec qui elle avait espéré passer sa vie.

Chaque détail de son corps était gravé dans sa mémoire. Elle savait comment il réagissait à sa caresse juste au-dessus de la hanche, et comment ses muscles se contractaient lorsqu'elle baisait doucement son ventre… Elle secoua la tête. Assez ! C'était terminé ! Elle assistait à un dîner officiel, entourée de centaines de confrères. Il était temps qu'elle se trouve un homme pour prendre un peu de bon temps.

Mais, à dire vrai, l'idée ne l'enthousiasmait pas… Elle saisit la bouteille d'eau minérale, et remplit son verre.

Le dessert avalé, elle s'était précipitée dehors, avide d'air frais et de solitude, avant de regagner sa chambre pour y passer un jean, un chemisier et des souliers plats. Ces escarpins neufs avaient mis ses pieds à rude épreuve.

Quand elle revint à la salle à manger, Ben était en grande conversation avec un groupe de cardiologues américains, mais dès qu'il la repéra, il s'excusa auprès d'eux et la rejoignit.

— Tu vas faire un tour sur la promenade des Anglais ?

Elle ne put s'empêcher de rire en l'entendant massacrer ce nom français.

— Oui, j'ai besoin de respirer, et je veux visiter Nice. J'ai toujours rêvé de venir en France, de voir la Méditerranée, alors maintenant que j'y suis, je compte bien en profiter ! Je ne vais pas rester cachée !

Il la prit par le coude et l'entraîna vers la grande porte, qu'un portier tenait ouverte.

— De qui devrais-tu te cacher, Tori ?

Elle lui jeta un regard en biais. De lui, d'elle-même… De leurs souvenirs.

Une fois sur le trottoir, elle se dégagea et prit une grande inspiration. Que répondre ? Pas question de le vexer, encore moins de laisser entrevoir sa vulnérabilité.

— Mais ne me dis pas que c'est de moi, s'il te plaît, reprit-il. Je serais désolé de gâcher ton séjour.

Encore cette humilité qui menaçait de saper sa résolution de le tenir à distance.

— C'est une façon de parler… En fait, les conférences

monopolisent tant mon attention que j'en oublie ce qui se trouve autour de moi. Et pourtant, je suis à Nice, il faut que je profite de chaque minute de liberté.

Elle s'engagea sur la promenade, et il la suivit. Elle ne l'avait pas invité à l'accompagner, mais n'avait pas non plus le cœur de le prier de la laisser seule.

— Je comprends. Ces congrès ont souvent lieu dans des pays exotiques, et les participants sont si passionnés par leur sujet qu'ils ne remarquent même pas le décor qui les entoure.

Sa voix basse et rocailleuse la faisait frémir de la tête aux pieds. Le savait-il ? Le lui avait-elle dit un jour ? Peut-être…

— Je me réjouis que tu sois ressortie. Tu as toujours aimé te promener la nuit.

— Malgré ma fatigue, je compte dormir le moins longtemps possible, tant que je suis en France.

— Ce serait dommage de manquer une minute de ce séjour, je te l'accorde.

Elle leva les yeux vers lui. Il ôta sa veste, la tint par-dessus son épaule par l'index. Sa cravate avait disparu, et il avait ouvert les deux premiers boutons de sa chemise blanche. Il gardait sa main libre dans la poche de son élégant pantalon noir.

Sexy, et dangereux. Impossible à ignorer, mais elle le devait. Pas question de s'exposer à davantage de souffrance.

En caressant machinalement du doigt le petit bracelet en or qu'elle n'ôtait jamais, elle se laissa envahir par les souvenirs, et sentit les larmes lui monter aux yeux. Un bébé minuscule, qui n'avait vécu que neuf semaines dans son ventre, avant de disparaître lors d'une hémorragie, pour être pleuré à jamais. L'horreur finale d'une année déjà bien noire.

— Tori ? Tu es là ? Ou tu es partie dans les étoiles ?

Elle essuya furtivement ses larmes. Il riait, inconscient de sa douleur, de son sentiment de culpabilité, qu'il ne pouvait comprendre et qu'elle ne tenait pas à lui expliquer. Il n'y changerait rien, de toute façon, alors à quoi bon l'entraîner dans sa souffrance ? Mieux valait feindre la bonne humeur. Elle prit une bonne inspiration.

— J'essaie d'absorber toute cette beauté, pour ne plus jamais l'oublier.

De nombreux touristes semblaient l'imiter, profitant de cette nuit tiède de début d'été. La diversité des langues qui lui parvenaient la fit sourire. Tout son enthousiasme lui revint. Elle était totalement… ailleurs, dans l'autre hémisphère, en Europe, ce continent au passé et au présent si riches.

— La France répond-elle à tes attentes, pour l'instant ?

De nouveau cette voix qui la troublait tant et exacerbait encore les émotions si contrastées qu'elle éprouvait ce soir. Elle s'efforça de chasser ces pensées, pour conserver sa joie d'être là.

— Oh ! Oui, au-delà de toute espérance !

Elle lui jeta un regard en biais, faillit trébucher, et se rattrapa avant qu'il ne s'en aperçoive et la retienne. Surtout pas ses doigts sur sa peau ! Ce visage aimé, sur lequel elle avait vu passer tous les sentiments, avait encore le pouvoir de la détourner de ses résolutions.

— Tes amis australiens me plaisent beaucoup.

— Tu t'entends bien avec Rita, j'ai l'impression ?

— Et ça te dérange ? demanda-t-elle.

— Pourquoi donc ?

— Elle pourrait me parler de toi, répliqua-t-elle d'un ton taquin.

— Un sujet si passionnant que tu t'endormirais dans les cinq minutes. Je vous ai entendues projeter une expédition shopping. Je vois que tu as déjà satisfait ta passion pour les chaussures, à en juger par tes escarpins.

Elle cilla. Il l'avait remarqué… Se souvenait-il d'avoir embrassé chacun de ses orteils, après lui avoir ôté ses merveilleuses sandales blanches à lanières, le jour de leur mariage ?

— Si je n'avais pas acheté de souliers en France, je ne serais pas vraiment fétichiste !

Deux paires, pour commencer, mais elle avait tout le temps de parfaire sa collection. Et d'acquérir une seconde valise pour rapporter ses emplettes.

— C'est vrai que tu as suivi ma carrière ?

— Je ne t'ai pas pisté, mais j'ai appris que tu avais terminé ta spécialisation à Sydney.

Elle s'éclaircit la gorge. Par la rumeur qui circulait à l'hôpital d'Auckland…

— Puis j'ai lu un article sur la clinique où tu travailles à Londres, reprit-elle, et ton nom était cité. J'ignorais que l'Angleterre t'attirait.

— Pas vraiment, mais les choses ne se sont pas déroulées comme je le prévoyais…

Sa voix devint encore plus grave, et il se tourna vers la mer, comme s'il ne pouvait supporter de la regarder en face.

Elle sentit sa gorge se nouer. Toute sa bonne humeur de nouveau s'était envolée, Et cela risquait de se produire, à chaque fois qu'ils seraient ensemble…

— Je voulais savoir où tu étais, ce que tu faisais, parce que j'aurais été ennuyée qu'à cause de cet… accident, tu abandonnes tes projets.

— Au contraire, ce sont eux qui m'ont permis de tenir le coup.

Une immense tristesse émanait de ses paroles, de tout son être. Si elle n'avait craint de créer un malentendu, elle l'aurait pris dans ses bras pour le réconforter.

— Je suis heureuse que tu aies réussi. Franchement. Tu méritais une seconde chance.

— Tu es sincère ?

— Oui. Je l'ai toujours pensé, d'ailleurs.

Elle pivota pour lui faire face, et vit la méfiance s'installer dans ses yeux. Elle avait de nouveau touché le point sensible, malgré elle. Alors qu'ils n'avaient jamais pu en discuter avant leur divorce…

— Ben, c'est le travail qui m'a aidée à m'en sortir moi aussi.

Elle fit la grimace.

— Désolée, oublie ce que je viens de dire.

Il haussa les épaules.

— J'ai l'impression que nous n'avons pas avancé d'un

iota, que ces sept ans n'ont servi à rien, si ce n'est à nos carrières respectives. Il nous est toujours impossible d'avoir une conversation normale.

Il s'était arrêté et la regardait dans les yeux.

— Tu veux que je te laisse continuer seule ?

L'amertume qu'elle perçut dans sa voix lui serra le cœur.

— Non, je préfère que tu restes. Je te promets de ne plus aborder les sujets tabous.

Il la regardait toujours, sans bouger. Elle aurait presque pu croire qu'il éprouvait toujours des sentiments pour elle, s'il n'avait suggéré le contraire le soir lointain où il l'avait quittée.

Que lui dire pour qu'il se détende ? Rien ne lui venait à l'esprit. Il y avait si longtemps qu'elle voulait lui demander la vraie raison de son départ, et celle de son refus de lui révéler ce qui avait causé la mort de sa patiente, lors de l'intervention…

Peut-être, après tout, que son départ n'avait aucun rapport avec l'événement, qu'il avait simplement cessé de l'aimer, mais cela non plus, il ne l'avait pas formulé clairement.

Elle soupira. A présent, il était trop tard, et toutes les réponses du monde ne changeraient rien. Leurs chemins s'étaient séparés, et il était vain de remuer le passé.

Elle se remit à marcher, redoutant soudain qu'il ne la laisse seule, comme si elle ne pouvait se rassasier de sa présence. Elle retint sa respiration jusqu'à ce qu'il fasse un premier pas pour la suivre, puis ils marchèrent quelques minutes en silence.

— Et ton frère ? Que devient-il ? demanda-t-elle enfin.

— Il a épousé une femme de tête, et ça lui convient. Sacré Adam ! Ils ont deux petites filles adorables, que je vois deux fois par an, lors de leurs visites à Londres.

— Je parie qu'elles adorent leur oncle ! dit-elle d'un ton qu'elle voulut joyeux.

Dès le début de leur relation, il lui avait annoncé qu'il voulait des enfants. Elle passa de nouveau les doigts sur le fin bracelet. S'il savait à quel point cela avait été proche de se réaliser…

Elle n'aurait jamais dû le lui cacher. Elle sentit le découragement la gagner. La situation était sans issue. Tous les sujets les ramenaient à la même chose.

Il eut un doux sourire.

— Bien sûr, et je le leur rends bien !

Il y eut une pause, puis il plongea son regard dans le sien.

— Tori, tu as quelqu'un dans ta vie ?

— Non. Tu sais, tous les hommes que je rencontre préfèrent avoir une femme qui rentre à la maison en même temps qu'eux le soir.

Elle détourna la tête. Et aucun ne faisait battre son cœur — et fondre son corps — d'un seul regard…

— Tu ne dois pas chercher aux bons endroits.

Elle ne cherchait pas du tout. Vite, encore changer de sujet. Quelque chose de très neutre, de préférence…

— Et à Sydney, comment c'était ? Tu as travaillé avec des chirurgiens connus, non ? Je pensais que tu allais t'y installer.

— Tu t'es vraiment tenue au courant !

— Bien sûr, je t'ai dit que je voulais m'assurer que tu réalisais tes rêves, j'étais inquiète à l'idée que…

Sa voix se perdit dans un murmure. Cela n'avait pas dû être facile, avec cette faute professionnelle consignée dans son dossier…

— J'ai bien fait de partir pour Sydney, cela m'a été bénéfique à de nombreux points de vue.

— C'est bien que tu le prennes du bon côté.

— Je n'avais pas trop le choix. On m'a accordé une seconde chance, j'en ai profité.

Il se tut un instant, avant de reprendre :

— En travaillant ailleurs, j'ai pu constater qu'un service pouvait fonctionner de façon tout à fait efficace sans un dictateur comme mon père à sa tête.

— Il avait pourtant bonne réputation.

Et des stratégies de bulldozer pour arriver à ses fins, mais elle ne le dirait pas.

— Oh ! bien sûr, mais il aurait pu être tout aussi excellent sans être tyrannique.

Elle le regarda plus franchement, étonnée. Tiens, c'était nouveau ! Le Ben qu'elle avait épousé ne se serait pas permis de critiquer son père.

Et il lui avait toujours dit qu'il l'aimait comme un fou.

Elle laissa échapper un nouveau soupir. Pourquoi se remémorer sans cesse le passé ? Tout était fini entre eux. Elle devait profiter de son séjour en France pour s'amuser un peu, et de préférence sans lui.

Ben s'écarta légèrement. Marcher à côté de Tori sans la toucher était une torture. L'écouter parler, voir les sentiments passer sur son visage… Il refréna son envie de lui passer un bras autour des épaules. Elle n'apprécierait pas. En fin de compte, il s'était leurré en imaginant qu'il pourrait la revoir sans en être affecté. Il savait bien qu'il l'aimait toujours, mais il ne ferait rien pour la reconquérir. Une immense tristesse envahit soudain son cœur.

Comme au moment où il l'avait quittée. Maintenant, il était avec elle, et rien n'avait changé. Il prit une longue inspiration. L'atmosphère de ce début d'été était merveilleusement douce. Elle devait être aux anges, d'être ici.

— Tu vas à Paris, ensuite ? Tu fais partie de ceux à qui le Pr Leclerc a proposé de venir ?

— Oui. Et toi ?

— Oui, aussi. Je remplace mon confrère, là encore. Tu sais, je suis impatient de t'entendre, demain.

Il la vit se raidir.

— J'ai un trac fou.

— Et pourquoi ? Ce sera une partie de plaisir pour toi. Tu n'as jamais eu de difficulté à parler en public.

— Merci de ta confiance.

Elle eut un sourire tendre, qui le fit fondre.

— Pourquoi t'en faire ? Tu ne t'es pas assez préparée ?

Il se morigéna aussitôt. Question idiote ! Elle possédait

une volonté et une puissance de travail incroyables, et ne laissait rien au hasard.

— C'est plutôt que je ne vois pas qui je vais intéresser. A ton avis, pourquoi le Pr Leclerc m'a-t-il invitée à parler des conséquences cardiaques de la fièvre rhumatismale ?

— Parce que tu es numéro 1 dans ce domaine, et que ton travail de prévention épargne, dans la plupart des cas, une intervention chirurgicale aux enfants. Ce qui est énorme.

Il en avait entendu parler jusqu'en Angleterre… Dans le milieu médical, tout le monde connaissait la Dame de Cœur.

— Mais je n'ai fait aucune découverte bouleversante, je n'ai mis au point aucune technique révolutionnaire…

— Ce qui importe, ce sont tes actes. Tu verras, je parie que tu auras droit à une ovation.

— N'exagérons rien !

Elle eut un petit rire, doux et chaleureux, qui dénoua un autre nœud en lui. Si cela continuait, il serait bientôt complètement à sa merci.

Il plaqua la main sur son cœur.

— Si, je t'assure, tu le mérites !

Un autre petit rire, si agréable qu'il eut envie de plaisanter jusqu'à leur retour à l'hôtel pour l'entendre encore.

— Si on rentrait ? On s'éloigne du centre, là.

— Ah, tu as raison !

Elle étouffa un bâillement.

— Je crois que la fatigue m'a enfin rattrapée.

Il se risqua à lever la main pour la poser sur son bras, et ils prirent le chemin du retour. Il appréciait le frôlement de sa hanche contre la sienne, et priait pour qu'elle ne s'écarte pas. S'il lui parlait, elle oublierait peut-être de le faire…

— Comment va mon amie Molly ?

— Maman ? En pleine forme. Elle joue au golf, aux échecs et au bridge. Elle a vendu sa maison pour s'installer dans un village de retraités l'année dernière.

— Je ne te crois pas. Elle est tellement indépendante !

Il sourit. Il s'était toujours bien entendu avec sa mère. Une femme franche et directe, qui lui avait beaucoup manqué.

— Selon elle, c'est la meilleure décision qu'elle ait prise depuis longtemps. Je ne suis pas d'accord, mais sa vie lui appartient… Ce n'est pas à moi de lui donner des leçons.

— C'est une femme très avisée, en effet.

Il hocha lentement la tête. Que dirait-elle de lui, à présent ? Il lui avait rendu visite une fois, quand il allait très mal, et elle l'avait reçu avec gentillesse, tout en évitant de dénigrer sa fille. C'était une bonne mère, qui avait élevé Tori seule, après l'accident qui avait coûté la vie à son mari.

Tori lui serra le bras un instant, et il attendit la suite. Mais elle avait dû changer d'avis, car elle relâcha sa prise et resta muette.

Comment réagirait-elle s'il la prenait dans ses bras pour l'embrasser ? Encore une question idiote : elle lui flanquerait une gifle, et l'éviterait comme la peste pendant tout le reste du congrès.

— Ben… Tu as rencontré quelqu'un ?

Elle lui retournait sa question de tout à l'heure… Il s'éclaircit la gorge.

— Non. Je n'ai pas trop de temps pour ça. Souviens-toi à quel point c'était dur de nous retrouver ensemble, tous les deux.

— Ce n'est plus tout à fait pareil. J'étudiais, et nous avions des horaires épouvantables dans ce service.

— Oui, c'est vrai.

Il contracta la mâchoire. En fait, son mariage avec la femme de sa vie n'ayant pas marché, il ne croyait guère à la possibilité d'une autre rencontre.

Ils franchirent le seuil de l'hôtel, et il l'accompagna jusqu'aux ascenseurs. Après avoir posé un léger baiser sur sa joue, il inhala son parfum de rose.

— Bonne nuit, Tori. A demain matin.

Elle entra dans la cabine, et appuya sur le bouton de son étage. Tandis que les portes se refermaient, il la vit porter les doigts à l'endroit où il l'avait embrassée.

« Bonne nuit, Tori, murmura-t-il de nouveau pour lui-même. Tu étais la femme de ma vie, et maintenant, tu es l'ex-femme de ma vie. »

« Ex », il fallait à tout prix qu'il s'en souvienne…

— Un dernier verre ?

C'était la voix de John, derrière lui. Il se retourna.

— Excellente idée.

Ce serait peut-être un bon remède pour s'endormir, car pour l'instant, il n'avait pas sommeil.

— Rita est couchée ?

— Oui, elle est montée tôt, en prévision de son expédition avec Tori. Quand il s'agit de shopping, les femmes deviennent folles, que veux-tu !

— Dans les boutiques françaises, mon vieux, pas dans toutes !

Il esquissa un sourire. Il adorerait emmener Tori faire des achats, lui offrir des bijoux et des robes de marque, comme celle qu'elle portait ce soir, et qui lui allait à ravir. Elle moulait sa délicate silhouette, et lui avait rappelé chaque courbe de son corps qu'il aimait embrasser et caresser jusqu'à ce qu'elle demande grâce.

— Un triple whisky, pour moi.

3.

Au bout de trois sonneries, Tori saisit le récepteur du téléphone.

— Allô ?

— Salut, c'est moi.

Rien qu'au son de cette voix, elle se sentit troublée.

— Bonjour, Ben.

Ouf, elle n'avait pas dit « Benji », c'était déjà ça… Elle retint sa respiration, en attendant de connaître le motif de son appel.

Son cœur battait à se rompre. C'était nouveau, comme réaction…

— J'avais envie de prendre le petit déjeuner dans un café, pour bien commencer la journée. Tu m'accompagnerais ?

Elle esquissa un sourire. Comment refuser pareille proposition ? Le petit déjeuner dehors avec Ben, à Nice ! La meilleure façon d'attaquer la journée, en effet.

— Super ! Je te retrouve dans le hall dans vingt minutes.

— D'accord !

Elle raccrocha en secouant la tête. Attention à ne pas se monter la tête, tout de même. Et à ne pas laisser cette voix la changer en guimauve.

Elle devait se montrer enjouée et amicale, sans plus.

Un peu plus tard, parvenue en haut de l'avenue Jean-Médecin, elle huma l'air comme un chien sur la trace d'un os. Ils arrivaient devant une pâtisserie avec une terrasse sur le trottoir et, à l'intérieur, le présentoir embaumait les viennoiseries sortant du four.

— Regarde celles-ci ! s'exclama Ben.

Elle sourit en hochant la tête d'un air approbateur.

— Oui, tout cela m'a l'air délicieux ! C'est le paradis, ici !

Il lui rendit son sourire.

— Veux-tu tester ton français ?

— Euh, oui, pourquoi pas ? Je passe la commande ! Qu'est-ce que tu vas prendre ?

L'impatience la saisit, intensifiée par ce sourire qui lui était destiné. Comme il lui avait manqué ! Mais elle ne serait pas triste aujourd'hui ; ce serait gâcher Nice. Elle redressa les épaules, avant de s'avancer vers le comptoir.

— *Un café noir, un café au lait et deux pains au chocolat, s'il vous plaît*[1].

Sur ce, elle tendit un billet de vingt euros à la serveuse, puis la regarda poser les tasses sous les becs du percolateur.

Elle ne put s'empêcher de sourire. Qui eût cru qu'elle commanderait un jour un petit déjeuner en français ? Elle croisa le regard amusé de Ben.

— Pas mal, pour l'instant. On dirait qu'elle a compris.

Il semblait se réjouir autant qu'elle.

Elle rit, et lui fit une grimace.

— Tu étais sceptique ?

Elle pria pour qu'on leur serve bien un café noir et un café au lait.

Enfin, elle contempla avec un large sourire leurs deux tasses fumantes posées sur le comptoir. Elle tendit la sienne à Ben.

— Voilà. J'ai eu ce que je voulais, sans avoir à prononcer un mot d'anglais !

Et elle lui sourit, aux anges. Elle ne s'était pas autant amusée depuis… l'époque où elle vivait avec lui.

Son moral avait baissé d'un cran, lorsqu'ils prirent place à une table en terrasse, mais elle refusa d'en tenir compte, préférant regarder passer les trams qui faisaient la navette au

1. Les termes en italique et suivis d'un astérisque sont en français dans le texte (N.d.E.).

milieu de l'avenue. Des touristes flânaient, certains pointaient la tête dans la boutique, pour voir ce qu'on leur proposait à grignoter. Le ciel était d'un bleu sans faille, et il commençait à faire chaud.

Elle poussa un soupir d'aise.

— Je viendrais bien ici tous les matins ! Merci pour ton invitation, Ben.

— Eh bien, tu l'as dit toi-même, pourquoi ne pas profiter de Nice et de la France qui s'offrent si gracieusement à nous ?

— Même si on m'avait servi du jus de fruit vert et une banane au four en réponse à mon accent désastreux, j'aurais été heureuse. En fait, c'est pour ça que je suis venue.

— Ne le dis surtout pas à Luc, il serait très déçu !

Son sourire lui alla droit au cœur, dissipant le reste de sa tension.

— Non, bien entendu, mais ce sont les premières vacances que je prends depuis des lustres ; du moins, elles commenceront vraiment quand j'en aurai terminé avec mon exposé.

Elle s'interrompit, mordillant sa lèvre. Ensuite, si elle voulait vraiment apprécier son séjour, il faudrait que ce début d'intérêt pour Benji disparaisse. Bon sang, « Ben » ! Il s'appelait Ben.

Un tonnerre d'applaudissements salua la fin de la présentation du Pr Leclerc, et Tori se sentit perdre pied.

Quelques instants plus tôt, elle était calme : elle connaissait son sujet, avait rédigé des notes au cas — très improbable — où sa mémoire lui ferait défaut. Le PowerPoint était installé, et elle l'avait testé avec un technicien un peu plus tôt.

Mais lorsque le directeur lui fit signe de s'avancer, elle se leva, puis rejoignit la scène à pas lents. De là, elle enveloppa du regard la nombreuse assemblée, et ce fut le blanc total. Sa bouche s'assécha, ses mains se mirent à trembler.

Elle parcourut ses notes, qui n'avaient soudain plus de sens. Bizarre. C'était la première fois que cela lui arrivait. La salle était silencieuse, peut-être trop. Elle baissa les yeux, et vit Ben assis au premier rang. Oh non, surtout pas Ben ! Il fallait qu'elle oublie qu'il était là. Que faire ? Elle leva la tête vers l'écran géant, et y lut :

« La fièvre rhumatismale et ses conséquences ».

Par Tori Wells, cardiologue à Auckland,
Nouvelle-Zélande

Ce rappel aurait dû atténuer son trac, mais au contraire, son tremblement augmenta, et elle sentit monter la nausée…

Au milieu de sa panique, elle perçut une voix ferme.

— Tori, voici les notes que tu as oubliées.

Elle leva la tête. Ben était monté sur la scène et lui tendait un bloc, de ceux que l'on trouve dans les chambres, à en-tête de l'hôtel. Elle s'y accrocha comme à une bouée de sauvetage, bien que ce ne soit pas le sien ; ses notes étaient déjà disposées sur la table devant elle. Le problème, c'était de parvenir à les utiliser…

— Lis, Tori.

Elle posa les yeux sur la première page et déchiffra :

« Laisse parler ton cœur, comme toi seule peux le faire. »

Elle se sentit vaciller. L'auditorium entier allait-il entendre les battements assourdissants de son cœur, via le micro ?

Une main lui saisit le coude, et la serra doucement.

— Vas-y, n'aie pas peur.

Puis il redescendit les marches, en laissant une bouffée d'after-shave dans son sillage.

Curieusement, cela la fit rire. Elle le vit se rasseoir, lui sourire en hochant la tête. La tension se dissipa soudain, elle prit une grande inspiration et se lança :

— J'aimerais vous faire connaître Thomas Kahu, même

si on ne le présente plus. Il est la vedette de ce clip-vidéo de six minutes.

Elle appuya sur la touche « play », avant de s'écarter pour que tout le monde puisse voir l'extrait d'un match de rugby sur l'écran.

Lorsque la vidéo s'acheva, elle s'avança de nouveau vers le micro.

— Je viens d'un pays passionné de rugby, mais c'est ce match qui a changé ma vie et la direction de ma carrière. En réalité, j'y assistais pour regarder jouer le fils d'une de mes amies.

Elle parcourut la salle du regard. A présent, toute son assurance était revenue.

— Sur la ligne arrière, il y avait un Samoan très costaud, qui impressionnait tout le monde. C'était Thomas Kahu, un garçon très doué pour comprendre le jeu et agir en conséquence. Le soir même, on en parlait dans les journaux de sport comme d'un espoir, qui jouerait en équipe nationale dans les années à venir.

Elle sentit sa gorge se nouer.

— Trois mois plus tard, il était assis dans mon cabinet de consultation, atteint d'une cardite, qui se manifestait comme une attaque cardiaque congestive. Sa carrière de rugbyman s'était terminée avant d'avoir commencé. C'est lui qui a déclenché mon intérêt pour cette pathologie.

Certains applaudirent et, malgré sa tristesse à l'évocation de Thomas, elle en ressentit du plaisir. Ben avait raison, il fallait parler avec le cœur. Eh bien, elle allait justement en exposer un gros, sur l'écran, avec tous les détails bien visibles !

— La fièvre rhumatismale est répandue dans le monde entier, bien qu'elle se soit peu manifestée dans les pays occidentaux depuis les années soixante ; cependant, on a constaté une nouvelle recrudescence des cas à partir du début des années quatre-vingt.

Elle observa la salle. L'assistance entière semblait suspendue à ses lèvres.

— En Nouvelle-Zélande, cette affection est devenue un problème sérieux pour les minorités de notre population. Le ministre de la Santé fait son possible pour imposer des mesures de prévention dans le système éducatif et social. Malheureusement, trop d'enfants arrivent en consultation alors qu'il est déjà trop tard. Face à des symptômes tels que température élevée et mal de gorge, la plupart des parents, ou autres adultes responsables, pensent avoir affaire à une banale infection et la traitent comme telle. Quand ils la traitent.

Elle but une gorgée d'eau, puis contempla encore la mer de visages attentifs, avant de revenir vers le premier rang. Ben souriait, les pouces en l'air. Elle lui rendit son sourire.

— Tout cela par ignorance. L'angine streptococcique se soigne facilement avec des antibiotiques, mais on ne la surveille pas d'assez près, surtout dans les couches les plus modestes de notre société, où les gens n'ont pas les moyens d'aller consulter un médecin, même s'ils bénéficient d'une aide de l'Etat. Aussi avons-nous décidé de former toutes les infirmières scolaires du pays au diagnostic de base. Sincèrement, j'aimerais mieux ne plus voir dans mon cabinet de jeunes patients atteints d'une maladie cardiaque, due aux rhumatismes articulaires, et ne plus jamais devoir procéder à une transplantation. Je préférerais voir ces enfants jouer au rugby, courir dans la nature, au lieu de souffrir de difficultés respiratoires, et s'effrayer des battements erratiques de leur cœur.

Elle reprit son souffle. Sa voix avait monté d'un cran, et elle avait serré les poings. Elle tentait maintenant d'accrocher tous les regards.

— Les enfants doivent se sentir intégrés, vivre en accord avec leur environnement. Ils ne méritent pas d'être ostracisés, d'autant moins à cause d'une maladie qui aurait pu être évitée.

Un participant applaudit, et la salle entière se joignit à lui. Oh ! Mon Dieu ! Elle ne faisait que dire ce qui était. Elle consacrait son temps à aider ces gosses et leurs familles.

C'était le plus important pour elle, c'était sa vie. Ce projet avait remplacé, en quelque sorte, Ben et le bébé…

Elle attendit que les applaudissements prennent fin, en dansant d'un pied sur l'autre, jeta un coup d'œil discret à sa montre et s'aperçut avec surprise que vingt minutes s'étaient écoulées.

— J'ai vu ces enfants, je leur ai tenu la main, reprit-elle enfin, j'ai essuyé leurs larmes, atténué leur souffrance, je les ai encouragés à continuer à vivre. Il m'est arrivé de rester toute une nuit à leur chevet. S'ils sont dans cet état, c'est que personne autour d'eux n'a compris qu'une simple angine, si elle n'était suffisamment surveillée, pouvait mener aux pires conséquences.

Elle s'interrompit, avec l'impression que la salle entière retenait sa respiration. Elle poursuivit :

— Et que dire des parents ? La culpabilité les ronge quand ils apprennent qu'ils auraient aisément pu éviter la catastrophe, et rien ne peut les soulager. Trois ans plus tard, ceux de Thomas sont toujours inconsolables. Ces choses-là ne devraient pas se produire dans un pays aussi moderne que la Nouvelle-Zélande, et la seule solution, c'est d'éduquer les futurs parents à repérer les risques. Bien entendu, nous ne sommes pas les seuls sur la planète à devoir affronter ce problème. Ce n'est pas une maladie du passé, elle est là, à notre porte.

Elle but une gorgée d'eau pour s'adoucir la gorge.

— Je vais maintenant vous exposer trois cas d'études.

Elle observa de nouveau l'audience : tout le monde était concentré, certains sur la traduction simultanée qui leur parvenait par les écouteurs. Elle ne s'en sortait pas si mal…

Enfin, elle conclut l'exposition du troisième cas, qui illustrait le côté sombre de son travail.

— Voyez-vous, Caroline n'avait plus la force de se battre pour sa vie. Perdre un patient est une expérience très dure, mais on ne peut pas gagner toutes les batailles. Je m'y efforce, je fais mon possible. Toutefois, il nous faut garder à l'esprit que la médecine n'est pas parfaite, pas davantage que les médecins. Nous sommes tous faillibles.

Une fois de plus, ses yeux se posèrent sur Ben. Il la regardait d'un air stupéfait et, quand leurs regards se croisèrent, il murmura : « C'est vrai. »

Elle hocha la tête, pour indiquer qu'elle avait reçu le message.

— Pour terminer, je voudrais vous montrer un second clip-vidéo.

Elle appuya sur une touche et de nouveau, l'écran s'emplit d'enfants qui jouaient au rugby. Cette fois, Thomas était sur la touche, arpentant le bord du terrain, et criant des encouragements aux joueurs.

Elle sourit en le regardant. Elle était si fière de lui !

Enfin, elle reprit le micro.

— Thomas est devenu entraîneur, et cette année il a entrepris des études pour être enseignant. Sans cette affection, il aurait intégré l'équipe des All Blacks. Et, croyez-moi, les Français peuvent être soulagés, qu'il en ait été empêché…

Un rire collectif répondit à cette boutade. C'était fini. Elle devrait remercier Ben de l'avoir aidée à commencer.

Le Pr Leclerc, remonté sur la scène, l'embrassa sur les deux joues avant de se tourner vers l'assistance.

— Mesdames et messieurs, voilà pourquoi j'ai tenu à inviter la Dame de Cœur, comme l'ont baptisée ses petits patients, qui comprennent visiblement à quel point elle les aime. Elle nous a tous touchés par sa sincérité et l'ampleur de son dévouement à son travail. Je pense qu'aujourd'hui, le Pr Tori Wells nous a rappelés à tous pourquoi nous avons choisi la médecine.

Tout le monde se leva pour applaudir, tandis qu'elle quittait l'estrade. Elle sentait les larmes lui monter aux yeux, pour Thomas et pour tous les autres, parce qu'elle était impuissante à leur rendre la vie qu'ils avaient eue avant leur maladie.

Ben se leva à son approche, et lui entoura les épaules de son bras.

— Tu as été brillante. Il n'y a pas d'autre mot.

Ben secoua légèrement la tête. Incroyable comme les choses pouvaient changer en l'espace de vingt-quatre heures !

Dans la salle magnifiquement décorée où avait lieu le cocktail, il regardait arriver Tori, qu'un énième congressiste abordait alors qu'elle tentait de se frayer un passage parmi la foule. La veille, elle n'avait accepté sa compagnie qu'à regret, mais ce soir, ses yeux exprimaient le désir de le rejoindre au plus tôt, au moins pour se protéger de ses nouveaux adorateurs. Malgré tout, elle ne manifestait aucune impatience, n'évitant personne et répondant aux questions avec courtoisie.

— Une vraie star ! Sa conférence était merveilleuse.

La voix féminine était enthousiaste. Il se retourna.

— Rita ? Tu étais dans la salle ?

Il regardait toujours Tori du coin de l'œil ; comment oublier l'émotion contenue dans sa voix ? Elle était si sincère qu'elle avait touché tout le monde. Une facette d'elle qu'il connaissait mal…

— John m'a amenée, j'étais tellement curieuse d'entendre ta Dame de Cœur ! Maintenant j'ai compris qu'elle était extraordinaire. Elle n'a même pas peur d'admettre qu'elle peut se tromper.

Il hocha la tête. Lui aussi avait compris cela. Il n'avait d'ailleurs pas nié son erreur d'appréciation, même devant la commission de l'hôpital.

— La clinique Wells va devenir célèbre !

Il acquiesça de nouveau. La fierté se mêla à l'amertume. Tori n'était plus « sa » Dame de Cœur, mais elle avait gardé son cœur.

— Je connais Tori, elle ne quittera jamais la Nouvelle-Zélande par ambition.

Rita lui tapota le bras.

— Rien ne t'empêche d'y retourner, toi.

Il fut stupéfait d'avoir été percé à jour. Finalement, ses amis semblaient comprendre, peut-être même mieux que lui-même, ce qu'il cherchait tant à cacher.

Mais dans le fond, cela n'était pas si étonnant, puisqu'il s'était soûlé avec John, chez eux, le soir où son divorce était devenu effectif…

Il se pinça l'arête du nez et dévia la conversation, pour ne pas avoir à répondre.

— Alors, et ces boutiques, vous les avez faites ?

Elle pirouetta devant lui, en ouvrant de grands yeux.

— Ça ne se voit pas ? Et tu n'as pas remarqué la robe de Tori ? Ce fourreau vert émeraude était fait pour elle.

Il eut un petit sourire. Bien sûr qu'il avait remarquée. Depuis qu'elle était entrée dans la pièce, il ne la quittait pas des yeux. La robe superbe mettait en valeur sa silhouette et ses courbes, et rehaussait l'émeraude de ses yeux étincelants. Ce soir, elle avait laissé ses cheveux retomber librement sur ses épaules, et leurs nombreuses nuances de roux scintillaient sous la lumière. Elle était éblouissante.

Il laissa échapper un soupir. Hélas, il n'était pas le seul à être impatient de lui parler… Il aurait de la chance si elle arrivait jusqu'à lui avant la fin du cocktail.

— Va à sa rencontre, murmura Rita.

— Quoi ? Pour lui gâcher sa soirée ?

— Tu es un sage ! s'exclama John. Et si nous sortions tous les quatre pour le dîner ?

— Bonne idée, mais…

Il s'interrompit. Mais Tori apprécierait-elle ?

— Demande-lui dès que tu en auras l'occasion, dit Rita qui avait, à l'évidence, compris ce qu'il n'avait pas dit.

— Elle est assez populaire, non ?

— Ce qui ne l'empêche pas de rester humble…

Il éprouva un nouveau sentiment de fierté. Cela ressemblait bien à Tori d'être attentive à ne pas imposer ses vues. La seule fois où il avait cru qu'elle tentait de le faire, il lui avait fermé la bouche avant qu'elle ne commence. Et s'il l'avait écoutée ? S'il s'était assis pour tout lui raconter ? Lui avouer notamment qu'il songeait surtout à assurer sa gloire personnelle et à satisfaire l'orgueil de son père, en entreprenant une intervention qui était une première en Nouvelle-Zélande, omettant d'estimer à leur juste valeur les risques qu'il faisait courir à sa patiente ? Il n'avait jamais su ce qu'elle en pensait.

John fit signe à une serveuse, qui portait un plateau chargé de coupes de champagne.

— Rita ? Ben ?

— Je suis en France, je suis bien obligée de boire du champagne !

— Oui, moi aussi.

En portant sa coupe à ses lèvres, il regarda Tori, et s'aperçut qu'elle avait les yeux posés sur lui. Un regard suppliant, qui appelait à l'aide.

Il tendit son verre à John.

— Tiens-moi ça, s'il te plaît, je reviens.

Il la rejoignit au moment où deux éminents chirurgiens new-yorkais commençaient à la questionner sur l'intervention chirurgicale qu'elle pratiquait.

— Salut !

Il se pencha vers elle et lui enlaça la taille. Il la sentit se raidir, mais ne la lâcha pas, et elle finit par se détendre.

L'un des deux hommes tourna la tête pour lui lancer un regard mauvais, comme s'il était un intrus, ce qui était vrai, en un sens.

— Benjamin Wells, n'est-ce pas ? De Londres ?

Il tendit la main à l'homme.

— Adrian Parker, spécialiste en cardiologie.

Et il cita le nom de l'un des plus célèbres hôpitaux des Etats-Unis, comme s'il n'en existait pas de meilleur.

— Votre épouse nous a vraiment épatés, aujourd'hui, reprit-il, en nous rappelant les fondements de la médecine.

Il cilla. Son épouse ? Mieux valait se taire… Il serra la main offerte.

— Elle est douée pour ça, en effet.

Elle tourna la tête vers lui, et releva le menton.

— Ah ? Eh bien, merci, professeur Wells.

Puis elle regarda les deux chirurgiens, qui ne semblaient pas pressés de s'esquiver.

— Me permettriez-vous de rejoindre Ben et ses amis un moment ? dit-elle en souriant. Je ne voudrais pas paraître grossière, mais je suis étourdie par toutes ces attentions.

Adrian eut un sourire condescendant.

— Evidemment, ma chère. Nous serions navrés que votre popularité prive votre mari de votre présence, il risquerait de devenir jaloux !

Ben vit sa bouche s'ouvrir, et lui pressa légèrement la taille pour la faire taire. Si les New-Yorkais apprenaient qu'il n'était plus son époux, ils n'auraient plus de scrupules à la monopoliser. Elle le comprit, à l'évidence, car elle le suivit aussitôt sans ajouter un mot.

— Merci d'être venu à mon secours. Je regrette vraiment que tout le monde nous croie mari et femme. Je pourrais faire passer le mot, dire que nous sommes divorcés…

Il sentit son cœur se serrer. Curieusement, ce malentendu lui était devenu égal, à présent.

— Tu vas t'accrocher un panneau autour du cou ?

Son amertume avait dû transparaître, parce qu'elle s'arrêta pour scruter son visage.

— Ben ?

La lueur qui passa dans ses yeux ne lui plut pas : elle signifiait vraisemblablement : « Tu sais bien que tout est fini entre nous. » Même s'il était d'accord, il n'avait nul besoin qu'elle le lui rappelle.

— Viens, John et Rita nous attendent.

Il n'avait pas encore parlé du dîner, et maintenant, elle risquait encore plus de refuser…

Mais c'était compter sans Rita, après les compliments d'usage sur leurs toilettes respectives, bien entendu.

— Tori, nous avons découvert un restaurant délicieux le premier soir, où nous nous sommes promis de retourner. Si nous y allions tous les quatre ?

Ben retint son souffle, et baissa la tête.

— Oh ! Ce serait super ! C'est de la cuisine française, n'est-ce pas ?

— En existe-t-il une autre ? répliqua Rita en vidant son verre avec un clin d'œil.

Il réprima un rire et chercha un serveur des yeux.

— Tu prendras de l'eau gazeuse, Tori ?

— S'il te plaît.

Un ton assez sec… Il haussa les épaules. La compagnie de John et Rita la dériderait sans doute et, avec un peu de chance, elle aurait changé d'humeur avant la fin du repas.

Rita sortit son portable de son sac et en alluma l'écran.

— Maintenant que c'est réglé, Tori, laisse-moi t'ennuyer avec les photos de mes filles !

Ben vit Tori se raidir, puis s'approcher de Rita d'un air décidé.

— Elles sont magnifiques ! Quel âge ont-elles ?

Il la regarda, admiratif. Elle adorait les enfants, et ils avaient envisagé de fonder une famille. A trente-six ans, elle devait se demander si elle parviendrait à en avoir une… Il fit la grimace. Il ne pouvait guère l'aider.

L'heure passant, il s'avança vers le buffet qui semblait appétissant, et les autres le suivirent. Tous quatre se régalèrent de délicieux canapés tartinés de spécialités locales, et d'olives préparées de diverses manières.

Après avoir dégusté un dernier toast au pâté truffé, Rita poussa un soupir.

— Je ne sais pas vous, mais je ne peux plus rien avaler. Si nous reportions ce dîner à demain soir ?

— Excellente idée, dit Ben. La conférence de l'après-midi se termine tard, et il nous faudra nous débrouiller pour manger le soir, de toute façon.

— A vrai dire, je suis si épuisée que je me serais sans doute endormie sur la table ! s'exclama Tori. En revanche, j'irais bien faire un tour dehors, respirer un peu d'air frais, avant d'aller me coucher.

En voyant le visage de Rita s'éclairer, Ben ravala sa déception : lui qui espérait se promener seul avec Tori…

— Nous avions plutôt envie de regagner notre chambre, n'est-ce pas, chéri ?

John attira sa femme à lui.

— Je comptais les minutes, ma belle, souffla-t-il.

Ben reçut un coup au cœur. Il avait vécu cette complicité avec Tori… Et il l'avait détruite, avec son orgueil imbécile.

Furieux contre lui-même, il tourna les talons et tenta de gagner la porte, mais la foule était encore dense, et tout le monde, bien sûr, semblait avoir l'intention de se rendre sur la promenade… Pendant qu'il attendait son tour en rongeant son frein, il sentit une main sur son bras.

— Ben, tu sors prendre l'air ?

Tori… Il se retourna, le regard mauvais.

— Si on me laisse le passage un jour, oui !

Il détourna aussitôt la tête, ignorant son expression.

Elle retira sa main et s'éloigna, les traits figés, la tête haute, sa chevelure de feu ondoyant dans son dos.

Quel abruti ! Il se précipita derrière elle en bousculant tout le monde, et la rattrapa au moment où elle s'affalait sur une chaise, à la table qu'ils avaient quittée tout à l'heure.

— Tori, je te demande pardon, je ne sais pas pourquoi je t'ai parlé sur ce ton…

— Eh bien, sans doute parce que je le méritais, pour m'être imaginé que tu avais envie de ma compagnie. Que veux-tu, ces deux derniers jours, j'ai parfois du mal à croire que nous ne sommes plus ensemble. C'est idiot, non ?

Il l'observa. Sa main tremblait tant qu'elle ne réussit pas à remplir son verre.

Cet aveu le stupéfiait, mais il n'allait pas pour autant y voir une chance de réconciliation. Elle parlait sans doute d'amitié, et non d'amour. Il s'assit et lui servit de l'eau.

— Oui, je comprends.

— La situation est tellement… étrange !

Elle but une gorgée.

— Explique-moi, Tori. Comment aimerais-tu que nous nous comportions, durant ces quelques jours ?

Elle s'essuya la bouche avec une serviette abandonnée, et ses joues se colorèrent soudain.

— Si je te dis que je voudrais que nous soyons amis, ça semble banal, mais quoi d'autre ? Je m'efforce de ne pas y penser.

— Je ne te crois pas.

Il la débarrassa de son verre et, après lui avoir saisi la main, se leva.

— Viens, accompagne-moi sur la promenade. J'ai envie d'un moment de calme… avec toi.

Elle plongea ses yeux dans les siens. Deux étangs d'émeraude qui l'aspirèrent tout entier, un regard qui lui tordit les entrailles, et ramena à la surface tout l'amour et le désir qu'il éprouvait pour elle. Comment tourner la page ?

Il fut incapable de lui lâcher la main.

— D'accord, murmura-t-elle.

Puis elle attendit qu'il fasse le premier pas. Enfin, il lui entoura les épaules de son bras et la guida vers la sortie.

Ils marchèrent en silence dans l'air tiède de ce début d'été, jusqu'à l'endroit où ils avaient fait demi-tour la veille. Là, Tori se laissa tomber sur un banc et ôta ses chaussures.

— Ces escarpins me tuent !

— Ça ne m'étonne pas, avec des talons aussi hauts !

Il s'assit à côté d'elle et étendit les jambes.

Elle l'observait en souriant.

— J'ai remarqué que tu ne roulais plus des mécaniques autant qu'avant.

Il la dévisagea. Son sourire s'élargit. Pour atténuer le coup, ou pour réchauffer l'atmosphère ? Il ne trouvait pas cela drôle.

— Tu as raison, j'ai appris l'humilité.

Mais aussitôt, elle se rembrunit.

— Ben… raconte-moi comment s'est déroulée l'audience.

Il expira tout l'air contenu dans ses poumons et se leva, avant de lui faire face.

— Tu n'es pas venue. J'avais besoin de toi.

— Tu avais pourtant insisté pour que je ne vienne pas.

— Tu aurais dû passer outre.

Il secoua la tête, agacé. Il avait tenté d'avoir cette discussion à l'époque, mais sa fureur l'avait empêché de trouver des mots assez neutres.

— C'est ce que j'ai fait.

Elle fixait la ligne d'horizon sur la mer et ses doigts jouaient avec son bracelet en or.

— Quoi ? Première nouvelle !

Il chercha son regard. Ils n'avaient pas beaucoup parlé ensuite, jusqu'au moment où il avait fait ses valises…

— Mais je suis arrivée trop tard, à cause d'une intervention plus longue que prévu. J'ai essayé de te le dire, mais tu…

Elle s'interrompit. Il était inutile qu'elle termine, de toute façon. Il avait soigneusement tenu ses distances, pour ne pas être contraint d'avouer à quel point il se sentait minable.

Elle haussa les épaules.

— Quand je suis arrivée, les portes étaient fermées, et on ne m'a pas laissée entrer.

— La séance était à huis clos, avec le président du conseil d'administration, le directeur du comité d'éthique et les chefs de deux autres services.

Il serra la mâchoire. Mais pas de son service… Et son père était furieux d'avoir été évincé, lui qui comptait manipuler tout le monde pour dédouaner son fils.

— Alors de toute façon, je n'aurais pas eu le droit d'y assister ?

— Non, mais je voulais que tu sois là.

En train de l'attendre dans le hall. Mais elle était repartie, puisqu'il ne l'avait pas vue quand il était enfin ressorti. Il en avait conclu qu'elle ne l'aimait pas assez pour le soutenir. Etait-ce sa seule méprise ?

— Je suis restée assise longtemps en face de la porte, jusqu'à ce qu'on m'appelle pour une urgence.

— Je l'ignorais.

Elle tourna le regard vers la mer, l'air contrit.

— Je suis navrée. Pourtant, certains n'ont pu manquer de me remarquer.

Il hocha lentement la tête. Comme il était devenu persona non grata à l'hôpital, personne n'avait jugé utile de lui en faire part.

Il brûlait de lui demander pourquoi elle l'avait cru coupable sans connaître les faits, mais il craignait qu'elle ne se referme. De toute façon, elle avait appris la vérité lorsque celle-ci avait été rendue publique, néanmoins, il s'en voulait toujours de sa lâcheté.

Elle lui prit la main.

— Ben, je suis heureuse que tes juges aient eu l'esprit assez ouvert pour te laisser ta chance.

Il frémit. Où serait-il, maintenant, s'il avait été banni par le conseil de l'ordre ?

— Moi aussi. Je ne crois pas que j'aurais fait un bon barman.

Elle eut un sourire tendre, et lui caressa la main.

— Je suis sûre que tu aurais été excellent, mais quelle perte pour la médecine !

— Merci, tu es gentille.

Il lui pressa la main et se leva.

— Il commence à faire frais, tu frissonnes. On ferait mieux de rentrer. Tu restes pieds nus ?

— Jusqu'à la porte de l'hôtel, au moins.

Elle parcourut le trajet de retour en silence. A l'entrée, elle remit ses escarpins, puis leva les yeux vers lui.

— Je me réjouis que tu t'en sois tiré… Dommage que l'issue ait été moins bonne pour notre couple.

Sur ces mots, elle lui tourna le dos et se dirigea vers les ascenseurs, sa jupe dansant autour de ses jambes.

Il regarda les portes de la cabine se refermer sur elle. Lui aussi, il le regrettait… Mais comment changer le passé ? Il traversa le hall pour gagner le bar. Un dernier verre serait le bienvenu.

4.

« Jeffrey Wells était penché sur elle.

— Essayez de raisonner Ben, il a besoin de moi pour sortir de ce fiasco sans perdre de plumes.

Elle regarda son beau-père avec de grands yeux.

— Ne pensez-vous pas que la décision lui appartient ?

— Vous voulez qu'il ruine sa carrière ? s'exclama avec rage le chef de service.

— Je n'ai pas dit ça.

— Bien sûr que si ! Vous pensez que Ben devrait porter le chapeau pour la négligence d'un autre.

— Mais…

Elle ne comprenait plus : si Benji n'était pas responsable de la mort de sa patiente, qui l'était ? »

L'angoisse la suffoqua, elle remua et ouvrit un œil. Benji ? Elle tendit un bras. Il n'était pas là, il devait être assis dans le salon, comme d'habitude, les yeux dans le vague…

Bizarre, cette obscurité aussi totale. Elle se redressa d'un coup, chercha à tâtons l'interrupteur de la lampe de chevet, et une lumière tamisée se répandit dans la chambre… de l'hôtel Negresco, à Nice.

Elle avait fait un cauchemar. Très net, précis, en couleurs vives. Jeffrey y était semblable à lui-même, et sa façon de se pencher au-dessus d'elle pour la dominer était caractéristique. Ses mots durs l'avaient secouée, comme le soir où il avait fait irruption dans leur appartement pour lui dicter sa conduite… Il l'avait haïe d'oser lui tenir tête. Elle en frissonnait encore.

Elle repoussa la couverture, bondit hors du lit pour ouvrir

les lourds rideaux, puis, après avoir pris une bouteille d'eau dans le petit réfrigérateur, en but le contenu d'un trait.

Ce n'était pas son rôle, à l'époque, de dire à Benji ce qu'il devait faire… Malgré tout, elle aurait aimé qu'il lui demande conseil. Si elle lui avait raconté que son père avait tenté de faire pression sur elle, il aurait probablement haussé les épaules, en arguant que c'était bien son genre.

Elle secoua la tête. En effet, « son genre », c'était de tyranniser tout le monde et d'écraser ceux qui osaient le défier. Son fils, qui l'adorait, passait sa vie à s'efforcer de lui plaire, sans jamais y parvenir. Comment aurait-elle pu le convaincre, puisqu'il refusait de lui exposer les faits ? A l'époque, ils n'étaient prêts ni l'un ni l'autre à faire face ensemble aux difficultés.

Assise près de la fenêtre, les jambes repliées sous elle, elle contempla un moment la Méditerranée et le front de mer désert. A 4 heures du matin, il était trop tôt pour aller se promener.

Ben devait dormir comme une souche, occupant toute la place dans le lit, comme d'habitude. A moins qu'il n'ait appris, depuis, à dormir sur le côté…

Elle sentit sa gorge se serrer. Benji… Son amour ! Ils avaient cru que l'avenir leur appartenait.

Alors pourquoi cet échec ? A cause de la mort de cette patiente ? S'ils s'étaient aimés davantage, auraient-ils pu faire en sorte que cela ne change rien entre eux ?

Comme elle le lui avait dit la veille, elle avait l'impression qu'ils ne s'étaient jamais séparés, et pourtant, elle avait tant souffert en le voyant quitter l'appartement, sans un mot, avec ses valises… A ce moment-là, elle était persuadée de ne jamais s'en remettre.

Son cœur se serra à l'étouffer. Elle se leva et, errant dans la chambre en quête d'une distraction, saisit son téléphone sur la table de nuit pour y consulter ses messages. Aucun texto, mais neuf e-mails, pour la plupart professionnels. Parfait, cela l'occuperait quelque temps.

Elle cliqua sur le message que lui envoyait Dean Cox, et sourit en voyant la photo qui s'affichait : les joues rebondies, le petit garçon sortait de la clinique, en faisant un signe joyeux. Quelques semaines plus tôt, son état était devenu critique et, cinq jours avant son départ, elle avait dû se résoudre à l'opérer pour lui poser un stimulateur au ventricule gauche. Depuis, elle demandait tous les jours des nouvelles à son équipe.

Ce cliché parlait de lui-même : depuis qu'elle le connaissait, elle ne l'avait jamais vu dégager autant d'énergie.

Elle cliqua sur « répondre ».

Salut, jeune homme, tu as l'air en pleine forme ! Tes parents doivent être heureux de t'avoir à la maison ! Viens me voir quand je rentre, d'accord ?
Je t'embrasse.
La Dame de Cœur.

Le rendez-vous devait déjà être pris à la clinique, mais elle tenait à témoigner à chaque enfant une attention et une tendresse particulières. Si Dean et ses parents étaient venus de Dunedin pour la consulter, c'était justement grâce à cette réputation.

Dean était un courageux petit bonhomme, qui avait accepté tous les soins prodigués sans se plaindre. Il n'avait jamais pleuré. Ses parents avaient trouvé un logement et du travail à Auckland, pour rester près de la clinique.

Le soleil se levait quand elle eut terminé de répondre à ses messages. Elle enfila un pantalon de jogging et un T-shirt et, après avoir consulté le plan de la ville, quitta l'hôtel.

Elle obliqua à gauche, parcourut le quai des Etats-Unis jusqu'au monument aux morts de Rauba Capeù, puis emprunta l'escalier escarpé conduisant au sommet de la colline du château qui surplombait le port.

Elle arriva en haut hors d'haleine et, après avoir atteint l'autre versant, ne put retenir une exclamation devant la vue qui s'offrait à elle.

— Ça valait la peine de grimper, non ? lui lança un jeune joggeur à l'accent anglais.

Elle acquiesça en contemplant le paysage. Un yacht immense et luxueux était amarré à l'un des quais. Elle vit deux Mercedes noires luisantes s'arrêter devant ; des chauffeurs en livrée ouvrirent les portières à quatre hommes en costume élégant.

Elle soupira : leur vie devait être un conte de fées, et, sans les envier, elle aurait bien respiré leur air une semaine ou deux.

Puis elle détourna les yeux du spectacle, et redescendit en préférant le sentier à l'escalier. Elle avait bien l'intention de dénicher une terrasse accueillante pour prendre un café sur le chemin du retour.

Ce matin, c'était Ben et ses confrères qui débutaient la journée, et elle ne voulait pas manquer leur conférence.

Ben, encore… Il n'était jamais loin, s'insinuant dans son esprit, attendant l'instant où sa pensée n'était pas concentrée sur un autre sujet.

— Salut ! Je t'ai appelée ce matin pour le petit déjeuner. On t'a fait une meilleure offre ?

Assis à côté de Tori dans l'auditorium, Ben lui sourit pour montrer qu'il ne lui en tenait pas rigueur. Même s'il avait été déçu qu'elle ne réponde pas.

— Je suis sortie me promener très tôt.

Sa voix manquait d'enthousiasme, et il remarqua les cernes noirs sous ses yeux.

— Tu as mal dormi ?

— Plutôt, oui. J'ai été réveillée par un cauchemar au milieu de la nuit.

Il l'observa. Elle regardait dans le vague, comme si elle regrettait déjà cette confidence.

— Ah ? Raconte.

— Il y avait ton père…

Il sentit son ventre se nouer. Il lui avait fallu ce drame

pour comprendre qu'aucun de ses succès ne pourrait jamais satisfaire son géniteur. Du reste, si sa patiente était morte, c'était parce qu'il avait pris des risques dans le seul but de l'impressionner en réussissant cette procédure pour la première fois.

— Et alors ?

— Il venait me mettre un peu la pression.

Pas étonnant... Mais tel qu'il le connaissait, le « un peu » était inutile.

— Pour te forcer à quoi ? demanda-t-il doucement.

Un souvenir surgit dans son esprit : un soir où il rentrait tard, il avait reconnu la voiture de son père qui s'éloignait de chez eux. Mais, avant même qu'il ait pu se garer, on l'avait rappelé d'urgence à l'hôpital, et plus tard, jugeant l'incident insignifiant, il avait omis de questionner Tori. Sans doute aurait-il dû s'y intéresser davantage...

Il s'agita sur sa chaise, les yeux toujours braqués sur elle : son regard était plein d'appréhension. Il posa la main sur la sienne.

— Dis-moi, Tori.

Elle jeta un regard à la ronde.

— Mais... c'est bientôt à toi...

— Non, quelqu'un doit passer avant, le programme a été modifié. Il y en a pour une petite heure.

Il chercha son regard. Il voulait à tout prix savoir ce qui la rendait si malheureuse, quitte à manquer la première conférence. Il se leva.

— Viens, allons boire un café.

Il craignait un refus, mais elle reprit son sac, et le précéda jusqu'à la sortie. Ils trouvèrent une petite terrasse tranquille, où ils s'assirent.

— Navrée, je n'aurais jamais dû te dire ça. En général, je ne suis pas sujette aux cauchemars, je suppose que le fait de te revoir a déclenché quelque chose en moi.

Son sourire n'était pas très convaincant. Il lui prit les

mains, qui étaient froides. Manifestement, ce mauvais rêve était le rappel d'une scène qu'elle avait vécue dans la réalité.

— Parle-moi, Tori.

— Eh bien, il insistait pour que je te persuade que tu n'étais pas responsable de la mort de ta patiente ; selon lui, tu devais laisser quelqu'un d'autre assumer cet échec.

L'estomac de Ben devint une pierre dure, et il sentit monter la nausée.

— Tu savais tout, dans ce cas ?

— Non, il m'a simplement dit que j'allais gâcher ta carrière si je ne lui obéissais pas. Mais… il me semblait que c'était à toi de décider, et c'est ce que je lui ai répondu.

— Tu as eu raison de t'opposer à lui.

Cette résistance expliquait pourquoi son père ne voulait plus entendre parler de Tori. Il en éprouva de la fierté.

— Je pense que tu as pris la bonne décision, Ben.

— Peut-être, mais j'aurais dû me confier à toi.

Le vert de ses yeux s'obscurcit.

— Nous nous parlions peu, et depuis bien longtemps, en fait…

— Tori, nos horaires de travail ne correspondaient jamais, et nous passions notre rare temps libre à étudier. C'est ce qui nous a éloignés peu à peu l'un de l'autre. Nous avions accepté le risque en nous promettant d'être prudents, mais c'est arrivé.

Il sourit.

— Cette période horrible nous a préparés, en quelque sorte, à ce qui s'est passé ensuite.

Il vit une larme rouler sur sa joue, et l'essuya du coin de sa serviette. Ce serait encore plus affreux de la faire pleurer.

— Non, Tori ! C'est du passé. Tu diriges une clinique réputée, maintenant, et moi j'ai une position enviable à Londres. C'est pour ce résultat que nous avons tant travaillé.

Il se tut. Pourtant, ils étaient si heureux au début de leur mariage ! Ils partageaient tout, et rien ne leur pesait. En y repensant, si c'était à refaire, il s'arrangerait pour que les choses marchent. Comme s'il pouvait exister une prochaine fois…

La serveuse apporta leurs cafés, et Tori la remercia en souriant.

— Je me réjouis que tu n'aies pas obéi à mon père. Je n'aurais pas supporté qu'on mente pour me tirer de ce mauvais pas, surtout en faisant accuser quelqu'un d'autre. J'étais coupable, et si je n'avais pas songé avant tout à mon propre intérêt, cette femme serait encore vivante.

Il cilla. Enfin, il l'avait admis ! Même si elle le savait déjà, il avait osé le lui dire en face, et il s'en sentit plus fort.

Elle reposa sa tasse avec un haussement d'épaule.

— On ne change pas le passé, Ben. Inutile d'envisager les différentes hypothèses que nous n'avons pas choisies. Moi aussi, j'ai eu des torts.

Il s'éclaircit la gorge. Ainsi, elle pensait qu'il était trop tard pour eux… Quand s'était-il mis à espérer que les choses pourraient encore s'arranger ?

Quand il l'avait repérée au milieu de la foule, le premier jour, avec sa chevelure lumineuse, quand ils avaient dévoré des pains au chocolat la veille au café, ou pendant leurs promenades nocturnes ?

Mieux valait ne pas rêver : elle ne quitterait jamais la Nouvelle-Zélande, et sa carrière à lui était désormais tracée à Londres. Il devait se prouver à lui-même qu'il était devenu un excellent chirurgien. S'il bifurquait encore une fois, cela pourrait être considéré comme une preuve d'instabilité, et on se méfierait de lui.

De retour à l'auditorium, Tori n'entendit pratiquement pas un mot du discours de Luc, tant les paroles de Ben tournaient en boucle dans son esprit.

Pourquoi cette histoire les avait-elle séparés, en fait ? Il s'était borné à mentir par omission en ne lui donnant pas sa version des faits, et sans jamais solliciter son avis. Elle comprenait que ses ennuis l'aient atteint, mais de là à la quitter un beau soir, sous prétexte qu'il ne l'aimait plus autant qu'avant…

Qu'y faire ? Lorsque l'amour était mort, il ne servait à rien de tenter de le ressusciter, elle se le répétait depuis des années.

Elle soupira. Autant admettre qu'elle n'avait pas tout dit non plus, puisqu'elle ne l'avait pas informé d'une grossesse, qu'elle-même ignorait jusqu'à la perte du bébé. Elle avait jugé inutile de lui forcer la main, certaine que son sens du devoir le pousserait à revenir pour la soutenir, chose qui lui aurait été insupportable.

John lui tapota le bras.

— Tori, ça commence !

Visiblement, l'ami de Ben s'inquiétait pour elle, et elle s'en voulut de ne pas lui avoir adressé la parole depuis qu'il était venu gentiment s'asseoir sur la chaise d'à côté.

— Merci, John. Pardon, je ne suis pas très causante.

— Pas de problème.

Elle sourit et, levant les yeux vers l'estrade, regarda Ben. Quel qu'ait été leur douloureux passé, elle était heureuse d'être là avec lui, en ce moment.

Puis elle se mit à écouter avec attention l'exposé des quatre spécialistes sur une nouveauté qui suscitait un espoir immense : jusqu'à présent, les organes utilisés pour les transplantations étaient prélevés sur des donneurs en état de mort cérébrale, mais dont le cœur battait encore. Or, récemment, on avait réussi à ressusciter des cœurs qui avaient cessé de battre, pour les implanter avec succès. Cela représentait une percée importante pour pallier la pénurie de donneurs.

A la fin de l'exposé, un membre de l'assistance leva la main pour demander à Ben :

— Le taux de réussite est-il le même qu'avec les transplantations habituelles ?

— Nous manquons de recul pour l'instant, mais les statistiques sont très encourageantes.

Admirative, elle percevait dans la voix de Ben, dans ses expressions, ses attitudes, sa passion pour son métier. Il était bien devenu celui qu'il voulait être. Heureusement que le conseil l'avait laissé poursuivre sa carrière…

Elle avait la gorge nouée, et les larmes menaçaient. Pendant que la salle applaudissait, John se pencha vers elle.

— C'est vraiment un type compétent, n'est-ce pas ? Londres a de la chance de l'avoir.

— Oui. Tu sembles un peu jaloux… Tu as essayé de le garder à Sydney ?

— Evidemment ! Mais il voulait partir travailler en Europe, pour prouver qu'il jouait dans la cour des grands, soi-disant.

Elle hocha doucement la tête. John était-il au courant des ennuis de Ben ? Elle n'osa pas le questionner, et le laissa poursuivre :

— Oh ! Ce n'était pas la vraie raison, je sais bien ce qui le poussait à aller si loin. Mais comment lui donner tort ? Il semble avoir trouvé sa place, maintenant.

Elle sentit un frisson la parcourir.

— C'est vrai. Il ne reviendra jamais en Nouvelle-Zélande. Surtout s'il obtient cette association qu'il vise.

Elle réprima un soupir. Plus tôt elle accepterait cela, plus vite elle perdrait l'espoir qu'il soit désormais pour elle davantage qu'un ami.

— On fait aussi des transplantations cardiaques, à Auckland.

— Je ne comprends plus, John. Tu ne préférerais pas qu'il retourne à Sydney ?

— Tori… Il s'est décidé à partir le jour où votre divorce a été prononcé. Et après s'être soûlé à mort.

Elle détourna les yeux. Elle n'avait pas envie de savoir. Et de toute façon, il était trop tard.

— Tu aurais sans doute mieux fait de ne pas me le dire.

John se leva, et lui lança un regard triste.

— C'est mon ami, Tori ; je veux son bonheur. Une belle carrière, c'est super, mais il existe des choses plus importantes dans la vie. Je l'ai vu jouer avec mes filles, j'ai compris combien ne pas avoir d'enfants lui manquait.

Elle le suivit des yeux tandis qu'il se dirigeait vers la salle où le thé allait être servi, la laissant réfléchir à ce qu'il n'avait pas dit. Ben serait parti pour s'éloigner d'elle ? Il se serait forcé à traverser la planète pour ne pas être tenté de rentrer en Nouvelle-Zélande ? Cela n'avait pas de sens.

Elle se leva, perplexe et, après avoir constaté que ses jambes tremblaient, hésita à assister à la seconde conférence.

— Tori !

Elle aperçut Ben, qui ramait contre la marée humaine pour la rejoindre.

Et soudain, elle en eut assez, elle eut envie d'être ailleurs, le temps de rassembler ses forces, de rebâtir ses défenses contre son ex, s'armer contre son charisme et sa tendresse.

5.

Tori se précipita hors de l'hôtel, en remerciant au passage le groom qui lui ouvrait la porte.

Une fois dehors, elle aspira une grande bouffée d'air frais. Elle devenait claustrophobe dans cet auditorium, au milieu de cette foule qui la bousculait.

— Tout va bien, madame Wells ?

Elle se retourna. C'était le Pr Leclerc.

— Oui, merci, mais il fait très chaud à l'intérieur, j'avais besoin de respirer.

— Vous avez assisté à la conférence, n'est-ce pas ?

— Bien sûr ! C'était excellent.

— Et pourtant, je vous vois très nerveuse. Et si vous preniez un peu de temps pour vous ?

— Eh bien… justement. Je m'aère un peu pendant que tout le monde boit le thé.

— Allez plutôt vous promener quelques heures. Vous êtes en Europe, profitez-en pour visiter des endroits intéressants.

Avant qu'elle ait pu répondre, il fit signe au portier.

Incapable de suivre la conversation, elle se contenta d'en attendre la fin avec résignation. Elle n'aurait pas voix au chapitre…

Moins d'une heure plus tard, elle était à la gare, où un taxi l'avait conduite. Elle grimpa dans l'un des trains qui faisaient la navette le long de la côte, jusqu'à la frontière italienne, munie d'un billet de retour pour le soir. Elle se laissa tomber sur son siège, avant de jeter un regard à ses compagnons de voyage : des touristes qui traînaient de lourds sacs à dos, des ménagères avec leur cabas, des couples âgés en balade. Comme elle ne comprenait pas grand-chose à ce qu'ils se disaient, elle s'isola dans une bulle, se bornant à observer leur comportement. Pour l'instant, elle voulait s'imprégner de l'ambiance de la France.

Lorsque le train quitta la gare, elle observa le paysage urbain qu'il traversait, et se détendit un peu. Des années auparavant, elle aurait bu un ou deux verres de vin pour obtenir cet effet, mais plus depuis sa fausse couche. Elle demeurait convaincue que c'était l'alcool qui avait coûté la vie à son bébé.

Mais elle ne devait plus y penser, pas aujourd'hui. Mieux valait admirer le linge pendu aux balcons des immeubles, les géraniums aux couleurs vives, et, entre les bâtiments, la Méditerranée qui miroitait au soleil. Puis l'espace s'ouvrit, elle aperçut des villages aux maisons jaunes et ocre accrochées à la colline, telles des patelles à leur rocher…

Et aussi la mer, des yachts de toute taille qui se laissaient dériver au gré des courants, un énorme bateau de croisière, des hors-bord qui fendaient la surface en soulevant des gerbes d'écume. Elle sortit son appareil photo, et se mit à mitrailler. Sur certains clichés, on ne verrait qu'un poteau électrique ou un tronc d'arbre, mais peu lui importait. Elle se détendit peu à peu, son estomac se dénoua, et elle oublia — provisoirement — tout le reste.

Elle descendit à Vintimille et, après avoir fait un tour en ville, prit une pizza et un café, puis visita le marché, où elle acheta des bricoles. Quand elle reprit le train, elle était prête à affronter le dîner avec Ben, John et Rita.

— Alors, raconte, où étais-tu passée ? lui demanda Ben.

Avec Ben et ses amis, elle traversait le Vieux Nice, pour se rendre au restaurant.

— En Italie.

Trois paires d'yeux agrandis la fixèrent.

— J'ai pris le train jusqu'à la frontière, j'ai aussi vu Monaco.

— Le séminaire t'ennuie déjà ?

Elle regarda Rita, dont l'œil pétillait de malice.

— J'ai un peu honte de vous avoir lâchés, mais qui sait quand j'aurai l'occasion de revenir en Europe ?

Elle surprit le regard déçu de Ben. Pas question pour autant, de se laisser saper le moral. C'était son voyage, et elle avait eu besoin de s'éloigner de lui, avec la bénédiction de Luc. Et le résultat avait dépassé ses espérances, puisqu'elle se sentait à présent maîtresse de ses émotions.

— Je comprends, lança Rita. En tout cas, tu as l'air de t'être bien amusée !

John se borna à la regarder d'un air intrigué. Peut-être se demandait-il si ses confidences du matin l'avaient incitée à prendre sa journée ? Elle détourna les yeux.

Mieux valait passer à autre chose. Elle leva la tête vers une maison, en observa les fenêtres et les portes étroites, les balustrades en fer forgé travaillé… La Nouvelle-Zélande était un enfant, comparée à l'Europe !

— Incroyable, ces murs de pierre ! Ils sont si anciens ! Nous n'avons rien de tout ça, chez nous…

— Ce qui me plaît, dit Ben, c'est que, aucun bâtiment n'étant très haut, on ne se sent pas enfermé dans ces ruelles.

— Ah, nous y sommes ! s'écria John en désignant une terrasse sur le trottoir.

Tori faillit sauter de joie. A condition de ne pas se laisser troubler par la présence de Ben, elle allait apprécier ce moment.

— On peut manger dehors ! Super ! Vraiment, c'est gentil de m'avoir invitée.

Rita lui posa une main sur l'épaule.

— De rien. Viens, installons-nous.

En prenant place sur la chaise que Ben avait tirée pour elle, elle huma l'air ambiant.

— De l'ail, bien sûr !

— De l'oignon, des fruits de mer, du thym et du romarin, ajouta Ben. Tu commandes en français ou en anglais, cette fois ?

— En anglais, pour ne pas prendre de risques, je veux être sûre qu'on m'apporte bien ce que j'ai choisi.

Elle l'observa de plus près.

— Je me trompe, ou tu es aussi excité que moi ?

Il sourit.

— Tu penses ! Attends que nous soyons dans la Ville lumière !

La joie de Tori s'évanouit aussitôt. Pourquoi avait-il parlé de Paris ? Ils n'iraient pas ensemble. Bien sûr, ils se croiseraient forcément à l'hôpital universitaire…

Il lui tapota le bras, et croisa son regard.

— Tu veux voir la tour Eiffel de nuit ?

— Quelle question !

— Avec moi ?

— Evidemment ! répondit-elle sans réfléchir.

La visite de la capitale présentait bien moins d'attrait, si elle la faisait seule.

— Bien, nous avons donc rendez-vous !

Elle prit une profonde inspiration, regarda Rita qui eut un discret hochement de tête. S'étaient-ils donné le mot, John et elle, pour les rapprocher ?

— Si tu veux.

Son cœur battait à se rompre, mais elle voulait profiter au maximum de cette occasion de visiter la capitale.

Ou de retrouver l'amour de Ben ? Elle chassa aussitôt cette pensée. Elle n'aurait pas dû accepter, voilà tout.

Mal à l'aise, Ben s'appuya au dossier de sa chaise et ouvrit le menu. Il se moquait bien de ce qu'il allait manger, maintenant. Où avait-il la tête en lui donnant rendez-vous à Paris ?

Depuis qu'elle lui avait révélé la tentative de manœuvre de son père, ce matin, il avait résolu de garder ses distances. Ce qui l'avait le plus marqué, c'était qu'elle ait, à l'époque, cru en lui et pris son parti. Cela l'avait bouleversé qu'elle le lui dise, et il se sentait de plus en plus vulnérable…

Sachant qu'elle serait à ce congrès, il aurait dû refuser de remplacer son confrère. Mais il avait pris le risque, parce qu'il souhaitait la revoir après tout ce temps, et espérait que cela l'aiderait à clore définitivement ce chapitre de sa vie… Et maintenant, par ses propositions irréfléchies, il insinuait qu'il n'avait précisément pas envie de le clore.

— Champagne pour tout le monde ? demanda John. Qu'as-tu choisi, Ben ?

Il sursauta, et leva la tête.

— Euh… Un steak aux herbes de Provence. Et toi, Tori ?

— Du canard à l'orange, et je boirai de l'eau minérale.

— Tu ne sais pas ce que tu manques ! lança John.

— Oh que si !

— Depuis quand t'es-tu mise à l'eau ? demanda Ben. Si mes souvenirs sont bons…

Elle lui jeta un regard assassin.

— Je buvais trop, oui. Je ne doute pas que tu t'en souviennes.

Il secoua légèrement la tête. Un malentendu de plus. Ce n'était pas ce qu'il voulait dire. A l'époque, elle affirmait que son rêve le plus cher était de boire du champagne français en France. Manifestement, elle y avait renoncé.

Rita regarda Tori en coin.

— Bon, John, pour moi ce sera des fruits de mer, et pour toi ?

A partir de là, Ben se détendit et apprécia la cuisine succulente, le décor et la compagnie. Il y avait même longtemps qu'il n'avait pas passé une aussi bonne soirée. Enfin, il repoussa son assiette à dessert et, saisissant son verre, le tendit vers ses amis.

— Merci, c'était vraiment super !

— Bien d'accord ! s'exclama John en trinquant à la ronde.

Ben remarqua que le verre de son ami était pratiquement plein, et qu'il le reposait intact. Bizarre, c'était pourtant l'un des meilleurs crus français…

— Ton vin n'est pas bon, John ?

— Si, très.

— Tu ne manges pas ton dessert, non plus ? Je peux le prendre ? demanda Rita.

Son mari poussa son assiette vers elle.

— Vas-y. Je savais que tu ne résisterais pas.

— Sûr, de la mousse au chocolat ! s'exclama Rita, la mine gourmande.

John releva la tête et le regarda dans les yeux.

— Ben… je pense que je suis en train de faire un infarctus.

Un frisson glacé le parcourut, il bondit de sa chaise et alla se placer à côté de son ami.

— Tori, appelle les secours, vite !

Rita lâcha sa cuiller à dessert.

— C'est une blague ? demanda-t-elle d'une voix blanche.

— Je prends ton pouls, John, indique-moi où tu as mal exactement.

Tori était déjà à l'intérieur pour parler au maître d'hôtel. Il la vit faire des signes en désignant leur table. Avec un peu de chance, l'employé en comprendrait assez pour saisir le message.

John porta la main à sa poitrine, sur les côtes, avant de remonter vers l'épaule.

— Là.

Rita lui saisit la main.

— John ? Tiens bon, l'ambulance arrive. Tu ne peux pas être malade, mon amour. Je ne suis pas d'accord.

Au fur et à mesure qu'elle parlait, sa voix montait dans les aigus.

Ben lui posa la main sur l'épaule.

— Ne t'en fais pas, il sera bientôt aux urgences.

Il n'en savait rien, en réalité. L'hôpital était peut-être loin.

— Ne t'inquiète pas, ma chérie. Il y a un hôtel plein de cardiologues à dix minutes d'ici, souffla John avec une grimace.

— C'est bon, ils appellent les secours, annonça Tori qui revenait.

— Comment peux-tu en être sûre ? demanda Rita d'une voix chevrotante.

Tori lui passa un bras autour des épaules.

— La patronne parle très bien l'anglais. Elle s'occupe de tout.

John s'affala dans les bras de Ben avec un grognement.

— Du calme, je vais t'allonger.

— Il y a un canapé à l'intérieur, indiqua leur interprète, qui les avait rejoints.

— Merci, il nous faudrait un homme pour aider notre ami à le transporter, dit Tori.

— J'appelle un employé.

— Allons, John, reprit Ben. Tu seras plus à l'aise.

Son ami ne répondait plus, sa bouche était molle, et il bavait.

Ben sentit la panique le gagner. Pas John, non ! C'était impossible.

Enfin, ce dernier fut allongé sur le canapé. Tori accompagna Rita à l'intérieur, et la fit asseoir.

— Je vais donner un coup de main à Ben, d'accord ? Et ne t'inquiète pas, John est entre de bonnes mains.

Après avoir défait la cravate de John et déchiré sa chemise, Ben mesura le rythme respiratoire, qui était lent.

— Où en es-tu de la douleur ?

— Elle empire, articula John.

Tori s'approcha, et lui prit le pouls.

— Il est très pâle.

— Tu en as déjà ressenti une semblable ?

— Non.

— Le pouls faiblit, annonça Tori.

— Quand les secouristes arriveront, dit Ben à la patronne, signalez-leur que nous sommes tous les deux cardiologues.

Il passa une main sur son front. Ainsi, ils sauraient que le maximum avait été fait en les attendant.

La tête de John roula sur le côté, et Tori regarda Ben.

— Plus de pouls !

Rita hurla, et leur interprète improvisée se précipita auprès d'elle pour la réconforter.

Ben tira son ami du canapé pour l'allonger sur le sol.

— Tori, je me charge des compressions, occupe-toi des respirations.

Elle s'agenouilla, glissa un coussin sous la tête, qu'elle poussa en arrière pour dégager les voies respiratoires.

Ben, les mains jointes, avait commencé le massage cardiaque, en pressant le sternum à intervalles réguliers.

Où était donc cette satanée ambulance ? Si elle n'arrivait pas immédiatement… Il y aurait un défibrillateur, qui pourrait ramener John à la vie. A combien étaient-ils de l'hôpital le plus proche ?

Pourquoi était-ce arrivé en France ? Il sentait la panique le gagner ; il ne parlait pas la langue, ne connaissait pas le système de santé… Mais il s'agissait de John, son meilleur ami, et il aurait tout donné pour le voir ouvrir les yeux.

— Vingt et un, vingt-deux…

Tori était prête à insuffler de l'air dans les poumons de John dès qu'il atteindrait les trente compressions, et si rien ne se passait, ils recommenceraient tout du début… Jamais il ne s'était senti aussi inutile.

Enfin, le son d'une sirène déchira l'air, et le soulagement l'envahit. Il poursuivit le massage cardiaque jusqu'à l'arrivée de deux secouristes portant un kit médical et le défibrillateur le plus imposant qu'il ait jamais vu. Ils relièrent John au courant, puis prirent le pouls à la carotide.

La ligne plate sur l'écran de l'électrocardiographe était terrifiante.

Il chercha leur interprète des yeux.

— Dites-leur qu'il est en arrêt cardiaque depuis trois minutes.

Il était encore temps de le ranimer. Tout juste, mais c'était mieux que rien.

Il se recula à regret pour leur laisser la place, sachant qu'ils connaissaient leur métier aussi bien que lui. Il rejoignit Rita qu'il prit dans ses bras. Que dire pour la rassurer ? Mieux valait se taire. Tori, apparemment très tendue, surveillait les opérations.

L'un des secouristes cria quelque chose, et ils s'écartèrent spontanément. Tout le monde avait les yeux rivés sur l'écran. Rien ne se passa.

— John ! hurla Rita, les joues ruisselantes de larmes. Tu peux le faire, il le faut ! Bon sang, respire ! Pense aux enfants !

Le cœur de Ben chavira. Il comptait parmi les plus éminents cardiologues et il était impuissant à sauver la vie de son ami.

Il sentit une main se poser sur son bras. Tori. Il était heureux qu'elle soit là, même si cela ne changeait rien. Il avait besoin d'elle.

Si le pire se produisait… Non, impossible !

— Ecartez-vous ! cria de nouveau le secouriste.

Le corps de John s'arqua, puis retomba.

— On a un pouls !

Du moins, Ben supposa que c'était ce qu'il disait, vu son air triomphant et l'écran de l'électrocardiographe : la ligne oscillait légèrement. John n'était pas tiré d'affaire, mais c'était vraiment bon signe.

Rita s'écroula sur lui, frissonnante.

— Il est… ? Il va… ?

— Chut ! Pour l'instant, son cœur bat, même si c'est faiblement, et il respire.

Il la regarda avec attention. Il avait appris qu'il fallait parler simplement avec les proches en état de choc, qui de toute façon étaient incapables de comprendre des détails. L'essentiel était de les rassurer, en leur affirmant que le patient était vivant.

— On va le transporter à l'hôpital, le mettre sous respirateur artificiel, et on le surveillera de près.

L'un des secouristes s'approcha avec une feuille blanche fixée à un panneau de bois.

— Nom ?

— Il veut ses coordonnées, dit Tori. Quel est le nom complet de John, Rita ?

— John Barry McIntyre.

— Date de naissance ?

Très vite, Tori eut rempli le formulaire. Le secouriste lui posa une autre question, qu'elle le pria de répéter.

— Il vous demande d'apporter ses papiers d'assurance à l'hôpital, expliqua leur interprète bénévole.

— Ils sont à l'hôtel, mais je ne peux pas y aller, je pars avec lui, dit Rita.

Tori lui prit la main.

— Dis-moi où sont vos documents, j'irai les chercher.

— C'est gentil, tout est au coffre, le code est 4532.

— J'aurai besoin de la clé de ta chambre.

— Bien sûr ! Tori, tu crois qu'il va se rétablir ?

L'estomac de Ben se noua. Personne ne pouvait répondre à cette question.

— Rita, John est gravement malade, mais il est vivant. Accrochons-nous à ça pour l'instant.

La lèvre de Rita trembla.

— D'accord, j'étais en train de rêver.

— Eh bien, cramponne-toi à ton rêve, répondit Tori en souriant.

Elle se tourna vers leur interprète.

— Il nous faut appeler des taxis, et savoir où ils emmènent John.

— Tout est prêt, un taxi suit l'ambulance, et l'autre vous emmènera à l'hôtel et vous attendra pour vous conduire à l'hôpital ensuite.

Ben lui tendit la main.

— Merci pour tout. Sans vous…

— Pas de quoi. J'espère que tout va bien se passer pour vous.

Elle regarda Rita.

— Dans des moments pareils, on préférerait être dans son pays, c'est sûr.

Ben la salua. Comme elle avait raison ! Puis il accompagna Rita jusqu'à leur taxi.

Les secouristes étaient en train de monter le brancard dans le fourgon.

— Rita, tu peux aller avec eux si tu veux, je serai juste derrière.

Une fois les portières arrière refermées, Ben chercha Tori des yeux. Elle était en train de monter dans son taxi.

— Hé, Tori !

— Salut !

Il la dévisagea. Son sourire était là, mais plein de compréhension, et aussi d'autre chose. Pas d'amour, tout de même ?

— A tout de suite.

Il suivit le taxi des yeux, avant de monter dans le sien.

Tori, toujours là quand il avait besoin d'elle. Efficace, accompagnant chacun de ses gestes, prenant l'initiative parfois. Ils avaient été parfaitement coordonnés… pas comme dans les derniers temps de leur mariage.

Le taxi partit dans le sillage de l'ambulance. Si jamais John faisait un autre arrêt cardiaque durant le trajet, il serait là pour aider à le secourir.

Bon sang, John ! Depuis quand ne se sentait-il pas bien ? Un jour, une semaine, davantage ? Il repensa au moment où il l'avait retrouvé, le premier jour. Hormis sa prise de poids, il avait l'air en forme. Mais il avait été silencieux au dîner, ce soir, et n'avait pratiquement rien mangé.

Eh bien, il lui sonnerait les cloches pour les avoir tant effrayés, Rita et lui. Et Tori.

Tori, sa femme. Son ex, peut-être, et pas tout à fait la même que dans son souvenir. Elle riait peu à présent, alors qu'autrefois, il adorait son rire, qui survenait à propos de tout et n'importe quoi ; c'était le temps où elle était heureuse et pleine de joie de vivre.

— *C'est ici, monsieur *!*

Il leva la tête. Quoi ? Ils étaient déjà à l'hôpital ? Le fourgon faisait marche-arrière vers l'entrée des ambulances.

Il tendit un gros billet au chauffeur et bondit hors du véhicule sans attendre la monnaie, pour rejoindre Rita. Il devait penser à ses amis, à présent. Rien d'autre n'aurait d'importance tant que le pronostic ne serait pas bon et que John ne serait pas sur la voie de la guérison.

Rien, ni personne. Mais, tout de même..., combien de temps faudrait-il à Tori pour venir de l'hôtel ?

6.

— Allez chercher quelque chose à manger, vous deux, dit Ben.

Tori jeta un coup d'œil à Rita. Elle avait l'air exténuée, plus petite qu'à l'accoutumée.

Elle s'extirpa de la chaise en plastique inconfortable où elle avait somnolé et s'étira des pieds à la tête. Cette nuit à la porte des soins intensifs, à attendre des nouvelles, avait été très pénible.

— Je n'ai pas faim, répondit-elle à Ben, mais un café me ferait du bien. Tu devrais nous accompagner jusqu'à la cafétéria, Rita. C'est juste à côté.

Ben se déplia lentement, et se mit sur ses pieds.

— Comment va-t-il ?

— Pas trop mal ; le médecin a ordonné le repos complet et le calme autour de lui. Il a eu de la chance… Nous avons eu de la chance.

Tori la regarda. En un sens, mieux valait que Rita ne se soit pas rendu compte que son mari était passé si près de la mort. Sinon, elle s'angoisserait chaque fois qu'il trébucherait en marchant, et pour le restant de ses jours. Le Pr Leclerc leur avait rendu visite dans la nuit, prévenu par le spécialiste qui soignait John.

— Viens avec nous, Rita, reprit Tori.

— Merci, mais les infirmières m'ont déjà apporté du café et de quoi grignoter. Et vous avez besoin de prendre l'air. Retournez en ville, prenez votre temps ; rentrez vous doucher à l'hôtel, essayez de dormir quelques heures.

Tori secoua légèrement la tête. Avait-elle imaginé cette étincelle espiègle dans les yeux de sa nouvelle amie ? Pas après la nuit qu'elle venait de passer ! Il était vrai qu'elle semblait mieux, ce matin. Rassurée, bien entendu, sur l'état de son mari…

— Tori, pourrais-tu me rapporter des vêtements de rechange, s'il te plaît ?

— Tu es maligne ! D'accord, mais promets de téléphoner en cas de changement.

— Promis.

Une fois dehors, Tori frissonna et se frotta les bras. Le ciel était couvert pour la première fois depuis son arrivée, comme si le temps s'était mis au diapason de l'état de John et de Rita. Rita et son regard malicieux… Quand tout serait rentré dans l'ordre, il faudrait qu'elle lui explique que tout était fini entre Ben et elle.

— Viens ici, dit Ben à cet instant, comme pour contredire sa pensée.

Il l'attira à lui, et elle ne résista pas. Quand il l'aida à traverser la rue, elle comprit à quel point elle était épuisée. Il était près de 8 heures.

— La nuit a été longue.

— Interminable. Nous devrions y être habitués, mais ce n'était pas la même chose.

— Oui, là, ça nous touchait personnellement. Et toi, tu vas bien ?

— Je t'avoue que ça m'a fichu un choc. John n'a que deux ans de plus que moi. Je sais que ça ne signifie rien, que le cœur s'arrête quand il le veut, mais cette fois c'est différent. J'ai eu peur. C'est arrivé sans prévenir.

Il s'arrêta et fit signe à un taxi.

— Veux-tu retourner à l'hôtel pour le petit déjeuner et la douche ?

Elle réprima un bâillement.

— Et si nous trouvions plutôt un petit café sympa ? Je n'ai pas envie qu'on me pose des questions sur l'état de John. Ils doivent tous être au courant, maintenant. La rumeur court vite…

— Pourquoi ne pas faire monter quelque chose dans ma chambre ou la tienne ? Nous ne risquons pas de rencontrer grand monde, les autres seront dans la salle de restaurant, ou en train de papoter avant le début de la conférence.

Elle hocha lentement la tête. La fatigue menaçait de la terrasser. Elle fut soulagée de ne pas avoir à prendre le petit déjeuner dehors.

— Oui, tu as raison.

Elle somnola pendant le trajet, et même dans l'ascenseur, tout en étant extrêmement consciente de la présence de Ben à côté d'elle.

Il la suivit dans sa chambre, et commanda du café et des croissants pour deux.

— Ils montent dans combien de temps ? demanda-t-elle, quand il raccrocha.

— Un quart d'heure. J'espère que je ne m'endormirai pas avant l'arrivée du serveur.

— Moi aussi.

Elle se mordilla la lèvre. Pas question que Ben dorme dans sa chambre…

Il alla jusqu'à la fenêtre, et regarda dehors.

— Sacré John. Quelle peur il nous a faite !

Elle trouva la force de le rejoindre et, lui enlaçant la taille, abandonna sa tête contre son torse.

— Tu vas bien, Ben ?

— Je suppose.

Il lui passa les mains dans le dos, et l'attira doucement à lui.

Ils restèrent sans rien dire, appréciant tous les deux le réconfort de cette étreinte. Elle laissa échapper un soupir de bien-être. Peu importe que le petit déjeuner n'arrive jamais, pourvu qu'elle n'ait pas à bouger.

Mais finalement, on frappa à la porte, et Ben lui posa un léger baiser sur le front avant de faire entrer l'employé. L'arôme du café et des croissants chauds lui chatouilla les narines, et elle s'aperçut qu'elle avait très faim. Malgré tout, elle pourrait se passer de manger pour l'embrasser… et ce serait tout à fait stupide !

— Qu'est-ce qui te fait sourire ?

Elle secoua la tête.

— La fatigue, sans doute.

— Je vois ce que tu veux dire.

Il considéra le grand lit au milieu de la pièce, et soupira.

— Si je me couche pour quelques heures, j'ai peur de n'émerger que ce soir.

Elle sentit son cœur s'emballer. Pas question de partager un lit pour être sûrs de se réveiller. Même fatigués comme ils l'étaient, ils ne dormiraient pas du tout.

— Nous avons vraiment besoin de repos. Je mettrai mon réveil à sonner, et je prierai la réception de m'appeler à 10 h 30.

Elle eut l'impression qu'il était déçu. Il se retourna et s'affala dans un fauteuil devant la table basse.

— Mangeons, d'abord.

Sa faim apaisée, elle se sentit l'esprit plus clair.

— Je pense que je vais aller chercher les vêtements de Rita maintenant, au cas où nous devrions retourner très vite à l'hôpital.

— Je bois un dernier café et je file, d'accord ? répliqua-t-il.

— Prends ton temps, je ne serai pas longue, c'est juste à l'étage au-dessus.

— A cette heure-ci, l'ascenseur risque d'être occupé.

Il frotta son menton assombri d'une barbe naissante, en bâillant.

Réprimant son envie de passer la main sur ce visage sexy, elle se hâta de sortir.

— On se retrouve en bas à 11 heures, à moins qu'il n'y ait du nouveau.

Quand elle revint dix minutes plus tard, elle eut la surprise de le trouver allongé au beau milieu du lit, profondément endormi.

Evidemment, il occupait toute la place…

Il avait dû être terrassé d'un coup par l'épuisement, car il avait toujours ses chaussures aux pieds. Elle défit les lacets et les lui retira avec précaution, puis, après avoir ôté les siennes, fit passer sa robe par-dessus sa tête, et se glissa entre les draps, dans le petit espace qu'il lui avait laissé. Benji, ou Ben, peu importait. Le seul homme qu'elle ait aimé, mais son ex. Malheureusement.

Un doux ronflement lui parvint, et elle sourit. Elle se souvenait aussi de cela. Ses paupières se fermèrent, et sa respiration se fit plus profonde. Il faisait chaud, mais elle ne pouvait pas étendre ses jambes, Ben prenant toute la place. L'effluve boisé et citronné qui lui parvenait la détendit encore, et elle sombra dans le sommeil.

La sonnerie du réveil lui parut très agressive, et celle du téléphone encore plus. Elle ouvrit les paupières, avant de tendre le bras vers le combiné. Il y avait un poids sur sa poitrine, chaud et agréable. Familier.

— « Merci », marmonna-t-elle, puis elle raccrocha pour éteindre l'alarme de son portable.

— Déjà ? grogna Ben à son oreille.

Elle se retourna et se trouva face à lui. Cette fois, elle ne réprima pas son envie de passer les doigts sur son visage.

— Tu dormais quand je suis revenue.

— Je buvais mon café… Comment ai-je atterri sur ce lit ? murmura-t-il.

Il eut un haussement d'épaules.

— Oh ! Après tout… J'ai dormi ici.

Dans son regard, elle lut la fin de sa phrase : « avec toi ». En quelque sorte, puisqu'il était toujours sur le couvre-lit alors qu'elle était entre les draps, vêtue de ses seuls sous-vêtements.

— Il va falloir que tu me laisses m'habiller.

— Dans une minute.

Sa tête était tout près de la sienne, et ces yeux merveilleux la regardaient avec une intensité qui l'atteignit au plus profond d'elle-même. Cette bouche, qui savait si bien embrasser sa peau, semblait douce après le sommeil. Elle sentait toujours son bras peser sur sa taille, et il l'attira à lui.

— Tu m'as manqué, Tori.

— Oui, on était bien ensemble.

Elle cilla. Mais de quoi parlait-elle ? De leurs rapports amoureux, ou de leur vie commune en général ?

— Crois-tu que nous ayons abandonné trop tôt ? murmura-t-il.

Sur ces mots, il frôla son front de ses lèvres, pour descendre vers sa bouche.

— Ben, dit-elle dans un souffle.

Elle ouvrit les lèvres et les pressa contre les siennes. Ben, Benji. Sa vie.

Sa bouche épousa la sienne, et leurs langues se retrouvèrent.

Elle ferma les yeux. Oh ! Comme elle se souvenait de leurs baisers…

Seule l'épaisseur du couvre-lit les séparait, à présent. Les yeux grands ouverts, elle le regardait, absorbant chacun de ses traits, les yeux plongés dans les siens. Benji.

L'embrasser avait toujours été la meilleure manière de commencer la journée. De se réveiller, exactement comme en ce moment : la chaleur se répandait en elle, ses mamelons durcissaient, elle se sentait pleine de désir pour lui. Pouvaient-ils trouver le moyen de se réconcilier ? A cet instant précis, tout semblait possible.

Soudain, il s'écarta d'elle avec un juron, et bondit sur ses pieds.

— Je suis navré.

— Vraiment ?

Elle s'assit dans le lit. C'était la pire des insultes. Elle avait tant envie de lui que son corps lui faisait mal… Juste à cause d'un baiser passionné, qui lui avait rappelé ce qui lui manquait depuis si longtemps.

Il ramassa ses chaussures, et se retourna pour la regarder dans les yeux.

— Oui, parce que je sais que tu ne le souhaites pas, en dépit de ta réaction.

Elle sentit ses joues brûler. Il s'en était aperçu…

— Toi non plus, tu ne le veux pas.

« C'est fini, nous n'avons plus rien à faire ensemble »… Les mots qu'elle n'avait jamais oubliés surgirent dans sa mémoire. Ben l'avait quittée et il était parti le plus loin possible. Il n'était même pas question d'un bref intermède où ils retrouveraient leur intimité, même si elle en avait envie.

Il s'assit et remit ses chaussures.

— J'ai envie de t'embrasser depuis le moment où je t'ai vue, le premier jour.

Elle le dévisagea, la gorge nouée. Et maintenant qu'il l'avait fait ? Elle ne trouva aucune réplique à cette révélation. Elle n'y croyait même pas. Et pourtant, son désir de lui s'était réveillé en un clin d'œil.

— Difficile de se contenter d'un baiser, tu sais, lança-t-il en se dirigeant vers la porte. Je te retrouve en bas dans une demi-heure.

Une fois la porte refermée, elle jeta un regard à la ronde. A croire qu'elle avait rêvé… Ce serait terrible de ne plus réussir à maîtriser ses fantasmes. Elle flaira l'oreiller à côté d'elle, et eut la preuve qu'elle cherchait. Elle enfouit son visage dedans, humant l'odeur particulière de son mari, et s'abandonnant à la nostalgie qui l'avait saisie dès leur première rencontre devant l'auditorium.

Mais ils n'avaient plus rien à faire ensemble, et d'ailleurs il n'avait rien dit d'important. Il avait juste envie de l'embrasser. Une fois, ou peut-être plusieurs…

Elle alla à la salle de bains, et constata que ses jambes tremblaient. Elle ferait bien de se souvenir que les relations commençaient par des baisers, en principe, et se terminaient par des mots durs.

Quand le taxi les déposa dans le parking de l'hôpital, Ben s'en voulait encore de l'avoir embrassée. Comment avait-il pu s'autoriser à le faire ? Pire encore, à déclarer ensuite que cela ne lui suffisait pas ?

Quand elle avait tourné vers lui son visage encore ensommeillé, rien au monde n'aurait pu l'arrêter. Il était sincère en lui avouant qu'il en avait eu envie depuis qu'il l'avait revue. En outre, le stress dû à l'infarctus de John avait fragilisé ses défenses… et il s'était vu incapable de résister.

Son estomac se noua. Il lui avait fallu des années pour retrouver une vie à peu près normale, et maintenant, tout était à recommencer.

Il posa la main sur le sac de vêtements qu'ils apportaient pour Rita, en même temps qu'elle, et elle retira la sienne prestement.

— Je m'en charge, marmonna-t-il.

Tandis qu'il la suivait vers les ascenseurs, il constata qu'elle était crispée. C'était lui qui avait pris l'initiative de ce baiser, mais elle l'avait accepté sans hésiter. Cependant, ils étaient adultes, ils pouvaient oublier cet incident et redevenir de simples amis.

— Quand comptes-tu partir pour Paris ?

Elle haussa les épaules.

— Demain.

— En avion ?

— En TGV.

— Qu'avais-tu prévu aujourd'hui, si John ne nous avait pas fait cette mauvaise blague ?

Elle pénétra dans la cabine et se tourna vers lui, des larmes plein les yeux.

— J'avais acheté un billet pour un tour de ville en bus, mais ça ne me dit plus rien, maintenant. Je vais tenir compagnie à Rita, ou à John, si elle veut dormir un peu.

Il hocha la tête. Comme lui, donc. Il comprenait parfaitement. Mais pourquoi pleurait-elle ?

— J'ignore si c'est dans ses plans. Qui sait ce qu'elle voudra faire ?

Entre autres, sans doute, suggérer que Tori et lui passent

leur dernière journée ensemble… Il faudrait qu'il prie Rita de ne plus se mêler de ses affaires ; il était assez grand pour s'en occuper tout seul.

Tori secoua ses boucles cuivrées.

— Elle est têtue, n'est-ce pas ?

— Pourquoi ces larmes ?

Il la dévisagea, le cœur serré. Il détestait la voir pleurer, il en souffrait trop lui-même. Il se sentait responsable de son chagrin, parce qu'il n'avait pas su la rendre heureuse.

— Difficile à expliquer. Ces dernières heures ont été si riches en émotions que mes nerfs craquent.

Incluait-elle leur baiser dans ces émotions ?

— Je comprends.

Elle croisa son regard.

— Ben, je me demande ce qui se passe.

Il acquiesça. Elle en venait au fait. Il s'agissait de ce qui arrivait entre eux. Il avait déjà vu ce trouble et cette souffrance dans ses yeux, le jour où il lui avait annoncé qu'il la quittait.

L'ascenseur s'arrêta. Quand la porte s'ouvrit, il la saisit par le bras, et l'entraîna dans le couloir qui menait aux soins intensifs, puis vers le comptoir des infirmières. Il comptait y demander s'ils pouvaient faire une visite.

— Moi aussi, je me pose des questions à ce sujet, et j'aimerais avoir l'occasion d'y répondre.

Il prit une profonde inspiration.

— Tori, voudrais-tu que nous passions un peu de temps ensemble à Paris ? Pour tenter de mieux comprendre ?

Il retint son souffle, en attendant sa réponse. Elle ouvrait de grands yeux, mais elle n'était pas partie en courant.

— Pourquoi pas ?

— Super !

Il expira l'air contenu dans ses poumons et sourit, impatient de commencer ce voyage avec elle, de voir où il les conduirait. Vers l'harmonie qu'ils avaient espérée autrefois ? Toute autre solution était horrible à envisager. Tori était sa femme, il ne parvenait pas à la voir autrement.

— Par où commençons-nous ? murmura-t-il comme pour lui-même.

— Allons voir John. Il est possible que nous soyons obligés de prolonger un peu notre séjour à Nice.

Il esquissa un sourire. Toujours l'esprit pratique…

Après être allée prévenir de leur venue, l'infirmière revint leur dire qu'ils pouvaient entrer, mais que Mme McIntyre avait besoin de prendre une douche et d'essayer de dormir un peu.

Rita, les yeux rouges et gonflés, les accueillit avec chaleur.

— Les médecins sont passés ; le Pr Leclerc les accompagnait, il m'a expliqué tout ce qu'ils disaient. On va poser deux stents à John demain matin.

Ses yeux s'emplirent de larmes.

— Ça va bien se passer, n'est-ce pas ?

Ben lui passa un bras autour des épaules.

— C'est la procédure habituelle, Rita.

— Je vais me remettre en un clin d'œil, tu verras, marmonna John depuis son lit.

— Luc t'a expliqué en quoi ça consiste ?

— Oui. Ce n'est pas drôle, j'aimerais que ce soit déjà fini.

Rita prit le mouchoir que Tori lui tendait, et regarda son mari.

— J'espère que ça réglera le problème une bonne fois pour toutes.

— Il faudra que tu surveilles son régime.

Ben se morigéna aussitôt. Comme si son ami n'était pas cardiologue…

— A mon avis, ce sera le plus dur, dit Rita.

— Tu aimes la bonne chère, n'est-ce pas, John ? demanda Tori en souriant.

— Avec le métier qu'il fait, répondit sa femme, on penserait qu'il fait attention, et pourtant, jusqu'à présent…

Les larmes ruisselèrent sur ses joues.

— Je n'en peux plus. Tout le monde a été très gentil, mais j'aimerais rentrer à la maison, emmener John dans un endroit qui lui est familier.

Tori hocha la tête.

— Il faudra tout de même qu'il se repose quelque temps, avant d'entreprendre le voyage de retour.

— Dès que les médecins l'autoriseront à voyager, vous viendrez passer un peu de temps chez moi à Londres. Vous y serez bien, et au moins la langue ne vous posera plus de problèmes.

— Ouf, merci ! Je peux faire venir les filles ? Elles sont tranquilles, elles ne te dérangeront pas trop.

— Ce sera un plaisir. Je réserve leurs billets dès ce soir.

— Super ! Merci, Ben, dit John.

— Vous devrez venir par le train, John ne pourra pas prendre l'avion pendant un moment.

L'intéressé fit un signe d'assentiment, bien qu'il soit évidemment déjà au courant.

— Rita a besoin de se reposer, murmura-t-il.

— Elle y va tout de suite. Nous sommes venus te tenir compagnie.

Ben tira une chaise et s'assit à son chevet.

— Veux-tu que je te lise une histoire ?

John eut un faible sourire.

— Les seules auxquelles je pense ne seraient pas correctes, en présence d'une femme.

— Il faut que tu dormes, John.

— Ben… Vous n'êtes pas obligés de rester, les infirmières ne sont jamais loin.

Sa voix faiblit, comme s'il sombrait déjà dans le sommeil.

— Qu'est-ce que tu crois ? C'est pour ça que je suis là, pour en profiter ! chuchota Ben en faisant un clin d'œil.

Il regarda Tori, qui parlait avec Rita. En réalité, aucune autre femme ne pourrait détourner son attention d'elle. Elle était la seule qui l'intéressait, qu'il aimait…

Et elle avait accepté de passer quelques jours avec lui.

— Il n'y a qu'elle qui te plaît, n'est-ce pas ?

Lui qui croyait que son ami s'était endormi…

— Eh bien, tu as deviné.

Il laissa échapper un soupir. Le simple fait de l'admettre sans protester lui prouva qu'il n'était plus maître de ses émotions. C'était l'effet que Tori lui faisait. Depuis toujours, et rien n'avait pu changer cela. Il n'avait jamais cessé de l'aimer, même s'il avait essayé. Il s'était imaginé qu'il progressait, puisqu'il pouvait rester des mois sans penser à elle, mais le jour où il l'avait revue, il avait compris que sa passion pour elle était toujours aussi vive.

S'il lui avait fait davantage confiance, s'il n'avait pas été si orgueilleux…

Il se passa les doigts dans les cheveux.

— Vois-tu, John, je suis en train de m'apercevoir que j'ai fait une grosse erreur.

Il regarda Tori enlacer Rita pour l'accompagner jusqu'à la salle de bains. Les deux femmes s'étaient entendues tout de suite. En dépit de sa générosité, Tori n'avait pas beaucoup d'amies proches, à part Diane et Lynley, avec qui elle avait grandi.

— Mets ces quelques jours à profit, Ben, ne les gâche pas.

— John ! Tu es supposé dormir, pas me dicter ma conduite !

— Je viens de prendre conscience que tout peut changer d'une minute à l'autre. Ne la laisse pas partir sans te montrer sous ton meilleur jour.

Ben frémit. L'homme qui parlait ainsi avait failli les quitter la veille pour de bon… Il se rendit compte à quel point il tenait à John. Si cela s'était produit, il aurait été anéanti. Autant que lorsqu'il avait quitté Tori.

— On va conclure un marché, John. Toi tu dors, et moi j'essaie de poser des jalons avec elle.

En voyant la lueur qui passait dans les yeux de son ami, il regretta de lui avoir tu que le premier était posé… Qu'il l'avait embrassée, et qu'elle avait promis de le retrouver pour quelques jours à Paris. Mais il avait du mal à se confier, même à son meilleur ami, surtout sans savoir où cela le mènerait. Comment pourraient-ils reprendre une relation, en vivant à des milliers de kilomètres l'un de l'autre ?

Il sentit la main de John sur la sienne.

— Je ne t'ai pas encore remercié. Sans toi, je ne serais pas ici…

— Et sans Tori, ne l'oublie pas, l'interrompit-il doucement. Nous étions parfaitement coordonnés.

Leur seul but, à ce moment-là, avait été de sauver John.

Et ils y étaient parvenus. Ensemble. Ce devait être bon signe.

7.

— Voici la Dame de Cœur, Maëlle !

En salle de pédiatrie, Marc Dupont s'adressait à une petite fille, que ce grand lit faisait paraître plus minuscule encore. Marc avait assisté à sa conférence lors du congrès et, après avoir vu John, l'avait invitée à l'accompagner dans sa visite. Tori sourit à la petite fille.

— Maëlle, dis bonjour au docteur.

La pâle enfant la regarda. Sa respiration laborieuse dénonçait sa maladie de cœur.

— *Bonjour**, articula-t-elle enfin.

— *Bonjour**, Maëlle.

Elle s'accroupit près du lit pour ne pas dominer l'enfant.

— *Je viens de très loin, de Nouvelle-Zélande**.

A l'expression perplexe de la fillette, elle comprit que son accent était épouvantable.

— Je soigne des enfants malades là-bas.

Marc répéta en français intelligible, et les yeux de Maëlle s'éclairèrent.

— Quel âge as-tu ?

— Six ans.

— Qu'est-ce que tu aimes faire, quand tu es à la maison ?

Elle sentit sa gorge se nouer. Et son enfant à elle, qu'aurait-il aimé faire ? Il aurait à peu près le même âge... L'aurait-il harcelée pour avoir un cheval, comme elle avait harcelé sa mère ?

— Jouer aux jeux vidéo. Mais j'aimerais bien monter à bicyclette, comme mes copains.

Elle lui sourit avec douceur. Pauvre petite… Elle sortit son portable pour lui montrer la photo de Dean Cox.

— Tu vois ce garçon ? Il a la même maladie que toi.

— Il a l'air heureux !

Elle sourit de nouveau.

— Parce que nous l'avons soigné. Il sortait de l'hôpital quand on a pris la photo.

— Moi aussi, je veux rentrer chez moi.

Tori acquiesça. Elle savait que la fillette serait opérée le lendemain matin, d'un rétrécissement aortique.

— D'abord, il faut qu'on répare ton cœur. Tu me permets de t'ausculter ?

Sans répondre, Maëlle souleva son haut de pyjama, pour exposer son maigre torse.

Marc lui tendit son stéthoscope, et elle écouta les battements désordonnés. C'était grave, et l'enfant devrait rester plusieurs jours aux soins intensifs, où se trouvait John.

— Merci, Maëlle. Veux-tu que je parle de toi à ce garçon de Nouvelle-Zélande ? Je suis sûre qu'il t'enverra un message.

Maëlle hocha la tête, et Tori envoya aussitôt un texto. Il était plus de minuit là-bas, elle allait réveiller Dean… Mais cela en valait la peine. Bizarrement, la réponse leur parvint presque aussitôt.

Salut, Dame de Cœur. Quand revenez-vous ? Dites à Maëlle d'être courageuse, qu'elle sera bientôt guérie, comme moi.

Elle transmit le message à la fillette, puis sortit sur les talons de Marc, désireuse de discuter du cas de Maëlle, et de l'intervention à venir.

— Pourquoi a-t-on mis si longtemps à la soigner ?

— Sa mère n'a pas prêté attention aux symptômes, et il a fallu qu'elle s'évanouisse à l'école pour que l'infirmière s'aperçoive qu'elle respirait mal et que son rythme cardiaque n'était pas normal. C'est congénital, la maman a eu la rubéole pendant sa grossesse.

— Dans ce cas, elle aurait dû faire surveiller son bébé !

— Elle l'a fait, mais les symptômes ne sont apparus que l'année dernière.

Elle n'en dit pas davantage, jugeant qu'elle n'en savait pas assez — même si cette mère lui paraissait négligente.

— Je passerai la voir, quand je rendrai visite à John cet après-midi, si cela ne vous ennuie pas.

— Au contraire, ce sera avec plaisir, et je vous remercie.

Tout en se dirigeant vers les soins intensifs, elle sortit son portable, et envoya un texto à la surveillante de sa clinique d'Auckland.

> Je suis inquiète pour Dean, je me demande s'il dort suffisamment. Pouvez-vous le convoquer pour un check-up chez Conrad le plus tôt possible ?

Conrad était stagiaire depuis six mois, et parlait de partir pour l'Angleterre à la fin de son année. Elle le regrettait, car il était compétent et très psychologue. Les enfants l'adoraient, parce qu'il prenait le temps de jouer avec eux.

Elle soupira. Il faudrait qu'elle apprenne à se passer de lui. Qu'elle s'adapte à un nouveau stagiaire, qui serait encore là de façon temporaire. Mais comment en vouloir à Conrad ? Il voulait acquérir le plus d'expérience possible avant de s'installer. Elle poussa un nouveau soupir.

— Un problème ? demanda Ben dans son dos.

Elle faillit faire un bond. Elle ne s'était pas aperçue de sa présence, tant la pensée de sa clinique l'absorbait. Même si elle n'y dormait pas, c'était sa maison. Elle y passait ses journées, et une partie de ses nuits. Elle y consacrait son existence. En réalité, elle n'avait pas de vie à elle.

— Pourquoi me regardes-tu ainsi ? J'ai une verrue sur le nez ?

— Pas du tout, je m'inquiétais pour un de mes patients.

Elle lui raconta sa visite à Maëlle et le souci qu'elle se faisait pour Dean qui, visiblement, ne dormait pas au milieu de la nuit, et enfin, mentionna Conrad.

— Il est excellent, mais je n'ai pas les moyens de le garder quand il aura terminé sa spécialisation.

— C'est normal qu'il veuille aller faire ses classes outre-mer. Tu as pensé à lui offrir un poste à son retour ?

— J'ai essayé, il ne veut pas s'engager. C'est idiot, je sais que je lui trouverai vite un remplaçant, mais…

— Mais tu as horreur du changement, l'interrompit Ben en souriant.

Elle ne put s'empêcher de rire.

— Tu me connais bien, n'est-ce pas ?

Son sourire s'élargit, et il prit un air théâtral :

« Tori, pourquoi n'irions-nous pas au cinéma, le samedi après-midi ? »

Puis il imita sa voix pour répondre.

« J'aime y aller le dimanche, voilà, j'ai l'habitude. »

Elle lui donna une tape sur le bras.

— Tu exagères ! Je ne me souviens plus avoir insisté pour aller au cinéma exclusivement le dimanche.

— Bon, j'arrête, je ne tiens pas à me disputer. Viens, allons explorer la vieille ville, il paraît qu'on trouve des trucs merveilleux chez les antiquaires.

— Ce serait avec joie, mais pouvons-nous laisser John ? Rita est revenue ?

— Oui, et elle ne quittera plus son chevet, tu la connais !

Il lui prit la main, avant de l'entraîner vers les ascenseurs.

— Nous dénicherons peut-être une œuvre d'art pour ton appartement.

— Une pièce en porcelaine pour ma collection… Très classe, monsieur Wells !

— Comme toujours, Tori.

Elle retint son souffle. Au moins, il n'avait pas dit « madame Wells ». Elle devrait retirer sa main, mais pas tout de suite, parce que le contact physique lui avait tellement manqué — un seul baiser ne comptait pas. Elle se remémorait leur intimité, ses caresses, son Benji.

Elle ferma brièvement les yeux. Mais il ne s'appelait plus Benji.

— J'adore celui-là ! Je l'achète.

Tori désigna un vase au décor floral dans un camaïeu de bleus, exposé dans un coin de la boutique.

Ben observa la porcelaine, haute de plus d'un mètre.

— Tu as réservé un siège en plus dans l'avion ?

— Je me demande s'ils pourraient me l'expédier.

— Une place supplémentaire te coûterait sans doute moins cher.

— Il est splendide ! Il sera du meilleur effet dans l'entrée.

— Tu es sérieuse, n'est-ce pas ? J'espère seulement qu'il survivra au voyage.

Il se dirigea vers l'homme qui se tenait derrière un magnifique comptoir de bois ouvragé, pour lui exposer la situation.

Elle s'assit pour admirer son acquisition. Quel merveilleux souvenir à rapporter de France… Elle serait désolée qu'il arrive en morceaux, pourtant. Mais l'antiquaire devait avoir l'habitude d'expédier ses pièces aux quatre coins du monde.

— On dirait que c'est possible, annonça Ben.

— C'est vrai ? Super !

Elle avait plongé le regard dans ses yeux noisette étincelants, pleins de charme, et d'amour… pour elle ? Elle devait rêver.

— Ben ?

Il se pencha et elle sentit son souffle sur sa joue, puis ses lèvres, qui descendirent vers sa bouche.

— *Madame**, vous voulez que j'expédie ce vase en Nouvelle-Zélande ?

Elle se retourna d'un bond : l'antiquaire la regardait d'un air amusé.

— Oui. Vous pouvez ?

— Bien sûr. Le transport sera assez onéreux…

— Je m'en doute.

— Tu n'as même pas demandé combien ça allait te coûter, souffla Ben.

Elle se mordilla la lèvre. Trop tard… L'homme avait dû comprendre, au vu de son enthousiasme, qu'elle ne marchanderait même pas.

Il lui donna le prix du vase dans un anglais clair et précis. Ils y ajoutèrent ensemble le coût du transport et de l'assurance, et elle régla le tout.

Une fois dehors, elle respira l'air frais avec satisfaction.

— Si nous allions boire quelque chose ?

Elle ne protesta pas quand il lui reprit la main, et le suivit dans un bar de l'autre côté de la rue.

Il commanda de l'eau pétillante pour elle, une bière pour lui, puis s'installa en face d'elle.

— Bizarre que tu n'aies pas quitté cet appartement après mon départ.

Elle cilla. C'était l'endroit où elle pouvait le mieux se souvenir de lui, mais elle ne le dirait pas. C'était d'ailleurs à double tranchant, car après sa fausse couche, il arrivait parfois que cela accentue sa dépression…

— Il est si bien situé et il correspond tant à mes goûts que je n'ai pas vu de raison d'en changer.

Ses amis n'avaient jamais compris non plus. Elle avait songé à s'en débarrasser, elle avait même une fois convoqué un agent immobilier, pour annuler le rendez-vous à la dernière minute. Inutile de se créer du stress supplémentaire.

— Tu as refait la déco, je suppose ?

— A neuf, y compris la cuisine que j'utilise peu. En fait, je n'y suis pas souvent.

— Tu passes ta vie à ta clinique, je parie.

Elle le regarda boire sa bière. Ces lèvres, si douces sur sa peau, la fascinaient. Fermes aussi, sensuelles. Un frisson la traversa. Que lui avait-il demandé ? Ah, oui, la clinique ! Elle se redressa sur son siège.

— J'y passe pas mal de temps, mais je travaille aussi à l'hôpital d'Auckland.

— Et tu n'es pas trop stressée ?

Elle haussa les épaules.

— La plupart du temps, je n'y pense pas, sauf quand les autres racontent leur week-end ou le spectacle qu'ils ont vu la veille. Je me dis que je devrais avoir une vie sociale, mais par où commencer ? C'est compliqué.

— Et Diane et Lynley ?

— Elles me traînent au restaurant une fois par mois, et m'invitent quelquefois à les accompagner au spa.

En lui reprochant de ne jamais sortir et de ne pas profiter de la vie…

— Parle-moi de Londres. Ça doit être passionnant.

Il fit tourner son verre dans sa main.

— Il m'arrive de me pincer pour arriver à croire que je vis au milieu de ces monuments historiques, dont j'ai tant entendu parler enfant. Et je visite la Grande-Bretagne pendant mes moments de détente. Mais les journées où je travaille comme un fou, je ne vois pas de différence avec Auckland ou Sydney…

— Quand nous étions mariés, nos horaires étaient épouvantables, tu te souviens ?

Il plongea ses yeux dans les siens.

— Ce n'est pas ce qui nous a séparés, Tori. J'ai voulu tenter une intervention délicate parce que je me croyais le meilleur, et cette femme y est restée. C'est tout.

Elle le dévisagea. Il la regardait intensément. Qu'attendait-il d'elle ?

— C'est toujours un risque. C'est pour ça qu'on fait signer au patient une autorisation d'opérer.

— Ce n'est pas cela qui me dédouane.

Son ton était amer et résigné.

— Tu t'es pardonné, au moins ?

— Non. Mais j'ai admis la part de vanité qui m'a conduit à cette erreur. Je voulais à tout prix être reconnu par mes confrères.

Elle hocha lentement la tête. Et prouver enfin sa valeur à son chef de service, elle ne l'ignorait pas…

— Je n'ai plus trop de contacts avec mon père.

Avait-il lu dans ses pensées ? Elle prit sa main libre dans les siennes.

— C'est triste.

— Oui et non. Je me suis senti délivré d'un grand poids en comprenant que j'aurais beau tout faire pour lui plaire, il ne serait jamais satisfait. J'aurais dû changer d'attitude depuis longtemps ; c'est terrible, à trente ans passés, de rechercher encore l'approbation de ses parents.

Il avala une autre gorgée.

— Pourquoi ne m'as-tu pas tout raconté à l'époque, Ben ?

— J'avais trop honte.

Son cœur chavira. Lui, honteux ?

— Trop pour m'en parler ? Alors que tout l'hôpital bavardait à tort et à travers sans savoir ?

— J'ai eu peur de ton mépris. Je ne voulais pas baisser dans ton estime. Tu peux comprendre ça ?

— Pas vraiment, parce que je ne savais pas ce que tu éprouvais.

Elle le regarda, attristée. Etait-ce la cause de l'échec de leur mariage ? Il craignait qu'elle ne le méprise d'avoir fait une erreur ? Gravissime, bien entendu, mais tout de même une erreur.

Non, c'était impossible. Leur union battait déjà de l'aile avant cette tragédie…

Il dégagea sa main.

— J'aurais dû tout t'expliquer en détail, mais chaque fois que j'essayais, les mots me manquaient. Tori, je sais que si tu avais été à ma place, tu n'aurais jamais pris ce risque inutile. Et comme je t'aimais, que tu étais ma référence, je ne supportais pas l'idée de te décevoir.

— Bon sang, tu me connaissais mal ! Et puis, on m'a jeté tellement d'âneries à la figure que la vérité m'aurait moins fait souffrir.

Il secoua légèrement la tête, avant de chercher la serveuse des yeux. Il lui fit signe de renouveler leurs consommations, alors que son verre d'eau était encore à moitié plein. Mais pas question d'interrompre la conversation pour protester. Elle l'avait attendue si longtemps !

— Tu n'avais pas confiance en mon amour.

— Je protégeais mon cœur. Je suis conscient que c'était une mauvaise raison, mais c'est comme ça.

— Ben…

Elle se tut, navrée. S'il lui avait parlé, ils auraient pu faire face ensemble, trouver une solution pour que leur avenir commun n'en pâtisse pas. Le mariage, c'était l'amour, mais aussi le partage et la communication.

Elle-même en était un bel exemple ! Avait-elle essayé de lui parler ? Non, elle s'était mise à boire pour oublier ses problèmes… et n'avait rien dit de ce qui lui était arrivé par la suite. De cette perte irrémédiable, ce bébé qu'ils n'auraient jamais.

Il soupira.

— Nous avons fait un beau gâchis.

Une grosse boule dans la gorge, elle avala le reste de son eau, s'efforçant de réprimer ses larmes.

— Peut-être n'étions-nous pas prêts pour le mariage, poursuivit-il. Tous les couples affrontent des difficultés, et la plupart réussissent à les surmonter ensemble. Pas nous.

N'y tenant plus, elle se leva d'un bond.

— Désolée, Ben, j'en ai assez !

Elle se précipita dehors et se mit à marcher au hasard, les joues ruisselantes de larmes, sans un regard en arrière pour voir s'il la suivait. Il devait être en train de terminer sa bière.

A force d'aller de rue en rue sans réfléchir, elle finit par se perdre, et continua d'arpenter la ville, en ignorant ses pieds douloureux. Ses larmes avaient séché, sa gorge s'était adoucie, mais son cœur était toujours aussi lourd.

Bon sang, ce n'était pas faute d'amour, mais ils n'avaient pas les qualités requises pour faire durer leur mariage, que ce soit dans le passé ou maintenant. Il lui fallait l'oublier, aller de l'avant. Se sortir de la tête cette idée stupide qu'ils pouvaient avoir une seconde chance ensemble.

Pourtant, il lui suffisait de le regarder pour le désirer…

Ben la vit ralentir l'allure, hésiter et s'asseoir à une terrasse de café. Evidemment, elle s'était perdue… Elle n'avait pas le sens de l'orientation. Il n'aurait pas dû s'inquiéter autant, puisqu'il lui suffirait de prendre un taxi pour rentrer à l'hôtel sans encombre, mais elle était tellement bouleversée qu'il l'avait suivie pour la surveiller.

Il s'avança vers le serveur posté à l'entrée du bar, et commanda deux cafés avant de la rejoindre.

— C'est fini ?

Elle tourna la tête brusquement. Ses yeux étaient rouges et gonflés.

— Qu'est-ce que tu fais ici ?

Il la dévisagea, perplexe : pourquoi cette crise ? Ils avaient parlé de choses sensibles, mais il n'imaginait pas la perturber à ce point.

— Je voulais m'assurer que tu allais bien, c'est tout.

Comme elle ne le chassait pas, il s'installa sur la chaise d'en face.

— Mais ça n'a pas l'air d'être le cas.

Elle détourna les yeux, et se mit à pianoter sur la table.

— Si, si.

— Tori, ne me raconte pas d'histoires.

Au bout d'un long moment, elle poussa un soupir et le regarda en face.

— Je te demande pardon, Ben.

Saisi d'appréhension, il se redressa sur son siège. De quoi se sentait-elle coupable ?

Ses yeux s'assombrirent, et elle baissa de nouveau le regard vers la table.

— Le soir où tu es revenu prendre le reste de tes affaires, et où tu ne m'as pas trouvée à la maison…

— Vas-y, continue.

Le silence s'installa. Elle était immobile, trop tranquille, et se mordait la lèvre.

— J'étais à l'hôpital. Je venais de faire une fausse couche.

La colère lui noua l'estomac, et un voile rouge passa devant ses yeux.

— Pardon ? demanda-t-il, interloqué.

Il n'avait même pas su qu'elle était enceinte ! C'était cela, la femme qu'il avait mise sur un piédestal ? Qu'il avait toujours crue d'une sincérité à toute épreuve ?

— Tu ne m'en as rien dit !

— J'avais l'intention de le faire…

— Ton téléphone était en panne ?

Elle sursauta.

— Tu as raison d'être sarcastique, je le mérite.

Il sentit la colère le submerger. Lui qui regrettait depuis des années de ne pas lui avoir avoué toute la vérité, qui se sentait coupable de ne pas s'être confié… Et elle s'était tue au sujet d'une chose tout aussi grave qu'un décès en salle d'opération.

— Si ça n'était pas arrivé, tu m'aurais au moins prévenu que tu étais enceinte ?

— Bien sûr !

— Il n'y a pas de « bien sûr » qui tienne ! hurla-t-il. Tu ne m'as rien dit du tout !

— Je l'ignorais jusqu'à cette hémorragie, j'ai d'abord cru que j'avais des crampes d'estomac…

Dans ses yeux, il lisait à présent un immense chagrin.

Il fallait qu'il se calme, qu'il tente de la consoler. Mais le méritait-elle, après ce terrible aveu ?

Lorsque leurs cafés arrivèrent, ils n'y touchèrent pas.

— J'ai toujours eu des règles irrégulières, et à l'époque, avec l'ambiance qui régnait entre nous, je n'avais rien remarqué d'anormal.

— Tu en étais à combien ?

— Neuf semaines, d'après le médecin.

Il secoua la tête. Elle se mordait de nouveau la lèvre, et clignait des paupières. Elle allait encore fondre en larmes… Normal, elle pleurait toujours son bébé. Dans le fond, elle n'avait pas beaucoup changé.

Ses entrailles se crispèrent, et il sentit la sueur dégouliner dans son dos, comme s'il était suspendu au-dessus d'un gouffre. Il eut brusquement l'envie de partir en courant pour tout oublier.

— Pourquoi ne m'as-tu pas prévenu ?

— Tu étais parti, et j'étais encore en état de choc. Ce n'est pas une excuse, je le sais. Mais je ne voulais pas t'obliger à revenir juste au nom du devoir.

Elle n'avait pas tort, il aurait insisté pour rester jusqu'à ce qu'elle soit rétablie.

— J'en avais le droit ! C'était notre enfant, pas seulement le tien !

— Tu crois que je n'y ai pas pensé ? Que je ne m'en veux pas de l'avoir perdu ? J'avais tellement honte que j'étais incapable de te le dire.

Elle tendit le poignet, exhibant le fin bracelet en or qu'elle n'ôtait jamais.

— Je l'ai fait faire en souvenir de lui. J'y pense à chaque seconde de chaque jour.

— Je… je ne sais plus. J'essaie d'intégrer l'idée que tu as gardé ce secret si longtemps.

Il fallait qu'il s'éloigne, il ne pouvait pas rester assis, tel un homme civilisé, à essayer de se pénétrer de cette vérité.

Il bondit sur ses pieds.

— Je ne t'ai jamais vraiment connue !

Elle eut un hoquet, saisit sa tasse d'une main tremblante, avant de la reposer.

— Je te demande pardon, Ben. Je suis vraiment désolée.

Sans un regard pour elle, il s'enfuit au hasard dans les rues, comme elle un peu plus tôt. Aussi loin que possible d'elle. Il ne supportait plus de la voir, de lire la culpabilité et la supplique dans ses yeux. Il savait ce qu'il en coûtait de cacher des faits graves à l'autre, il éprouvait ce même trouble.

Et dire qu'il avait envisagé de revivre avec elle… Alors qu'ils ne pouvaient se faire confiance. De l'autre côté de la rue, il avisa un bar.

Un crissement de pneus, un bruit de freins…

Bon sang, sans s'en rendre compte, il avait quitté le trottoir et débouché sur la chaussée sans regarder.

— Pardon ! cria-t-il au conducteur. C'est ma faute.

Comme si ce type pouvait comprendre ce qu'il disait…

Il finit de traverser et entra dans le café, s'apprêtant à commander en français pour la première fois.

8.

Tori s'efforça de se calmer. Ben la tenait par le coude, l'aidant à traverser la foule pour sortir de la gare de Lyon, où les trains arrivaient du Midi.

Sûre qu'il percevait son tremblement, elle espérait qu'il le mettait sur le compte de son excitation à être enfin dans cette ville merveilleuse, et non du désespoir qu'elle ressentait depuis qu'elle lui avait fait cet aveu.

Elle le regardait en coin, étonnée qu'il ne répugne pas à la toucher… Il ne lui avait guère adressé la parole de tout le trajet, se bornant à lire ou à regarder par la fenêtre, comme si elle ne comptait pas plus pour lui que les autres passagers.

Elle l'avait bien cherché. Mais dans ce cas, pourquoi avait-il insisté pour voyager en train avec elle, au lieu de prendre l'avion ?

Elle huma l'air de la capitale avec délice.

Paris ! Malgré son chagrin, elle avait envie de sauter et de danser, de vivre l'instant. Elle redressa la tête. Elle ne passerait pas son temps à se morfondre, elle ne se laisserait pas abattre par l'attitude de Ben. Pas question !

Et elle se mit à virevolter en criant.

— Je suis à Paris ! Youpi !

Autour d'elle, des gens rirent et applaudirent, d'autres se détournèrent, la prenant sans doute pour une folle en liberté.

Ben la regarda, les paupières lourdes, la bouche pincée, puis un sourire s'épanouit lentement sur son visage, et ses yeux brillèrent. Il secoua la tête.

— Ce n'est qu'une gare parmi tant d'autres !

— Non ! C'est une gare parisienne ! Nous n'en avons pas de semblables chez nous.

— Logique imparable. Je n'ai rien à y opposer.

— Je rêve de venir ici depuis mon enfance. C'est l'un des plus grands moments de ma vie.

Le sourire de Ben s'éteignit aussitôt.

— Je voulais dire l'un des plus incroyables…

Elle n'eut pas le temps de poursuivre. Il l'avait de nouveau saisie par le coude, et l'entraînait vers la station de taxis.

— Viens, allons poser nos bagages à l'hôtel avant de partir en exploration.

Elle marchait comme dans un rêve. Elle était à Paris avec Ben… Bien entendu, pas Benji, mais elle pouvait s'imaginer qu'ils étaient un couple. Et avec un peu de chance, ils sauraient faire abstraction de leurs dissensions pour apprécier ce séjour.

Luc avait réservé les chambres pour eux dans un hôtel de luxe.

Une fois dans le taxi, elle se mit à tourner la tête dans tous les sens pour ne rien manquer du spectacle.

— Difficile de tout voir. Oh ! Mon Dieu, la tour Eiffel !

Elle en apercevait à peine le sommet, émergeant d'une haie d'arbres. Elle se pinça en la contemplant, avant qu'elle ne disparaisse derrière de hauts immeubles.

Elle jeta un regard à Ben. Il ne souriait plus, mais il semblait plus détendu.

— Tu es sûre que ces cinq jours seront suffisants ? demanda-t-il.

— Même cinq semaines ne le seraient pas. Tu ferais mieux de profiter de la vue, au lieu de me regarder.

En descendant du taxi devant le plus luxueux palace qu'elle ait jamais vu, son excitation s'accrut. L'hôtel était à deux pas de la Seine, et de tout ce qu'elle voulait visiter. En y entrant avec Ben, elle se rendit compte qu'elle ne s'était pas sentie aussi heureuse depuis longtemps. Son chagrin, son inquiétude semblaient s'être volatilisés comme par magie !

A la réception, son enthousiasme s'évanouit cependant, lorsqu'on leur tendit une clé unique.

— Ce doit être une erreur !

— Vous êtes bien monsieur et madame Wells ? On nous a demandé de vous réserver l'une de nos meilleures suites. Elle comporte deux chambres, deux salles de bains, et vous avez la vue sur la ville.

— Y a-t-il une autre chambre de libre ? demanda-t-elle, tendue.

— Oui, une à un lit, au troisième étage.

— Parfait. Cela m'ira très bien.

— Tori, c'est un appartement à deux chambres ! s'exclama Ben. Nous ne serons pas obligés de tout partager !

Elle secoua la tête. Elle sentirait sa présence derrière une porte fermée, l'entendrait se déplacer, aurait envie de lui parler…

— Non, je vais prendre l'autre chambre.

Il haussa les épaules en souriant.

— Avec panorama sur l'arrière du bâtiment, pour toi qui veux tout voir…

Elle réprima un sourire.

— Tu me manipules ! répliqua-t-elle.

Difficile de rester de mauvaise humeur longtemps, ici.

— Bien sûr !

Elle croisa son regard. Il semblait attendre sa décision. Pourquoi lui en vouloir ? Il n'était pas responsable de cette réservation, et le Pr Leclerc avait sans doute cru faire au mieux. Elle allait profiter de la suite, et si la situation se révélait trop complexe, elle prendrait une autre chambre, ou changerait d'hôtel. Après tout, maintenant qu'il n'y avait plus de secret entre eux, cohabiter était peut-être un moyen de faire la paix avec le passé… Si c'était possible. Il lui était arrivé de le croire, mais aujourd'hui, elle ne le pensait plus.

— Viens, montons déposer nos bagages. Paris nous attend.

« La ville de l'amour… » Tori fredonna ces mots encore et encore, en flânant le long des quais de la Seine. Elle se surprit plus d'une fois à tendre la main vers celle de Ben. Elle avait envie d'entrelacer ses doigts aux siens. Curieusement, il ne s'était pas dégelé autant qu'elle l'aurait cru.

— Viens, prenons une de ces ruelles, dit-il soudain, et allons boire quelque chose à une terrasse, où nous pourrons regarder passer les gens.

Il s'apprêtait déjà à traverser.

— Bonne idée, marmonna-t-elle dans son dos.

Très vite, ils trouvèrent une rangée de cafés, et elle s'assit gaiement à une minuscule table au soleil.

— C'est exactement comme ça que j'imaginais Paris !

Quand Ben vint la rejoindre, il avait commandé de l'eau pétillante et une bière, ainsi que des bouchées à la tomate et au fromage.

— C'est la troisième fois que je viens, mais je ne m'étais jamais assis à une terrasse.

— Tu plaisantes !

— Tout seul, ça n'aurait pas été drôle.

Elle le dévisagea. C'était une simple constatation, il n'y avait aucune insinuation dans ces mots. Peut-être un peu de tristesse…

— Tout de même, avec tout ce mouvement autour, c'est forcément intéressant !

Elle tendit l'oreille vers un couple qui parlait à la table à côté, soupira d'aise, et se pencha vers Ben.

— Il vient de dire à sa femme que leur voiture a besoin d'une batterie neuve. Tu te rends compte ? J'ai compris !

Il eut un sourire ironique.

— Tu as fait tout ce chemin pour épier les conversations privées ?

— Exactement.

Elle avala une gorgée de son eau.

— Quand as-tu décidé d'arrêter de boire ?

Elle faillit s'étrangler, et leva vers lui des yeux suppliants. Ne pouvaient-ils pas oublier un peu ?

— Après ma fausse couche.

Elle prit une longue inspiration. Dans le fond, elle savait qu'ils devaient revenir sur le sujet, s'ils voulaient progresser.

— Tu ne penses tout de même pas que tu n'as pas pu garder le bébé à cause de l'alcool ?

— Bien sûr que si.

— Tu ne peux pas être catégorique à ce point ! Il y a tant d'autres causes possibles... La nature, ou le stress, par exemple. Celui que je t'ai fait subir.

Elle se détendit. Il semblait enclin aux explications. L'atmosphère de la ville lui avait-elle délié la langue ?

— J'ai compris que je buvais pour oublier, au lieu d'essayer de te parler.

Son verre trembla dans sa main.

— Mais... si j'avais pu soupçonner une minute que j'étais enceinte, je m'en serais abstenue.

— Ce moment a dû être affreux pour toi. Je suis navré de ne pas t'avoir soutenue. Je me disais bien que tu buvais trop, mais je refusais de m'intéresser au problème, parce que je savais très bien pourquoi tu étais malheureuse.

Elle le regarda sans répondre. Il lui avait fallu du temps pour comprendre à quel point il l'avait fait souffrir.

— Tori... Je vais trop loin ?

— Oui. Ecoute, Ben, si nous laissions un peu le passé de côté pour profiter de notre séjour ici ?

Elle redoutait de s'effondrer de nouveau, et ne tenait pas à le faire ici, à Paris. Ni ailleurs, en fin de compte.

— D'accord.

Ben étendit les jambes sous la table et but une gorgée de sa bière, s'efforçant de se détendre. Ce n'était pas facile. Il se trouvait bien en sa compagnie, mais ne parvenait pas à oublier ce bébé, et surtout, le fait qu'elle le lui ait caché. Il savait qu'il devait dépasser cela. « Un jour après l'autre », était devenu sa devise. Le passé pouvait attendre, le creuser risquait, pour l'instant, de les conduire à la catastrophe. Mieux valait se décontracter dans les prochains jours, et accepter qu'ils n'avaient plus rien à faire ensemble, comme il l'avait enfin compris la veille.

Ce séjour à Paris était une parenthèse : ils avaient tous les deux une carrière à poursuivre, chacun de leur côté. Tori s'occupait de nombreux enfants malades qui comptaient sur elle, et lui devait se concentrer sur cette association à la clinique de Harley Street, qui serait pour lui une consécration. Il lui suffisait d'un peu de patience et de ténacité pour l'obtenir.

— Ben, où étais-tu parti ? demanda-t-elle, en le scrutant derrière ses lunettes de soleil.

— J'essayais de ne plus penser, répondit-il, un peu gêné.

— Qu'allons-nous faire ce soir ?

— Tu verras bien.

Il avait réservé une table sur un bateau-mouche, pour visiter la ville de nuit.

— Habille-toi chic, c'est tout ce que je peux te dire.

Il lut l'amusement dans ses yeux.

— Quand as-tu planifié tout ça ?

— Avant notre départ de Nice, ce matin.

Il secoua légèrement la tête. Malgré sa colère, il avait souhaité faire de ce séjour un moment particulier. Pour quelle raison ? Il aurait été bien incapable de l'expliquer.

— Merci.

Sa main chaude se posa sur la sienne.

La mini-croisière sur la Seine fut merveilleuse, et romantique. Il n'avait pas prévu de danser sur le pont au son de la musique d'un petit orchestre, mais, avec Tori dans ses bras, il aurait pu y passer la nuit. Elle était époustouflante dans sa robe crème moulante qui s'arrêtait au genou, mettant en valeur ses jambes fines et ses courbes généreuses. Il n'avait pas envisagé qu'il éprouverait pour elle un désir dont l'intensité lui était douloureuse.

— Je n'arrive pas à croire que je suis à Paris, murmura-t-elle alors qu'ils passaient devant un couple qui s'embrassait. Avec toi, ajouta-t-elle.

Il hocha la tête. Maintenant qu'il avait pris sa décision, cela n'était plus aussi excitant, mais inutile de paraître grossier ou de gâcher sa bonne humeur.

— C'est vrai, c'est magique !

Il sentit de la chaleur dans son cou. Elle venait de poser ses lèvres sur ce point précis, sous le menton, qui éveillait aussitôt son désir. S'en souvenait-elle ?

Le bateau s'immobilisa contre le quai. Il l'écarta de lui, la bouche sèche, et le cœur battant à se rompre. Il consulta sa montre : minuit.

— Viens, Cendrillon, il est temps de regagner notre hôtel.

Où ils partageaient une suite de luxe, et le même air… Et cela devenait de plus en plus difficile.

Lorsqu'ils mirent pied à terre, elle glissa une main dans la sienne, et posa la tête sur son épaule.

Comment rester de bois ? Il la désirait tant… Mieux valait tenter de penser à des choses pratiques.

— A quelle heure dois-tu être à l'hôpital universitaire, demain ?

Elle leva la tête, et son cœur fit un nouveau bond. Son sourire éblouissant lui donnait le frisson.

— A 9 heures, mais pourquoi cette question ? Je sais que tu n'as pas oublié, tu n'oublies jamais rien.

— Sauf ton anniversaire, une fois.

— Non, tu n'avais pas voulu me réveiller parce que tu étais rentré tard et que je venais de terminer un service de seize heures.

Son sourire s'élargit, et elle trébucha, faute de regarder où elle mettait les pieds. Il la rattrapa in extremis.

— Je m'en souviens. Tu étais exténuée.

Elle se pressa contre lui. Il se mordit la lèvre. Il allait avoir de sérieux ennuis… Impossible de lui dissimuler à quel point il la désirait.

Elle se mit sur la pointe des pieds et posa les lèvres sur les siennes, puis sa langue s'enfonça dans sa bouche, et il oublia toutes ses bonnes résolutions.

— Tori, murmura-t-il. Tu m'as tellement manqué !

Elle approfondit le baiser et, lui passant les bras autour du cou, elle joignit les mains sur sa nuque pour l'attirer plus près. Ses seins adorables étaient aplatis contre son torse, et ses fesses fermes lui brûlaient les paumes. Il laissa échapper un soupir, débordé par son désir.

— Ben ! murmura-t-elle, avant de se remettre à l'embrasser.

Il se concentra sur elle et leur baiser, jusqu'à ce que l'oxygène lui manque. Alors, il s'écarta un peu et, après avoir pris une profonde inspiration, recommença avec une ardeur décuplée.

Les balayeurs de l'aube les auraient sans doute trouvés encore en train de s'embrasser, si un groupe de fêtards n'était passé près d'eux en leur lançant des commentaires égrillards.

Tori se raidit aussitôt, et se retourna vivement pour leur faire face.

— Imbéciles !

Puis elle s'appuya contre lui, les bras croisés autour de la taille, tentant manifestement de maintenir un peu d'espace entre eux.

Il posa le menton sur le sommet de son crâne, et inhala l'effluve mêlé de ses cheveux et de Paris. Le paradis — mais un paradis qui le torturait…

Mieux valait qu'il ne pense plus à rien.

Elle fit quelques pas en avant.

— Si nous marchions un peu avant de rentrer ? Je n'ai pas vraiment sommeil.

Il fut déçu, même s'il lui donnait raison. Il ne doutait pas que leur désir fût réciproque, mais s'allonger dans le même lit ne les avancerait pas à grand-chose. Ou au contraire, peut-être était-ce la solution ? Mais il fallait qu'elle soit consentante, et ce baiser n'était pas la preuve qu'elle désirait aller jusqu'au bout. Un pas après l'autre, c'était le plus sage. Bien qu'il ait décidé ne pas mettre son cœur en danger, il n'était pas contre l'idée de lui faire l'amour une dernière fois… Depuis le temps qu'il en avait envie, il saurait enfin ce qu'il éprouvait en la retrouvant après sept ans.

Elle se mit en route.

— Prends des repères, Ben, je ne tiens vraiment pas à me perdre.

Ils marchèrent un moment en silence. La nuit était chaude, et les rues, affairées, malgré l'heure tardive.

— Ben… Je n'aurais pas dû t'embrasser, mais je n'ai pas pu m'en empêcher. Tu m'as tellement fait penser au Benji d'autrefois…

Ce fut comme un coup de poignard au cœur. S'il croyait maîtriser la situation, il se trompait. A présent, il se sentait vidé, et blessé.

— Je ne vais pas te traîner dans mon lit en arrivant, si c'est ce qui t'inquiète.

— Rien ne m'inquiète, Ben. Je te demande juste de m'excuser pour mon impulsivité.

Elle plongea ses yeux dans les siens.

— Et aussi, pour ne pas avoir répondu à ta réaction.

Il tiqua. C'était un coup bas.

— J'ai le sang chaud, tu es belle et sexy. Si je n'avais pas réagi, j'aurais été grossier, non ?

Il distingua son sourire, mais la lumière était insuffisante pour déchiffrer l'expression de son visage. De la nostalgie, du regret ?

— Nous avons décidé de profiter de notre séjour ici au maximum, mais cela ne va pas être toujours facile. A plusieurs égards.

Il enfonça les mains dans ses poches et se remit à marcher, plus vite qu'avant, pour mettre de la distance entre eux. Il devrait rentrer à l'hôtel s'enfermer dans sa chambre, mais elle serait de l'autre côté de la porte… En fin de compte, il lui était reconnaissant d'avoir pris la décision pour eux deux.

— Tu tiens à passer la nuit à marcher ? demanda-t-elle.

Il ne trouverait pas le sommeil, c'était sûr.

— Moi ? Pas question !

Son rire le fit frissonner des pieds à la tête, et il s'aperçut que son désir était intact.

9.

Rongée par l'inquiétude, Tori referma sa boîte mail. Dean ne réagissait pas aux antibiotiques qu'on lui avait prescrits pour son angine. La troisième en quelques semaines.

— Que se passe-t-il ? Tu fais une drôle de tête !

Ben sortait de sa chambre, la chemise ouverte, exposant sans vergogne son torse sculpté.

La chaleur l'envahit. Bon sang, elle n'était pas insensible ! Il devrait la boutonner, tout de suite, avant qu'elle ne se rende ridicule une fois de plus. Mais au moins avaient-ils fait des progrès tous les deux, en se montrant de nouveau sincères… Sur la voie d'une réconciliation ?

A cette pensée, les battements de son cœur s'accélérèrent. Ce ne serait pas facile, d'un point de vue pratique, mais s'ils le voulaient vraiment, c'était possible.

Il la regardait d'un air bizarre.

— Je m'inquiète pour Dean. Je lui ai posé une pile au ventricule gauche, cinq jours avant de quitter Auckland.

Elle sortit son téléphone portable pour lui montrer la photo.

— Regarde, c'est la santé incarnée, non ?

— Et alors ?

Il s'approcha, et l'odeur boisée de son after-shave l'enveloppa.

— L'autre jour, j'ai demandé qu'on le convoque pour une consultation, parce que, en lui envoyant un texto, je me suis aperçue qu'il dormait peu et mal. Il a une autre angine, ce qui n'est pas vraiment étonnant en soi…

— Et tu penses qu'il y a un problème cardiaque sous-jacent ?

— C'est possible. Ou alors, l'intervention n'a pas réussi totalement, et il va falloir le réopérer.

Elle traversa le salon pour s'éloigner de lui, mais son effluve viril la poursuivit. Le manque de sommeil la tuait, à moins que ce ne fût son combat de la nuit dernière pour ne pas rejoindre Ben dans sa chambre.

— Je devrais peut-être écourter mon séjour pour aller voir moi-même ce qu'il en est.

Il s'approcha d'elle, l'air très préoccupé.

— Tu parles sérieusement ? Tu ne fais pas confiance à ton équipe ?

Elle se raidit.

— Bien sûr que si, mais je me sens responsable. Les parents de Dean ont tout quitté pour s'installer à Auckland, parce qu'ils voulaient que ce soit moi qui soigne leur fils. Je leur dois bien ça.

— Tori, tu n'as pas à te sentir responsable d'une décision qu'ils ont prise.

— Peut-être, mais ça ne facilite pas les choses.

— Tu as besoin de cette parenthèse.

Elle acquiesça. Il avait raison, bien entendu. Son travail, ses efforts pour soigner ses petits patients lui pompaient toute son énergie. Ce séjour en France était son premier congé depuis qu'elle avait ouvert la clinique.

— Pourquoi ne pas communiquer par Internet avec les parents, leur parler pendant que les autres médecins sont avec eux ?

— Une visioconférence ? Bonne idée.

Tout à sa fatigue et à ses préoccupations du moment — Ben étant la principale —, elle n'y avait pas pensé. Elle eut de nouveau envie de l'embrasser.

— Je peux y assister, si tu penses que cela t'aiderait.

— Oh ! Tu ferais ça ? C'est très gentil, merci.

— Fixons une heure tout de suite.

Il consulta sa montre.

— Si les parents sont là en ce moment, profitons-en. Il nous reste une heure avant de partir pour l'hôpital.

— Inutile de précipiter les choses, ils habitent la côte Nord, un peu loin de la clinique. Mais nous pourrions déjà communiquer avec Conrad.

Elle le contourna, veillant à ne pas s'approcher trop, et envoya un email à son médecin. Quelques minutes plus tard, le visage de Conrad apparut sur l'écran.

— Salut, Conrad, je te présente Benjamin Wells, qui est chirurgien cardiologue à Londres.

Elle le vit tiquer quand elle annonça le nom de famille. Il devait se douter qu'il y avait un lien quelconque entre eux…

— Ben m'a proposé son conseil, il a l'habitude de ce genre d'interventions.

Ben se pencha.

— Enchanté, Conrad. Tori m'a exposé l'opération qu'elle avait pratiquée. En principe, il ne devrait pas y avoir de complications. Puis-je vous poser quelques questions ?

— Allez-y. Dean présente les mêmes symptômes en ce moment qu'avant l'intervention.

Elle regretta de devoir se rapprocher de Ben pour mieux voir l'écran, mais elle y était bien obligée.

— Il ne s'agit pas d'une fatigue postopératoire, n'est-ce pas ?

— La blessure est-elle complètement refermée ?

— Pas d'inflammation visible, et Dean assure qu'il ne souffre plus. Mais il est en même temps bien réveillé, et épuisé. Sa mère est folle d'inquiétude. J'ai demandé des analyses de sang et une microbiologie, pour vérifier qu'il n'y a pas d'infection interne sous la cicatrice.

— Ben se demandait si la maladie de Dean ne pourrait pas avoir une cause différente, que nous n'aurions pas envisagée. Quel est ton avis sur la question ?

Conrad parut réfléchir un instant.

— A priori, les symptômes sont identiques à ceux qu'il présentait avant l'opération, mais je vais faire faire des tests supplémentaires, par précaution.

Elle acquiesça, peu convaincue. Tout en étant certaine que Conrad avait les compétences requises pour agir au mieux, et que de nombreux autres spécialistes l'assisteraient, elle aurait nettement préféré être avec eux.

— Envoie-moi les résultats dès que tu les auras, et tiens-moi au courant du moindre changement dans son état, d'accord ? Il faut envisager de recommencer la procédure. Si les parents ont des objections à formuler, demande-leur de m'appeler ce soir.

— D'accord, je le ferai.

Et l'écran s'éteignit.

— C'est peut-être vraiment le cœur qui est défectueux… Si ton médecin ne découvre aucune autre cause, il risque de devoir le remplacer.

Elle frissonna.

— Cette idée m'épouvante, mais il n'y a guère d'autre choix.

Ce miracle médical qu'était la transplantation cardiaque avait toujours représenté pour elle une épreuve : dans le laps de temps où le patient, privé de cœur, était relié à la machine, en attendant que le nouveau commence à battre, elle avait les entrailles tordues par l'angoisse. Elle ne se détendait qu'une fois le patient redevenu conscient, mais pendant quelques jours, son corps restait douloureux de s'être tant contracté, comme si elle avait pratiqué un entraînement intensif de gymnastique. Et elle n'était que le chirurgien. Pour le patient et la famille, l'épreuve était bien pire.

— Ne l'envisageons pas pour l'instant, attendons les résultats des examens pour décider.

Il croisa les bras sur sa chemise, boutonnée à présent — Dieu merci.

— Tu te souviens de notre devise ? reprit-il. « Ne jamais tirer de plans sur la comète. »

Elle le regarda, perplexe. Faisait-il allusion au cas de Dean, ou à leurs problèmes de couple ? Une nouvelle relation entre eux était-elle envisageable ? Elle le désirait comme une folle, parce qu'elle n'avait rien oublié de leurs merveilleuses étreintes, à l'époque de leur vie commune. Dès le lendemain de son départ, outre son chagrin, elle avait ressenti un manque physique. Ce serait si facile de se presser contre ce corps ferme, musclé, et d'oublier ses soucis, comme autrefois… Et c'était très dur de résister à l'envie de le rejoindre, de se glisser dans ses draps pour se blottir contre lui, la nuit.

Qu'en penserait-il, s'il le savait ? Il lui avait rendu son baiser avec fougue, et elle avait eu l'impression qu'il ne s'écartait d'elle qu'à regret. D'ailleurs, elle n'avait pas rêvé, son érection était bien réelle…

Elle ouvrit son sac et fouilla dedans, à la recherche de son tube de rouge à lèvres. Elle avait l'intention de sortir de cette suite aussitôt après s'être maquillée ; bien entendu, il l'accompagnerait, mais une fois qu'ils se trouveraient parmi d'autres spécialistes, la conversation serait générale et professionnelle. Ils ne risqueraient plus de l'émailler de regrets et de sous-entendus.

Enfin, ils prirent place dans le taxi qui les conduisait vers l'un des plus importants centres hospitaliers universitaires de la capitale française.

Tandis qu'une fois de plus, elle tentait de voir par toutes les vitres à la fois, Ben se pencha vers elle.

— Tori, tu envisagerais de quitter ta clinique pour venir vivre ici ?

Il lui fallut quelques instants pour reprendre son souffle, et pouvoir répondre.

— Jamais de la vie, pourquoi ?

— Juste pour m'assurer que notre situation est vraiment inextricable.

— A quoi joues-tu ?

— Je ne joue pas, Tori. Pardon.

Il se rencogna dans son siège, et regarda par la fenêtre.

— Je ne te mentirai pas, reprit-il au bout d'un instant. J'étais furieux contre toi quand tu m'as parlé du bébé, parce que je croyais, jusque-là, ta sincérité à toute épreuve…

S'efforçant de conserver son calme, elle s'agrippa à la bride de son sac comme à une bouée de sauvetage.

— Et alors ?

— Quelle ironie, vraiment ! Si je ne m'étais pas senti aussi coupable de t'avoir caché la vérité, je ne serais peut-être pas parti, et nous serions toujours mari et femme.

— Et je t'aurais annoncé que j'attendais un bébé, dès que je l'ai appris, c'est-à-dire la nuit où je l'ai perdu.

Elle s'éclaircit la gorge.

— Ben… je croyais que nous devions oublier le passé, et profiter de notre séjour ici ?

Il ne se retourna même pas pour la regarder.

— Je n'ai jamais été doué pour respecter les règles, tu le sais.

Elle se troubla soudain au souvenir de leurs frasques passées. Elle revit le panneau apposé contre certaines portes, à l'hôpital : « Le personnel est prié de n'utiliser cette pièce que pour le stockage. » Or, à cette époque, beaucoup s'en servaient pour un usage beaucoup plus intime… Ben et elle préféraient se réfugier dans la lingerie située près de la salle de cardiologie, pour ne pas risquer d'être surpris. C'était pratiquement sans danger, car personne ne pouvait s'en approcher sans faire grincer le parquet du couloir.

Elle réprima un sourire.

— Soit. Je t'accorde que certaines sont conçues pour être transgressées.

— Mais pas celle-ci, donc. J'ai compris.

Elle le regarda en coin. Curieusement, il lui souriait à présent… Elle avait l'impression qu'ils s'embarquaient pour une aventure où elle tenait le premier rôle.

Il était temps d'y mettre un terme, et de se concentrer sur leur journée d'enseignement.

— Je veux m'intéresser à mon séjour ici, dit-elle vivement, et penser à autre chose qu'à ce qui se passe entre toi et moi.

A cas où il n'aurait pas saisi, ce dont elle doutait, mieux valait préciser :

— Et si ça implique que nous ne nous voyions plus, tant pis.

Il posa un doigt sur le dos de sa main.

— Nous nous en tiendrons à nos prévisions.

Elle sourit.

— « Nos prévisions ». C'est un peu solennel, non ?

En fait, elle était déçue qu'il ait accepté si vite ses conditions. Pourquoi était-elle incapable de se comprendre elle-même, en ce moment ?

— Au fait, à quelle heure faut-il que nous soyons au Moulin Rouge, ce soir ?

— A 23 heures, pour le dernier spectacle. J'ai pensé que nous pourrions aller dîner quelque part avant.

Il retira son doigt, et elle le regretta.

— Je suis impatiente d'y être. Le Pr Leclerc est génial d'avoir réussi à nous trouver des places dans un délai aussi court.

— Je crois qu'il connaît quelqu'un qui y travaille.

Ben regarda par la fenêtre du taxi.

— Nous y sommes. La matinée promet d'être intéressante. Si les étudiants français sont aussi épuisés que les nôtres, ça va être dur de captiver suffisamment leur attention pour qu'ils ne s'endorment pas !

— Nous pourrions leur faire une blague ?

— Comme leur raconter que nous allons chasser le sanglier pour trouver des cœurs à transplanter ?

Elle rit. Ils étaient vraiment sur la même longueur d'onde.

Il descendit du taxi, et lui tendit la main.

— Ton français est suffisant pour nous mener droit au bureau du directeur, tu crois ?

Pour éviter le moindre risque, elle refusa la main qu'il lui offrait. Une fois à l'intérieur, elle déchiffra les panneaux qui indiquaient les différents services.

— Viens, c'est par ici, prenons à gauche.

Ensuite, ils durent tourner à droite, puis à gauche, puis encore à droite…

— En fait, ils écrivent tout en chinois, je suppose, marmonna Ben en empruntant un nouveau couloir.

— Dans ce cas, je suis douée, regarde ! Voilà le bureau que nous cherchions.

— Génial ! Tu es vraiment ma femme préférée.

Elle cilla. Cela avait dû lui échapper… Elle faillit lui sauter au cou, mais se retint de justesse. Heureusement, parce que Luc sortait déjà à leur rencontre.

Décidément, elle passait d'un extrême à l'autre… En fait, elle était en train de retomber amoureuse de Ben. Quand il croisa son regard, elle secoua la tête pour chasser cette pensée, au cas où il serait télépathe. D'autant que c'était une idée idiote, puisqu'elle n'avait jamais cessé de l'aimer…

— Bonjour, et bienvenue à Paris !

Après avoir embrassé Tori sur les deux joues, Luc se tourna vers Ben, la main tendue.

— Comment va votre ami John ?

— Il était très volubile ce matin au téléphone, ce qui est bon signe. Ses médecins sont d'avis qu'il pourra partir pour Londres d'ici un jour ou deux. Il a subi un gros choc, et je pense qu'il n'a pas encore tout à fait pris conscience du danger qu'il a couru, et de sa chance de s'en être sorti.

Le Pr Leclerc sourit.

— Il lui faudra du temps, en effet. Et une fois qu'il aura compris, il se précipitera pour faire dix mille choses à la fois, histoire de ne surtout rien manquer !

— Venez, je vous conduis jusqu'à l'amphithéâtre où les étudiants vous attendent.

Deux minutes plus tard, ils arrivaient devant le panneau de l'entrée. Ben se pencha pour parler à l'oreille de Tori.

— C'était bien du chinois, en fin de compte !

Au sourire espiègle qu'elle lui adressa, il sut qu'elle s'était ressaisie. Tout à l'heure, elle avait eu un moment de flottement, et l'avait regardé d'un drôle d'air… En principe, il anticipait toujours ses réactions, mais cette fois, il n'avait pas compris.

Ils sortirent sous le soleil pour gagner le bâtiment où se situait l'amphithéâtre, qui s'avéra bondé. Il entra à la suite de Luc et de Tori, qu'il avait vue hésiter une seconde avant de franchir le seuil d'un pas résolu. Le bruit des bavardages était assourdissant, et il ne saisissait pas un mot de ce qui se disait.

Ils montèrent sur l'estrade, où Luc leur présenta leur interprète, avant de se pencher vers eux en haussant la voix pour dominer le brouhaha général.

— Ils sont vraiment impatients de vous écouter, je vous garantis que vous aurez le silence total quand vous parlerez.

Comme toujours depuis le drame, Ben se sentit mal à l'aise qu'on lui accorde des égards qu'il estimait ne pas mériter. Par sa faute, une famille pleurait encore une mère, une épouse et une sœur. Sa patiente perdue occupait souvent ses pensées, et encore davantage depuis qu'il avait revu Tori.

— J'aimerais vous présenter le Pr Benjamin Wells. Il exerce à Londres, et est originaire de Nouvelle-Zélande.

Luc eut un sourire en coin, avant de reprendre :

— Je le rappelle pour certains, c'est un tout petit pays à l'autre bout du monde, mais qui, malheureusement pour nous, possède une équipe de rugby redoutable.

La salle éclata de rire. Ben s'avança, et attendit que le silence se fasse.

— C'est exact, et la conférence du Pr Tori Wells vous prouvera à quel point nous sommes fanatiques de ce sport. Quant à moi, je vais diverger pour l'instant, en vous parlant d'une procédure toute nouvelle, qui représente une incursion majeure pour pallier la pénurie de donneurs d'organes. A Londres, nous commençons à utiliser des cœurs qui ont cessé de battre au moment du prélèvement sur le corps en état de mort clinique.

Il enveloppa l'assistance du regard : tout le monde était visiblement captivé.

— A condition d'intervenir dans les vingt minutes, nous

parvenons à les ressusciter, et à restaurer le rythme cardiaque. Comment ? A l'aide d'un système d'assistance circulatoire portable, dans lequel le muscle, après avoir été purgé avec une solution saline, est conservé au chaud, et baigné dans un liquide nourricier, visant à réparer les dommages éventuels. Cela nous permettra, à brève échéance, d'opérer davantage de patients en attente d'un nouveau cœur.

Il marqua une pause. Les étudiants l'écoutaient bouche bée, ce qui n'était pas surprenant.

— Bien entendu, reprit-il, il est encore difficile d'établir des statistiques, et il faut éviter de nous emballer. C'est une technique très excitante, si tout se passe bien, mais qui exige du courage : pour le patient comme pour les chirurgiens, les risques d'échec sont énormes et terrifiants. N'oublions pas qu'une fois l'intervention commencée, il est impossible de faire machine arrière.

« Malgré tout, ce genre de chirurgie est intense, sans parler de l'indicible satisfaction en cas de réussite, et c'est la raison pour laquelle je m'y consacre avec autant de passion.

Il reprit son souffle. Voilà. Il venait de se mettre à nu devant un parterre d'étudiants, mais c'était à Tori qu'il s'adressait. Elle applaudissait avec un sourire tremblant, et il distingua des larmes dans ses yeux.

Luc le rejoignait.

— Merci, professeur Wells. Vous avez subjugué tout le monde, moi compris !

Ben salua, avant de venir s'asseoir près de Tori.

— Et maintenant, la vedette ! murmura-t-il à son oreille.

Elle leva les yeux au ciel et sourit.

— C'est toi, qui as eu la vedette !

— Ce n'était que l'entrée, tu es le plat de résistance.

Quand elle se mit à parler, tout le monde se pencha en avant pour mieux l'écouter. Pendant la première vidéo, on aurait entendu voler une mouche. Il se sentit empli d'orgueil. Elle était merveilleuse, et sa passion pour son métier l'illuminait.

Etait-ce vers sa clinique que convergeaient toutes ses passions, à présent ? Lui restait-il de l'amour à donner ailleurs ? A lui ? Son cœur se glaça : elle n'abandonnerait jamais son travail, et il ne se permettrait pas de le lui demander. De toute façon, après ce qu'elle lui avait révélé, cela ne marcherait jamais. Il regarda le vidéoclip de fin, puis les étudiants se levèrent pour applaudir à tout rompre.

— Pour terminer, laissez-moi vous donner un conseil : ne négligez jamais les maladies dites bénignes. La fièvre rhumatismale, par exemple, peut entraîner de lourdes conséquences.

Luc la rejoignit, et se tourna vers les étudiants.

— Remercions la Dame de Cœur, et souvenez-vous de sa leçon.

Ben hocha la tête. Il doutait que l'un des étudiants présents l'oublie un jour. Bon sang, quelle femme !

Il leur restait trois jours à passer ensemble à Paris. Et trois nuits. A oublier, puisqu'elles ne serviraient en principe qu'à dormir… Mais qu'avait-il donc ? Pourquoi, sachant qu'il ne lui pardonnerait jamais son mensonge par omission, ne pouvait-il cesser de penser à lui faire l'amour ? Il avait l'intention de s'éloigner d'elle dès la fin de leur séjour, et de ne plus la revoir, quoi qu'il se soit passé entre eux à Paris.

Comme le lui avait toujours dit son père, « Quoi que tu décides, tiens-toi à ta résolution, ne reviens jamais dessus ».

S'il tenait à s'associer avec ses confrères de Harley Street, il devait rester concentré sur sa carrière, oublier Tori, et ce qui aurait pu se passer si…

Il sentit une main se poser sur son bras.

— Tu viens ? demanda-t-elle.

Il jeta un coup d'œil à la ronde, et s'aperçut que la foule s'était dispersée.

— Je te suis.

Luc leur fit visiter le service de cardiologie, avec une cour qui les suivait et buvait chaque mot adressé aux infirmières, aux patients, en réclamant une traduction.

A la sortie de la dernière chambre, Tori s'approcha de lui, l'enveloppant de son parfum.

— Je suis très gênée de l'attention qu'on m'accorde.

— La rançon de la gloire, répondit-il en souriant.

Enfin, Luc les laissa seuls dans son bureau, pour qu'ils y prennent un café, et Tori se pencha vers lui.

— La médecine est semblable sous toutes les latitudes et dans toutes les langues, n'est-ce pas ? Les enfants sont si touchants !

— Nous avions parlé d'en avoir deux, non ?

Il la vit pâlir, et craignit qu'elle ne s'évanouisse. Il tendit le bras vers elle, et croisa son regard.

— Tori, je suis navré. Il y a un méchant lutin dans ma tête, ce matin.

Elle se dégagea.

— Fais-le taire, d'accord ?

— Je vais essayer, mais être sincère implique de ne pas éviter les sujets tabous.

— Dans ce cas, je vais finir par ne plus te parler.

— Tu en serais capable ? Je ne crois pas que ce serait une bonne solution.

Elle haussa les épaules.

— Ou alors, je ne te verrai plus, c'est peut-être puéril, mais sans doute nécessaire.

Il acquiesça, navré. Dommage, il avait très envie de passer ces trois jours avec elle, dans l'espoir de tourner la page pour de bon. Et ensuite, si c'était complètement terminé, il pourrait peut-être rencontrer une autre femme, et être heureux avec elle.

Son estomac se noua à cette seule perspective.

Ou peut-être pas, en fin de compte.

10.

Quand le rideau retomba pour la dernière fois, Tori se pencha vers Ben.

— Je veux revoir ce spectacle tous les soirs, jusqu'à mon départ !

— Magnifique, n'est-ce pas ?

— Fantastique, oui, mais on ne peut pas tout voir en une fois !

Elle ponctua ces mots d'un sourire. Les couleurs, la musique, les danseuses splendides et les étonnants tours de force réalisés par les danseurs, tout était fascinant. Le Moulin Rouge était largement à la hauteur de sa réputation.

— Allons-y, Tori.

— Pourquoi se presser ?

Pour elle, c'était une soirée fabuleuse de plus dans sa vie. Un dîner succulent, puis le spectacle… Elle n'était pas du tout prête à rentrer à l'hôtel, pour dormir seule dans son immense lit.

— Les taxis vont être pris d'assaut. Tout le monde va vouloir regagner ses pénates en même temps.

Elle laissa échapper un soupir. Il était tellement raisonnable ! Ou alors, il s'ennuyait…

Il y avait bien longtemps qu'elle ne s'était pas trouvée debout à 1 h 30 du matin, sinon pour le travail.

— Il n'est pas très tard. Si on allait boire un verre dans un bar ? Ou dans un night-club, encore mieux !

Il mit du temps à se lever, manquant visiblement d'enthousiasme.

— Je me trompe ou cela ne te dit rien ?

Il eut un sourire forcé, mais qui lui fit néanmoins de l'effet. Elle sentit la chaleur l'envahir, comme toujours.

Trop impatiente pour attendre sagement que la voie soit libre, elle joua des coudes pour sortir.

Les boîtes de nuit étaient tellement bondées que les trottoirs étaient envahis, mais peu lui importait. Devant la troisième, elle agrippa la main de Ben et l'entraîna jusqu'au comptoir, puis ils se faufilèrent dans un coin avec leurs boissons. La musique forte lui faisait battre le cœur plus vite, et elle tapait du pied en rythme. Après deux gorgées d'eau, elle n'y tint plus et traîna Ben sur la piste. Au contraire de ce qu'elle craignait, il ne la repoussa pas. Il reprit du vin, lui parla, et accepta de danser chaque fois qu'elle l'en priait.

— Ce n'est pas vraiment de la danse, dit-elle, haletante. Plutôt de l'aérobic dans une cabine téléphonique !

Elle était écrasée contre lui, la poitrine contre son torse, leurs hanches se touchaient, et ils bougeaient ensemble.

Il se contenta d'un sourire énigmatique et la prit par la taille, les doigts bien écartés. Comme autrefois.

Elle aurait tant aimé savoir ce qu'il pensait… Il donnait l'impression qu'elle comptait pour lui, qu'il l'aimait autant qu'avant, et cette merveilleuse nuit se révélait délicieusement romantique.

Près de deux heures plus tard, ils pénétrèrent dans leur suite, où des lumières tamisées les accueillirent.

Tori sourit en ôtant enfin ses escarpins. Elle n'était pas fatiguée du tout. En pirouettant sur ses pieds douloureux, elle s'approcha de Ben et, l'attrapant par la cravate, l'attira à elle, avant de poser ses lèvres sur les siennes. Puis, comme cela ne lui suffisait pas, elle pressa sa bouche, sentit sa chaleur…

Et il s'écarta.

— Tori, tu es sûre de savoir ce que tu fais ?

Oh ! Oui, elle saisissait l'occasion, sans réfléchir. Elle

le désirait depuis longtemps ; le moment était idéal, et peu importaient les conséquences, elle le voulait maintenant. Elle n'avait rien à perdre et au contraire, tout à gagner, si elle retrouvait le chemin de son cœur. Peut-être n'attendait-il qu'un geste de sa part ?

Il la regarda dans les yeux un long moment, pendant lequel l'air se chargea d'électricité et de désir, puis la souleva dans ses bras pour l'amener dans sa chambre.

Lorsqu'il l'allongea sur le lit, elle l'attrapa de nouveau par la cravate et l'attira à elle. Elle mourait d'envie de sentir son poids sur elle, ses muscles durs… De le sentir en elle.

Son baiser fut tout de suite exigeant. Il s'empara de ses lèvres, et sa langue s'enfonça dans sa bouche pour s'entrelacer à la sienne. Elle ferma les yeux. Mon Dieu, c'était son Benji… Il prit son visage dans ses mains pour lui immobiliser la tête, comme d'habitude, en s'appuyant sur les coudes, afin de ne pas trop peser sur elle. Elle lui écarta aussitôt les bras pour le faire tomber. C'était ce qu'elle voulait : le corps de Benji écrasant le sien, son parfum, sa chaleur… Tout cela la rendait folle de désir.

Elle sentait une telle urgence dans son baiser qu'elle gémissait. Elle promena les doigts dans son dos, autour de sa taille entre leurs corps vibrants, vers son érection impressionnante. Elle se sentait fondre, humide et prête. Comment avait-elle pu se passer de lui si longtemps ?

— Benji, je te veux, maintenant.

Il s'écarta d'elle, puis s'appuya sur les mains pour se redresser.

— Que se passe-t-il, Benji ?

— Appelle-moi Ben, souffla-t-il sèchement.

Avec un choc, elle comprit : il lui signalait qu'ils n'étaient plus les mêmes. Un frisson glacé lui parcourut l'échine, puis disparut. D'accord, il s'agissait d'un avertissement : elle ne devait rien espérer de lui.

— Ben, ne me fais plus attendre, s'il te plaît !

Il envoya voler sa chemise à travers la chambre, puis son

pantalon suivit. Enfin, il reprit sa bouche, et son corps pesa de nouveau sur le sien.

Il la souleva pour ouvrir la fermeture Eclair de sa robe, puis elle l'aida à faire glisser le fourreau de soie, et se retrouva en sous-vêtements de dentelle et bas noirs, fixés à un porte-jarretelles. Le genre de lingerie qu'elle n'avait plus portée depuis sept ans, et qu'elle avait rachetée à Nice, dans l'espoir que ceci se produirait peut-être…

— Oh ! Tori… Tu es si belle !

La façon dont il lui caressait les seins, le ventre et les cuisses, sa langue râpeuse sur sa peau, lui rappelèrent des souvenirs d'étreintes volées entre deux services, ou de nuits dans leur grand lit…

— Je ne t'ai jamais oubliée, tu sais !

Elle le dévisagea dans la pénombre. Alors pourquoi avait-il exigé qu'elle l'appelle « Ben » ? Pour pouvoir se maîtriser ? Elle se sentit parcourue d'ondes de désir, accentuées par les caresses de ses paumes et de sa langue dans des recoins qu'elle avait cru oubliés et qui se rappelaient si vite à son souvenir… Elle fut très vite incapable d'une pensée cohérente.

— Ben, maintenant !

Il poussa un grognement en se protégeant, puis la plaqua contre lui. Il l'agrippa par la taille, tandis qu'elle entourait la sienne de ses jambes et le guidait en elle ; elle ne put réprimer un cri en sentant son érection contre son ventre humide, et l'aida à la pénétrer jusqu'au plus profond.

— Tori, tu me tues !

Il la souleva pour se libérer, puis s'introduisit de nouveau en elle, et recommença ce mouvement de plus en plus fort, de plus en plus vite.

Jusqu'à ce qu'il lui soit impossible de se retenir plus longtemps… Elle s'abandonna, avec, très vite, l'impression d'exploser en mille morceaux et de voguer au milieu de l'espace, tandis qu'il cédait lui aussi à l'extase. Comment avait-elle pu vivre si longtemps privée de ce plaisir ? Sans Benji dans sa vie, en elle ?

Quand elle s'éveilla, elle n'ouvrit pas les yeux. Depuis toujours, elle savait exactement à quel moment il se levait du lit. Il prenait des précautions pour ne pas la déranger, roulait sur le côté, s'immobilisait, puis traversait la pièce sur la pointe des pieds. Pas question de le voir partir, ni de le supplier de revenir la prendre dans ses bras.

Il refuserait, de toute façon. C'était lorsqu'ils avaient fait l'amour une seconde fois qu'elle avait pris conscience qu'il n'était pas entièrement avec elle, pas en symbiose avec ses pensées et ses émotions, comme du temps de leur union.

Elle avait compris alors qu'elle l'avait perdu pour de bon, et qu'elle avait pris ses rêves pour des réalités. Elle avait tenté de graver dans son esprit chaque caresse, chaque baiser… sans céder au chagrin ni à la colère.

Elle entendit la porte de la salle de bains se fermer, puis la douche coula longtemps. Qu'avait-il donc à se laver comme ça ? Voulait-il se débarrasser de son odeur ?

La souffrance lui serra le cœur à l'étouffer. Elle contempla le plafond, réprimant son envie de le rejoindre, de le prendre dans ses bras. Elle avait sa fierté — réduite à un filet, mais encore sensible. Elle refusait de lire le rejet dans ses yeux sombres, ou de craquer devant lui. Elle attendrait d'être seule pour le faire.

Il partait, elle en avait la certitude absolue, tout son corps le lui criait. En ayant enfin le courage de lui avouer le drame de leur bébé, elle l'avait perdu. Si toutefois il lui avait appartenu un jour… Tout au long de leur séjour à Paris, elle avait senti qu'il maintenait une distance entre eux. C'était elle qui s'était monté la tête, refusant de faire face à la réalité.

Et il était temps de l'affronter : elle ne revivrait jamais avec lui.

En entendant s'ouvrir la porte de la salle de bains, elle roula sur le côté pour se positionner face au mur, et ne pas le voir. Elle ne l'entendait plus. Etait-il toujours dans la chambre où il avait passé la nuit, ou bien parti droit dans la sienne ? Elle retint son souffle.

Enfin, elle perçut des pas légers sur le tapis, comme s'il s'approchait de la table de chevet, de l'autre côté du lit. Un murmure impossible à déchiffrer, des pas qui s'éloignent, une porte qui se referme.

Puis le silence absolu dans une pièce vide, un silence qui lui était si familier…

Elle enfouit son visage dans l'oreiller, et laissa couler ses larmes. Son corps tout entier se mit à trembler, et elle hurla.

Presque aussitôt, elle serra les dents et retrouva la maîtrise d'elle-même. Pas question de se laisser aller à des manifestations incontrôlées.

Après avoir sangloté des heures, cependant, elle sombra dans un sommeil agité.

Quand elle en émergea, il était plus de midi. Pourquoi les employées préposées au ménage ne l'avaient-elles pas réveillée ?

Elle s'assit au bord du lit et, se tournant, aperçut une feuille pliée en quatre sur la table de nuit.

Elle s'en saisit d'une main tremblante. Peut-être ferait-elle mieux de la déchirer sans la lire, ou de prendre une bonne douche bien chaude avant de décider quoi faire.

Mais elle se connaissait, la curiosité la dévorerait et elle n'aurait pas de repos avant d'avoir lu ce message.

Elle se redressa, et ouvrit la feuille.

Chère Tori,
Je rentre à Londres par un vol du matin. Je ne voulais pas te réveiller, tu avais si peu dormi… Tu as besoin de forces pour continuer à visiter Paris.

Comme si elle en avait envie, maintenant… Elle poursuivit sa lecture :

Je suis heureux d'avoir passé ce moment avec toi, y compris la nuit dernière. Mais il est temps pour moi de partir. J'ai compris que nous n'avions plus rien à faire ensemble. Même si je décidais d'essayer, il m'est impossible d'abandonner ma carrière, alors que je dois encore faire mes preuves, et je ne pourrai jamais te demander de quitter ta clinique.

Prends soin de toi, ma chérie. Ta réussite est éclatante, et je suis sûr que j'aurai toujours des nouvelles de la Dame de Cœur.

Je t'embrasse,

Ben

La douleur avait disparu. Elle se sentait engourdie, comme si son cœur avait volé en éclats. Bien fait pour elle, elle avait cru à l'impossible... Mais à quoi bon se moquer d'elle-même ?

Elle froissa la page et, après l'avoir lancée dans la corbeille, alla se doucher longuement.

A l'aide du maquillage, elle parvint à camoufler le gonflement de ses yeux et de son visage, et se trouva enfin présentable. Après avoir bu le café serré qu'elle avait commandé, elle sortit. En refermant la porte, elle s'aperçut avec surprise que le panneau « Ne pas déranger » y était accroché.

Attentionné jusqu'au bout...

Elle se faufila au milieu de la foule parisienne. Cela ne l'avancerait à rien de se morfondre dans sa chambre pendant trois longues journées. Paris était la ville de ses rêves, elle voulait tout voir avant de reprendre l'avion pour Auckland... et de retrouver sa réalité.

Ben crut que son cœur se brisait quand il réserva son vol à l'aéroport Charles de Gaulle.

Il savait pourtant qu'il devrait quitter Tori un jour, pour retourner à sa carrière, mais il n'y était pas prêt. Il n'éprouvait aucun sentiment de libération, loin de là. Cela passerait sans doute, quand il se remettrait au travail.

Il n'écouta rien des discours des membres de l'équipage, ne prêta attention à personne autour de lui, et s'aperçut à peine que l'avion roulait sur la piste et quittait le sol. Bien que son regard errât par le hublot, il ne vit pas qu'il survolait la Manche.

Il revoyait Tori en train de rire, Tori sous lui, l'air extatique. Ou l'air sombre et la bouche pincée par la culpabilité, quand elle avait parlé de sa fausse couche.

Même s'il lui avait caché certaines choses à l'époque, elle n'avait pas le droit de le tenir à l'écart ainsi. Ce bébé était aussi le sien. Bien entendu, cette perte l'avait anéantie. C'était évident, à son regard, à sa voix, à sa façon de caresser sans cesse la fine chaîne en or qu'elle portait en permanence. Si elle l'avait prévenu, il aurait tout laissé tomber pour la soutenir. Sa carrière aurait pu passer au second plan pendant quelques semaines.

Finalement, ils n'avaient jamais été complices… comme le sont en principe les gens qui s'aiment.

S'agissait-il entre eux d'un simple désir physique ? Non, elle était toujours dans son cœur, et y resterait à jamais. Malgré tout, revivre avec elle serait courir à la catastrophe, s'ils ne pouvaient se confier les choses essentielles.

Comme si lui s'était confié à elle… Autant admettre sa lâcheté. Même s'il avait tenu tête à son père, il n'avait rien dit à Tori. Il avait manqué de courage, effrayé à l'idée de perdre son admiration et son amour. Et à présent, il refusait encore de lui faire confiance…

— Pouvez-vous attacher votre ceinture pour l'atterrissage, monsieur ?

Il sursauta, et regardant en bas, aperçut les vertes prairies anglaises défiler sous l'aile de l'appareil.

— Ah ? Oui, merci.

L'Angleterre, le pays où il affirmait maintenant être chez lui. Il s'attendit à éprouver l'excitation habituelle, en vain.

Il lui fallait une distraction. Non pas une femme à la chevelure de flamme et aux yeux d'émeraude, qui l'excitait ou l'attristait, le faisait rire ou le culpabilisait. N'importe quoi d'autre ferait l'affaire.

A la sortie, il eut la surprise d'être accueilli par l'un des associés de la clinique. Bizarre qu'il ait fait un détour par Heathrow, juste pour venir le chercher…

— Jason ! Que fais-tu ici ?

Le chirurgien lui serra la main sans répondre à sa question.

— Alors, Ben, ce congrès ?

— Extraordinaire.

— Il paraît que tu as retrouvé ton ex à Nice ? Et que vous êtes allés ensemble à Paris ?

Il sentit sa mâchoire se contracter. Visiblement, son confrère ne craignait pas de mettre les pieds dans le plat… En plein milieu, même.

— C'est vrai, mais il n'est pas question de réconciliation entre nous.

— Et ça te rend malheureux ?

— Jason, tu voudrais bien te taire ?

Le cardiologue se borna à hausser les épaules.

— La voiture est devant la porte principale.

En effet, la Bentley et le chauffeur les attendaient.

— Me voilà accueilli comme un prince !

— Maxwell nous quitte, sa femme est atteinte d'un cancer du foie et le pronostic n'est pas bon.

Ben accusa le coup. Il savait que la femme de son confrère était malade, mais ignorait la gravité de son état.

— Pas de chance… Il pourrait prendre un congé, non ?

— Il ne veut pas. Il regrette même de ne pas avoir résilié son contrat avant. Je suis navré pour eux.

Il soupira. Lui qui se sentait coupable d'avoir laissé Tori à Paris… Au moins était-elle en bonne santé, et il savait exactement où la trouver, s'il avait envie de la revoir et de la tenir dans ses bras.

La vie était précaire, comme le lui avait également prouvé l'arrêt cardiaque de John. Par conséquent, les amis étaient précieux — ainsi que son ex-femme. Que faire ?

— Bien entendu, s'il changeait d'avis plus tard, il serait toujours temps de trouver un nouvel arrangement, mais en ce moment, nous devons respecter son souhait.

Jason s'éclaircit la voix.

— Ecoute, nous en avons tous discuté : nous t'offrons sa place.

Le cœur de Ben se gonfla de joie et d'orgueil. Enfin, il touchait au but !

Si Tori était là, elle sauterait de joie…

L'émotion lui noua la gorge. Il devenait associé dans une clinique d'Harley Street ! Sept ans après le drame, il était réhabilité. Il eut aussitôt envie de l'annoncer à Tori. Puis à John et à Rita ; et enfin à son père, pour lui prouver que l'honnêteté avait payé.

— Prends le temps de réfléchir avant d'accepter.

Il perçut un soupçon d'ironie dans la voix de Jason.

— Inutile.

Il passa une main nerveuse dans ses cheveux. Pourtant, quelque chose le faisait hésiter… Etait-ce bien ce qu'il voulait ? Rester à Londres ? Se couper de toute chance de revoir Tori ?

Tout était fini entre eux depuis longtemps, depuis ce soir à Auckland où il avait fait ses bagages. Ces quelques jours en France avaient été une aberration. Il avait pris du bon temps avec une femme qu'il avait aimée autrefois, rien de plus. De toute façon, même s'il l'aimait encore, ils n'avaient aucun avenir ensemble.

L'offre de Jason, en revanche, c'était du tangible. Son confrère attendait qu'il s'engage.

— C'est exactement ce que j'espérais.

— Je considère ça comme un accord ?

— Tout à fait, oui.

— Parfait. Tout le monde sera content. On t'attend pour le dîner, ce soir, chez moi.

Il s'efforça de sourire. Curieusement, il sentait un poids sur ses épaules, quelque chose qui ressemblait à du désespoir… Pourquoi n'était-il pas heureux d'avoir accepté ?

Il s'appuya au dossier de la banquette en cuir et prit la coupe de champagne que Jason lui tendait.

— Juste un toast, entre toi et moi. J'ai compris ta valeur dès notre première entrevue.

Il finit par sourire plus franchement.

— Merci.

Soudain, il eut envie de crier la nouvelle à tous les gens qu'ils croisaient. Il avait des parts dans l'une des cliniques les plus réputées de la planète ! La seule ombre au tableau, c'était la cause de cette promotion. Le malheur des uns…

— Tu n'as pas encore sorti ton téléphone pour annoncer la nouvelle à tes amis ? Je ne t'en voudrai pas, tu sais !

— Plus tard. En ce moment, je fête l'événement avec l'un de mes associés.

Il cilla, prenant soudain conscience que cette réticence lui venait de son enfance, du temps où il se précipitait pour prévenir son père qu'il avait réussi quelque chose. Au lieu de compliments, il recevait invariablement des incitations à faire encore mieux. D'ailleurs, cette fois, son père ne serait pas le premier à savoir. Et alors, qui le serait ? Tori ? Elle le féliciterait, puis raccrocherait… Etait-ce ce qu'il souhaitait ?

Ben avait retrouvé avec joie John et sa famille, ainsi que son travail à la clinique, toujours aussi passionnant. Pourtant, ce soir, se sentant d'humeur maussade, il avait eu envie de rentrer chez lui à pied. Bien entendu, la pluie se mit à tomber alors qu'il était encore loin de chez lui. C'était typique de ce climat…

Il entra dans un pub, près de Southwark Bridge, pour attendre la fin de l'averse.

— Une pinte, s'il vous plaît, lança-t-il au barman, en s'asseyant sur un tabouret au comptoir.

Il observa la salle et secoua la tête. Quelle différence avec la semaine précédente ! Il était au restaurant avec Tori, en train de déguster un délicieux repas, avant le spectacle du Moulin Rouge. A présent, la famille McIntyre occupait son appartement, Tori était rentrée à Auckland, et il avait atteint l'apogée de sa carrière.

— Voilà, annonça le barman en poussant sa chope vers lui.

Il sortit son portefeuille pour le payer.

— A la vôtre !

Il but une gorgée de bière, qui lui parut amère. Il aurait pourtant dû l'apprécier doublement, et danser de joie…

Tori lui manquait, c'était tout. « Elle » était tout. Même Londres ne l'attirait plus sans elle — alors qu'elle n'y était jamais venue. Il ne lui avait pas téléphoné, finalement. A quoi bon, après lui avoir laissé ce mot où il lui disait qu'ils n'avaient plus rien à faire ensemble ? Quel imbécile il avait été !

Il but encore une gorgée. La bière ne s'améliorait pas.

La compagnie de ses amis ne le distrayait pas une seconde de son absence, il en souffrait encore plus, qu'après leur première séparation. A l'époque, il avait eu de quoi s'occuper l'esprit. A présent qu'il avait atteint son but, il n'avait plus qu'une envie, être avec elle, parler de tout et de rien, se promener en sa compagnie… Il la revoyait juchée sur ces talons aiguilles qu'elle affectionnait…

Le barman se pencha vers lui.

— Votre bière n'est pas bonne ?

— Si, très, mais donnez-moi une vodka, s'il vous plaît.

Autrefois, Tori buvait de la vodka au citron vert. Il était conscient que c'était pour elle un moyen de noyer son chagrin, mais n'avait jamais abordé le sujet, se sachant responsable de sa tristesse. C'était incroyable qu'elle se soit persuadée que son abus d'alcool était la cause de sa fausse couche !

Dire qu'il ne s'était même pas aperçu qu'elle était enceinte… Tout était sa faute à lui ! Il avait préféré la rejeter plutôt que de lui avouer qu'il avait besoin d'elle.

Pourquoi ne pas l'appeler, juste pour lui dire bonjour et prendre de ses nouvelles ?

Il sortit son téléphone et parcourut le répertoire. Il trouva son numéro, hésita…

Comment réagirait-elle en entendant sa voix ?

La vodka passait mieux que la bière. Il vida son verre, et, frôlant les touches de son portable sans appuyer dessus, finit par le jeter sur le comptoir.

L'appeler, et après ? Lui dire qu'elle lui manquait ? Elle lui rirait au nez.

Il fixa l'écran qui s'était éteint, se traitant de lâche.

— Je vous ressers ? demanda le barman.

Il hocha la tête. Bonne idée ! Encore un verre, et puis un troisième… Mais à quoi bon ? Se soûler n'arrangerait rien.

— Non, merci, finalement.

Son téléphone vibra, et il le reprit. Un texto ? Tori ?

Bien sûr que non. Il appuya sur le bouton.

— Rita ? J'arrive dans vingt minutes, tu as besoin de quelque chose pour le dîner ?

— De toi, surtout. En fait, John commence à s'ennuyer en famille. Il lui faut une autre compagnie.

— Je vois : il ne peut pas rester en place, il pense déjà qu'il peut tout faire comme avant…

— Exactement, comment as-tu deviné ? Tu es encore à la clinique ?

— Non, dans un pub, où je m'abrite en attendant qu'il pleuve moins.

— Ah, tu fais une pause pour penser à Tori à ton aise ! A tout à l'heure.

Il sourit. Rita avait compris et ne se privait pas de le lui faire savoir. En fin de compte, qu'est-ce qui lui manquait ici, à part Tori ?

Et s'il essayer de régler le problème ?

11.

Tori étira son dos douloureux et nota les constantes de Dean, qui venait d'être réopéré, cette fois, d'un ulcère à l'estomac provoqué par les médicaments prescrits par son généraliste depuis deux ans.

Etait-elle vraiment en France un mois plus tôt, ou avait-elle rêvé ? Depuis son arrivée, elle avait à peine pu respirer. La grippe avait frappé ses collègues les uns après les autres, et cette semaine, un spécialiste et trois infirmières étaient en arrêt maladie.

Et comme elle avait refusé d'annuler les rendez-vous, la salle d'attente était pleine…

Elle avait rassuré les parents de Dean, en leur disant qu'au moins, on savait maintenant que son cœur fonctionnait bien… Et elle les avait envoyés se reposer chez eux. Faire l'amour, se souvenir qu'ils existaient aussi ensemble. Tous les deux.

Jamais cette idée ne l'aurait effleurée avant Nice, avant Ben. Elle ressentit aussitôt comme un coup de poignard à l'estomac. Il lui manquait tant ! Il aurait mieux valu qu'ils ne se revoient jamais. Elle mourait d'envie de sentir ses bras autour d'elle, sa chaleur… Elle se secoua.

— Karen, je te confie Dean, il dort, tout va bien. Il faut que je retourne à mes autres patients.

— Il paraît qu'il en pleut, en ce moment !

Cette voix… Ce devait être une hallucination due à sa fatigue. Elle regarda Karen, qui fixait un point derrière elle et, en se retournant, eut un hoquet de surprise.

— Ben ?

— Tori, ma chérie, c'est bien moi. Tu ne rêves pas.

Elle crut perdre la tête. Il l'attirait à lui, la pressait contre son large torse, et l'effluve de son after-shave l'enveloppait. Elle rejeta la tête en arrière, et plongea le regard dans ces splendides yeux noisette.

— Oui, je te crois.

— Oh ! Navrée, nous vous dérangeons ?

Elle se retourna. C'était la mère de Dean qui revenait.

— Pas du tout ! Voici le Pr Benjamin Wells, qui est chirurgien cardiologue à Londres.

Elle s'interrompit, n'ayant aucune idée de ce qu'il faisait ici…

— Ben, je t'ai parlé de Dean, je te présente ses parents.

Tout en leur serrant la main, il jeta un coup d'œil à l'enfant.

— Tu as remplacé le stimulateur ?

— Non, tu avais raison, c'était tout autre chose.

Tout en se posant une foule de questions, elle lui exposa le cas brièvement, puis se tut et lui jeta un regard d'excuse.

— Désolée, Ben, mais j'ai un emploi du temps très chargé et…

— Je suis au courant. Veux-tu que je reçoive les patients qui sont en salle d'attente ?

— Oh ! Ce serait un soulagement, mais tu n'es pas trop fatigué ? Quand es-tu arrivé ?

Il promena un doigt sur sa joue, puis sur sa bouche.

— A 7 heures ce matin, mais j'ai bien dormi dans l'avion. J'ai voyagé en première classe.

— Alors oui, toute aide est la bienvenue, en ce moment. D'ailleurs, si tu ne vivais pas à l'autre bout du monde, je t'aurais offert un poste tout de suite.

Elle le regarda de nouveau. Elle avait l'impression d'être dans un rêve… Elle ne savait toujours pas pourquoi il était là, et il allait l'aider à traverser cette rude journée !

— Allons-y, nous parlerons plus tard.

Parler ? Mais de quoi ?

Il la prit par le bras puis, une fois qu'ils furent seuls dans le couloir, lui posa les mains sur les épaules.

— Tu m'as manqué, Tori. Plus que jamais.

Il frôla ses lèvres des siennes, puis se fit plus insistant, et ce baiser lui redonna vie. Elle ne devrait plus y croire, et pourtant… son cœur se gonfla d'un espoir fou.

A la fin de la journée, elle le trouva au chevet de Dean, en grande conversation avec Conrad.

— On dirait que vous vous entendez bien !

— Oui, pourquoi ?

— Comme ça…

Elle sourit puis, ouvrant le dossier de son patient, le parcourut.

— Tout paraît normal. Tu te sens bien, Dean ?

— Oui. Ben m'a parlé à mon réveil. Tu sais comment va Maëlle ?

— Oui, j'ai reçu des nouvelles par son médecin. L'opération a réussi, elle est en pleine forme.

Elle regarda Ben, qu'elle surprit en train de la dévisager, et lui sourit.

— As-tu envie de prendre un peu l'air, d'aller jusqu'à l'appartement ? Conrad me dit qu'il n'y a pas de problème pour ce soir et cette nuit.

— Excellente idée, si c'est moi qui conduis. Tu es trop épuisée pour ça.

Elle sortit les clés de son sac, avant de se l'accrocher à l'épaule. C'était nouveau pour elle, de disposer d'un chauffeur !

— Ne te gêne pas.

Ils se rendirent à la voiture, et s'y installèrent. A peine avait-il démarré qu'elle s'endormit, pour ne s'éveiller que lorsque le moteur s'arrêta.

Ils descendirent, et Ben lui enlaça la taille.

— On est à la maison, et j'ai commandé une pizza.

— Je n'ai pas faim.

— En travaillant autant d'heures, tu ne survivras pas en te nourrissant d'un sandwich à midi.

Elle haussa un sourcil.

— Oui, je sais que tu n'as pratiquement rien mangé aujourd'hui, reprit-il.

Elle esquissa un sourire. Inutile de demander comment… Ce qui comptait, c'était qu'il soit là, dans leur appartement, qu'ils avaient choisi et où ils avaient vécu ensemble. Mais pourquoi était-il là ?

Elle posa les yeux sur la photo d'eux au Moulin Rouge, qu'elle avait fait encadrer.

La sonnerie retentit, annonçant le livreur qui apportait leur dîner. Elle s'affala dans un fauteuil, et se mit à bâiller sans plus pouvoir s'arrêter.

— Va prendre une douche, Tori.

— Je te trouve bien autoritaire ! répliqua-t-elle d'un ton moqueur.

Néanmoins, elle obtempéra. Jamais elle ne s'était sentie aussi exténuée, même durant son internat. Elle ouvrit les robinets et, s'appuyant contre la cloison de la cabine, se mit à somnoler jusqu'à ce qu'elle sente qu'on lui secouait l'épaule.

— Tori ! Il est temps de te mettre au lit.

— C'est toi, Benji ?

— Qui veux-tu que ce soit, dans la salle de bains ?

— Je suis vannée.

— Je vois ça ! C'est presque insultant pour moi.

Il éteignit l'eau tout en lui tendant une serviette, puis attendit qu'elle pose les pieds sur le tapis de bain, et se mit à la frictionner.

— Ben… Tu es ici pour combien de temps ?

— Je suis revenu pour de bon. Je ne retournerai plus à Londres, Tori.

— Mais… et ton poste ?

— Il me semblait que tu m'en avais proposé un !

— Ne me fais pas marcher, s'il te plaît. Bien sûr que j'aimerais que tu restes dans ma clinique, mais tu travailles à Londres.

Il la souleva et la porta jusqu'au lit, où il la déposa.

— J'ai refusé l'association qu'on m'offrait là-bas.

Elle sursauta, et scruta son visage.

— Pourtant, tu en rêvais !

— Oui. Et non. Je le voulais si fort que j'avais perdu tout le reste de vue. Tu n'as jamais fait cette expérience ?

— Si.

Elle hocha doucement la tête. Quand elle s'était focalisée sur la création de sa clinique, c'était dans le but de l'oublier lui, et les enfants qu'ils auraient pu avoir…

Mais la fatigue la terrassa, et elle sombra dans le sommeil.

A son réveil, elle sentit un bras autour de sa taille et un corps qui se pressait dans son dos.

— Ben ?

Elle essaya de bouger et réprima un cri : tout son corps lui faisait mal, et son cœur battait très vite. Elle gémit.

— Je crois que j'ai été prétentieuse en disant que je n'attraperais pas la grippe !

— Je vais te chercher de l'eau et des médicaments.

Il revint presque aussitôt et, après l'avoir aidée à s'asseoir, lui tendit des cachets et un verre d'eau.

— Rendors-toi, maintenant.

Il était vraiment devenu autoritaire… Mais elle ne protesta pas quand, à son réveil, il lui passa une serviette chaude sur le visage, avant de lui présenter des tartines grillées au miel.

— Il faut que tu manges.

— Et que je me lève, j'ai des patients à voir.

— Je me charge d'aller aider Conrad. Toi, tu restes ici.

— Je t'accompagne, murmura-t-elle en se blottissant sous la couette.

Elle sentit ses paumières se refermer, et n'émergea plus d'un brouillard qui lui sembla durer une éternité. Ben était souvent là, lui apportait à manger, l'aidait à se doucher, l'embrassait sur la joue, et la tenait serrée contre lui, la nuit. Ben, son cœur, son amour. Il avait refusé l'association qu'il convoitait tant… Il fallait qu'elle en sache davantage.

Enfin, le cinquième jour, elle se réveilla l'esprit clair. Ses courbatures avaient disparu. Elle alla se doucher et enfiler une tenue autre qu'un pyjama.

Quand Ben rentra, il fut accueilli par un appétissant fumet de lasagnes et la merveilleuse vue de Tori, qui paraissait en meilleure forme.

— Tu as presque l'air normal !

— Je me sens mieux. Merci d'avoir été là.

— J'ai été heureux de t'aider.

Il prit le verre qu'elle lui tendait et, après l'avoir posé sur le comptoir, l'attira dans ses bras pour l'embrasser. Sa bouche était sucrée et tentante, mais il n'irait pas plus loin avant de lui avoir parlé.

Enfin, elle s'écarta de lui.

— Pourquoi m'as-tu laissé ce mot à Paris, au lieu de me dire au revoir, simplement ?

— Je le regrette, crois-moi, j'avais peur. Nous avions mis nos âmes à nu, et j'étais bouleversé par ta révélation.

— Et maintenant, qu'y a-t-il de neuf ? Pourquoi as-tu refusé l'offre de tes patrons ?

— J'ai recouvré mes esprits. Je croyais être enthousiasmé par cette proposition, mais comme elle m'a laissé parfaitement froid, j'ai compris que j'avais laissé passer une chance beaucoup plus importante.

Il quêta son regard. Pas de réponse… Etait-ce bon ou mauvais signe ? Son estomac se noua. Et si elle ne voulait plus de lui ?

— Je me suis demandé pourquoi je n'étais pas ici, avec toi. Je veux tout recommencer, et fonder une famille si tu es toujours d'accord.

Comme elle ne répondait toujours pas, il prit son visage dans ses mains.

— Tori… Je suis venu pour toi. Je sais maintenant que je n'ai jamais cessé de t'aimer.

Elle le regarda d'un air égaré. Les larmes ruisselaient sur ses joues.

— Benji !

— Je n'ai jamais pu t'oublier. Je suis las de cacher mes sentiments. Je t'ai donné mon cœur le jour de notre mariage, et il t'appartient toujours.

Le soulagement le submergea, il posa les lèvres sur les siennes. Enfin, elle s'appuya contre lui, et lui passa les bras autour du cou.

— Bienvenue à la maison, Benji.

Il sourit, ému. Il n'en revenait pas de sa chance, et se promit d'être plus attentionné à l'avenir. Bien entendu, ils rencontreraient des problèmes, mais cette fois, ils les surmonteraient ensemble.

Il frôla son front de ses lèvres, puis descendit vers ses joues, sa bouche, sa gorge et ses seins.

— Je suis réel, Tori, laisse-moi te prouver à quel point.

Elle lui prit la main pour l'entraîner vers la chambre, où elle le déshabilla, avant d'ôter ses propres vêtements. Il s'allongea sur elle et la pénétra doucement.

— C'est assez réel pour toi ?

— Oh ! Oui, Benji.

Et il s'abandonna. Il ne pensait pas qu'il fût possible de faire l'amour avec à la fois une telle lenteur et une telle intensité. Son cœur fondait de tendresse, jusqu'à ce que le plaisir partagé leur apporte à tous deux l'oubli.

Épilogue

Six mois plus tard…

Ben se pencha vers Tori pour chuchoter à son oreille, et elle sourit en rougissant.

— Pas de cadeau avant la fin de la cérémonie.

— Tu veux dire qu'il va me falloir patienter jusqu'à ce nous ayons prononcé nos vœux, avalé un repas monstrueux au restaurant, et dansé la moitié de la nuit ?

— Je te promets que je le vaux bien.

— Oh ! Ça, je n'en doute pas !

Tori leva les yeux vers l'homme qu'elle allait épouser de nouveau, et son cœur se gonfla de bonheur. Cette fois, c'était pour toujours. Leur amour était intact, et ils avaient mûri.

John, mince et élégant, s'avançait dans la marina avec Rita, tandis que leurs deux filles sautillaient autour d'eux. Ils étaient restés en contact étroit depuis leur séjour en Europe.

— C'est donc ça, un mariage « discret » ?

— Que veux-tu, John, Tori n'a pas l'air de connaître le sens de ce mot. Elle a invité tout son personnel, sans oublier tous les patients qu'elle a soignés.

— Tu exagères, Benji !

Elle jeta un regard à la ronde, et son sourire s'élargit. Même la mère de Ben était là, sans son père, qui refusait qu'elle réintègre sa famille. Et bien qu'ils en aient été blessés tous les deux, il n'était pas question de le supplier.

Elle posa la main sur son ventre. Comment allait son bébé, là-dedans ?

Rita lui prit la main.

— La grossesse te rend radieuse !

— Merci, Rita. Je suis si heureuse que vous ayez fait le voyage !

— Nous n'allions pas vous laisser vous marier sans nous ! Et John est impatient de vous remplacer pour un mois dans cette fameuse clinique dont il a tant entendu parler. Vous pouvez partir tranquilles pour votre lune de miel.

— Qui va consister à refaire la déco de notre appartement, mais c'est ce qui nous tenait à cœur.

— Et qui te permettra de faire un saut pour voir tes patients de temps en temps, je te connais !

Tori posa de nouveau la main sur son ventre. Son bébé avait franchi le cap des quatorze semaines, et tout se passait bien.

Ben lui entoura les épaules de son bras.

— C'est long ! Je meurs d'envie de connaître mon fils…

— Quelle impatience !

— En attendant, allons-y.

Il frappa dans ses mains.

— Pouvez-vous tous vous diriger vers le quai ? Je suis assez pressé d'épouser cette femme merveilleuse… Et dès la fin de la cérémonie, que la fête commence !

Il se pencha vers elle :

— Pourquoi ce repas pantagruélique ? A croire que tu n'as pas envie que je te fasse l'amour ce soir.

— J'aime bien te faire attendre, c'est tout…

— J'ai déjà attendu sept ans, tu ne crois pas que c'est assez ? répliqua-t-il en souriant.

Elle se haussa sur ses escarpins parisiens pour l'embrasser, mais Rita et John les interrompirent.

— Venez, vous deux. Il paraît qu'un mariage va avoir lieu sur un bateau, nous ne voulons pas le manquer.

Tori leur adressa un grand sourire.

— Aucun risque ! s'exclama-t-elle en prenant Ben par le bras. Vraiment aucun !

BLANCHE

HARLEQUIN

Retrouvez prochainement, dans votre collection

BLANCHE

Seconde chance à l'hôpital, de Charlotte Hawkes - N°1536

SÉRIE : LE DEVOIR D'AIMER - 1/2

Mattie Brigham a imaginé ce moment des milliers de fois – celui où elle reverrait Kane Wheeler, son amour de jeunesse. Bien sûr, alors qu'ils se retrouvent à l'hôpital de Castleton, elle pourrait lui dévoiler son parcours professionnel hors normes : médecin-major de l'armée, elle sauve des vies à chacune de ses missions en zone de combat. Pourtant, face à Kane, elle n'a plus de mots. Ou alors une simple question : pourquoi l'a-t-il quittée autrefois ?

La tentation de Bridget, de Charlotte Hawkes

SÉRIE : LE DEVOIR D'AIMER - 2/2

Pour l'innocente infirmière Bridget, le commandant Hayden Brigham est un fantasme. Sublime et charismatique, il la séduit au cours d'une nuit inoubliable. Seulement voilà, lorsque tous deux se retrouvent dans une clinique de la savane africaine, la passion qui resurgit aussitôt entre eux menace de compromettre leur mission humanitaire et la carrière à laquelle ils sont si dévoués…

Une noce dans les Alpes, d'Annie Claydon - N°1537

La demoiselle d'honneur qui tombe sous le charme du témoin du marié ? Quel cliché ! Et pourtant, Andrea ressent un véritable coup de foudre pour Cal. Est-ce en raison des Alpes italiennes enneigées qui offrent un cadre somptueux à leur rencontre ? De leur passion commune pour la médecine ? Quoi qu'il en soit, l'attirance est bien là, et durant les quelques jours que durera la noce il serait fou de ne pas y céder…

Amoureuse d'un urgentiste, d'Amy Ruttan

Candice est sous le choc. Jimmy Liu est le nouvel urgentiste embauché au Mountain Rescue, le service de secours en montagne où elle exerce comme médecin. Or Jimmy représente à lui seul toutes ses premières fois. Son premier baiser, son premier amour, son premier cœur brisé. Si dix ans après leur rupture il a toujours le même effet sur elle, Candice est toutefois résolue à s'en tenir avec lui à une relation strictement professionnelle…

Leur mission : sauver des vies.
Leur destin : trouver l'amour.

HARLEQUIN
www.harlequin.fr

BLANCHE

Rencontre en haute mer, de Scarlet Wilson - N°1538

Un rendez-vous manqué, une chance inattendue... Durant des mois, le Dr Ivy Ross, chirurgienne dans la marine, échange des messages avec l'homme idéal sur une application de rencontres. Hélas, le jour même de leur rendez-vous, elle est appelée en mission sur un porte-avions. Quelle n'est pas sa surprise de découvrir que son coup de cœur inconnu n'est autre que Travis King. Travis, le médecin-major sous les ordres duquel elle va travailler, au milieu du Pacifique...

Une sage-femme à Barcelone, de Fiona McArthur

Quelques notes de flamenco, une danse avec le plus bel homme qu'elle ait jamais vu... Cleo, sage-femme des plus raisonnables, pensait ne jamais revoir celui qui lui a fait perdre la tête au cours d'une soirée enivrante. Et pourtant, Felipe Gonzalez est le cousin de la patiente qu'elle a promis d'accompagner à Barcelone. Une nouvelle d'autant plus troublante qu'elle résidera chez lui lors de son séjour en Espagne !

Un bébé pour le Dr Hayes, de Carol Marinelli - N°1539

Cat tombe des nues lorsqu'elle se découvre enceinte. Sa merveilleuse nuit de passion avec Dominic, un séduisant médecin rencontré lors d'un congrès à Barcelone, ne devait pas porter à conséquence ! Les choses étaient claires entre eux : chacun poursuivait son chemin de son côté. Et pourtant, voilà qu'elle attend son bébé. Alors qu'elle sent la joie l'envahir, Cat redoute la réaction de Dominic quand il apprendra qu'il va être père...

L'inconnu dont elle rêvait, d'Annie O'Neil

À chaque fois qu'Ali se remémore la nuit torride passée avec un inconnu deux semaines plus tôt, elle sent son corps s'embraser. Qu'importe, elle doit oublier ce moment d'égarement ! Hélas, lorsqu'elle découvre l'identité de son nouveau chef – un médecin aussi talentueux que redouté –, ses résolutions volent en éclats. Car le Dr Aidan Tate n'est autre que son séduisant amant d'une nuit...

HARLEQUIN

Leur mission : sauver des vies.
Leur destin : trouver l'amour.

HARLEQUIN
www.harlequin.fr

BLANCHE

Attirance aux urgences, de Caro Carson - N°1540

Chaque fois, c'est pareil : il suffit que Zach Bishop mette un pied aux urgences pour que la gent féminine se pâme devant lui. Une situation qui fait enrager Brooke : ses collègues ne voient-elles pas que Zach est un égocentrique doublé d'un don Juan ? Un jour, pourtant, elle intervient à ses côtés sur les lieux d'un accident et se met à douter. Émue par son courage et son dévouement, troublée comme jamais, Brooke passe une nuit avec lui…

Médecin et séducteur, de Michelle Celmer

Quoi qu'il lui en coûte, il séduira la belle Clare Connelly : tel est le défi que s'est lancé le Dr Parker Reese. Et hors de question qu'il échoue, même si la mystérieuse jeune femme prend un malin plaisir à repousser ses avances ! Ce que Parker n'avait pas prévu, en revanche, c'est qu'à force de côtoyer Clare il ne pourrait plus se passer d'elle… Des sentiments qui vont à l'encontre de sa réputation de don Juan impitoyable…

HARLEQUIN

Leur mission : sauver des vies.
Leur destin : trouver l'amour.

HARLEQUIN
www.harlequin.fr